Mary Wine

Auteure d'une vingtaine de romans, elle s'est spécialisée dans la romance écossaise et a reçu de nombreux prix. Elle a également écrit des livres érotiques.

Les McJames

Aux Éditions J'ai lu

LA SAGA MCJAMES

1 – Dans le lit d'un inconnu
N° 10414
2 – Dans le lit d'un guerrier
N° 10114
3 – Dans le lit d'un ennemi
N° 11163

TERRES D'ÉCOSSE

1 – Prisonnière de ton cœur
N° 9893
2 – La farouche
N° 10018
3 – La fierté d'une femme
N° 11199

LES SUTHERLAND

1 – Captive de ses passions
N° 12653
2 – Au risque de nous aimer
N° 12704
3 – Et fondre de désir
N° 13047
4 – L'indomptable des Highlands
N° 13092

MARY
WINE

Les McJames

ROMAN

Traduit de l'anglais (États-Unis)
par Lionel Évrard

J'AI LU

Déjà paru sous le titre
La saga McJames 1 – Dans le lit d'un inconnu

Titre original
IN BED WITH A STRANGER

Éditeur original
Brava Books published by Kensington Publishing Corp., New York

1

Warwick Castle, 1578

Une affreuse grimace enlaidissait la comtesse de Warwick, pourtant belle femme, qui foudroyait du regard la maîtresse de son mari.

— Jamais ! décréta-t-elle. Elle ne portera pas mes perles !

— Que cela vous plaise ou non, elle les portera !

Le comte venait de faire son entrée sans le moindre bruit. Même ses éperons ne cliquetaient pas. Il s'était exprimé d'une voix égale, mais l'autorité qui émanait de lui ne faisait aucun doute.

À son arrivée, chaque domestique présent avait incliné la tête pour marquer son respect au maître de maison, avant de retourner à sa tâche. Mais travailler n'empêchait pas de tendre l'oreille... Le mécontentement grandissant de la châtelaine semait une certaine excitation parmi le personnel. Sa colère n'avait cessé de croître depuis qu'avait été révélée la grossesse de la maîtresse du comte, si bien que l'explication en cours était attendue depuis longtemps.

— Elle portera vos perles, insista-t-il fermement. Avec les toilettes que je vous ai demandé de commander à la naissance du bébé.

Plutôt que de lancer la réplique cinglante qui lui venait à l'esprit, lady Philipa se mordit la lèvre. Elle devait faire attention à ses paroles. Un homme devenait instable dès qu'il se laissait guider par son membre viril... Afin de lui cacher sa mine renfrognée, elle baissa la tête en saluant son époux d'une courte révérence. Et lorsqu'elle la releva, son visage avait retrouvé son impassibilité coutumière, acquise après des années d'entraînement sous le joug de sa gouvernante. Dans un monde contrôlé par les hommes, les femmes devaient se montrer plus disciplinées qu'eux.

— Milord, dit-elle calmement, rien ne me sera donc épargné ? En suis-je réduite à voir mes propres parures au cou de votre concubine ? Cherchez-vous à me plonger dans l'inconfort ?

Le comte vint se camper devant sa femme. Le visage assombri par la colère, il la dévisagea longuement puis agita un index menaçant sous son nez.

— Vous êtes une garce, Philipa ! lança-t-il sèchement. Une garce trop choyée qui ne se donne même pas la peine de remplir la fonction habituelle d'une garce !

Il serra le poing et le brandit avant d'ajouter :

— Écoutez-moi bien, ma chère épouse... Je ne tolérerai aucune malhonnêteté dans cette maison. Si vous osez vous plaindre que je vous prive de confort, je ferai ôter de votre chambre les tapisseries et les tapis. Vos belles robes et vos bijoux vous seront enlevés, et le cabinet à épices vous sera interdit, pour que vous puissiez vraiment expérimenter ce que c'est que de vivre dans l'inconfort.

La comtesse sursauta, mais parvint en plaquant la main sur sa bouche à réprimer une protestation venimeuse.

Le comte hocha la tête et la prit par le coude pour l'inciter à se tourner vers sa maîtresse.

Ivy Copper, redressée contre ses oreillers, allaitait sa fille. Le poing serré contre le sein gonflé de lait de sa mère, le bébé tétait goulûment en agitant doucement ses jambes. En dépit du fait que nul n'avait pris la peine de l'emmailloter, le nourrisson paraissait en pleine forme. Les langes coûtaient cher, et Ivy n'avait pas son mot à dire sur ce qui lui était accordé. Les domestiques restaient sous les ordres de Philipa, qui n'avait demandé à personne de contenir les membres du nouveau-né dans des bandes de tissu pour s'assurer que ceux-ci restent droits. Un simple plaid le protégeait, comme devaient s'en contenter les enfants des paysans.

Ivy, qui se remettait de l'accouchement, avait brossé et rejeté ses cheveux lustrés sur une seule épaule. Philipa avait secrètement espéré que la maîtresse de son mari finirait par mourir de fièvre puerpérale, mais elle offrait l'apparence d'une femme en parfaite santé. Elle avait tout de suite pu allaiter sa bâtarde.

— C'est à votre propre lâcheté qu'il faut vous en prendre, Philipa… reprit son mari. Votre lâcheté qui vous fait honte.

Il l'avait saisie par les épaules pour l'obliger à lui faire face. Elle perçut un soupçon de son odeur masculine, ce qui la fit frissonner. Son faible corps de femme n'y était pas insensible. Déserter le lit conjugal réclamait une discipline de tous les instants.

— Vous n'êtes qu'une lâche, Philipa ! insista-t-il d'une voix basse et grondante. C'est la crainte de l'enfantement qui vous a fait déserter mon lit. Regardez ma nouvelle fille... La fortune sourit aux audacieux.

Son regard s'adoucit et, l'espace d'un instant, il la considéra avec sympathie.

— Vous êtes mon épouse légitime, reconnut-il. Revenez accomplir votre devoir conjugal dans notre lit. Si vous y consentez, je vous jure qu'aucune autre ne prendra votre place. Plus d'enfant illégitime pour supplanter le vôtre...

Lady Philipa lutta pour se libérer en secouant la tête. La peur l'empêchait de parler. L'enfantement faisait courir aux femmes un risque mortel. Près de la moitié de ses amies étaient mortes dans des souffrances atroces, des suites d'une fièvre puerpérale ou – pire encore – parce qu'il avait été impossible d'extraire l'enfant de leur ventre.

Le comte émit un grognement de dégoût. Un doigt pointé sur elle, il tonna :

— Dans ce cas, vous placerez vous-même votre rang de perles au cou de ma concubine ! D'ailleurs, c'est vous qui serez la marraine de ma fille.

— Vous voulez dire... que vous allez la reconnaître ?

Sous le choc, Philipa sentit sa lèvre inférieure se mettre à trembler.

— Mais... protesta-t-elle faiblement. Et Mary ? Je vous ai donné une fille légitime, milord !

— Ce pour quoi vous avez été amplement récompensée, répliqua-t-il.

Lâchant ses épaules, son mari caressa sa joue d'un revers de main et ajouta :

— Et je serais prêt à le faire de nouveau si vous acceptiez de regagner notre lit, comme une épouse doit le faire.

Il baissa la voix de manière à ne pas se faire entendre d'Ivy :

— Je la laisserais volontiers de côté, Philipa, pour vous et pour le fils légitime que vous accepteriez de me donner. Réfléchissez-y... Je ne m'abaisserai jamais au viol. Vous ne ferez pas peser ce poids sur mes épaules. Nous sommes mariés. Il est de votre devoir de porter mes enfants, tout comme il est du mien de vous réserver mon lit.

Sur ce, son mari s'éloigna et rejoignit le groupe de visiteurs venus célébrer l'accouchement. Ce jour marquait le début des relevailles de la mère. Deux semaines plus tard, si l'enfant survivait, viendrait celui de son retour à l'église, où elle serait officiellement purifiée par le clergé. Sa bâtarde serait alors baptisée. Ces traditions étaient si vieilles que nul ne se souvenait plus de leur origine. Si Ivy mourait avant ce jour, elle serait enterrée en terre non consacrée. Et si le bébé passait de vie à trépas sans avoir été baptisé, il subirait le même sort.

Les bruits de l'enfant tétant avidement le sein de sa mère semblaient emplir la pièce. De riches tentures de laine avaient été disposées autour du lit. Une autre, plus luxueuse encore, le recouvrait. Des draps de lin fin le garnissaient. Celui qui avait été taché de sang, le jour de la naissance, était fièrement exposé près d'une fenêtre. Pour se porter chance, les visiteurs le touchaient en partant. La chemise de nuit d'Ivy avait été tirée de la garde-robe de Philipa. L'étoffe fine brillait sur sa peau crémeuse. Il lui suffisait de demander pour que lui soient servis du vin chaud et des gâteaux.

L'événement avait été fêté avec la même prodigalité que lorsqu'elle avait elle-même accouché de sa fille Mary. Mais, contrairement à Ivy, elle n'avait pas eu à allaiter le nouveau-né et à s'en occuper. Une femme d'extraction noble ne s'abaissait pas à cela. Une nourrice s'en était chargée.

Les yeux de Philipa se reportèrent sur la poitrine de la maîtresse de son mari. Celui-ci, en riant, essuyait de sa main la joue de l'enfant éclaboussée par une giclée de lait. Tout sourire, les joues roses de plaisir, Ivy se laissait couvrir de compliments et d'attentions par le maître de maison.

Ce spectacle laissa dans la bouche de lady Philipa un goût d'amertume. Elle frissonna en songeant à ce qu'elle devrait accepter pour regagner les faveurs de son mari. Elle se sentait incapable d'y parvenir une nouvelle fois. Il lui avait fallu deux jours pour mettre sa fille au monde. Deux interminables journées remplies d'une souffrance atroce. En fait, si elle avait refusé d'allaiter son enfant, c'était aussi parce qu'elle le haïssait de l'avoir fait souffrir à ce point. Cette haine s'était étendue à son mari et à ses exigences de nouvelles grossesses.

La mère de Philipa n'avait pu y échapper et avait été contrainte d'accepter son sort, mais l'époque avait changé. L'Angleterre avait une reine, désormais, et Mary pourrait hériter de son père. Élisabeth Tudor allait y veiller. Les hommes devraient accepter de voir leur règne absolu sur les femmes prendre fin.

Dans un froissement de jupons de soie, Philipa préféra s'éclipser. Que la bâtarde soit reconnue ne changerait rien au fait qu'elle restait la maîtresse du domaine. Quand le comte serait rappelé à la cour, Ivy et son enfant ne dépendraient plus que d'elle.

Chapelle de Warwick

— Sous quel nom l'enfant doit-elle être connue ?

L'assemblée retint son souffle en attendant la réponse à cette question du pasteur. Un nouveau-né ne recevait son prénom que le jour de son baptême, afin d'éviter qu'en cas de malheur Satan puisse envoyer un démon s'emparer de son âme.

En tant que marraine, Philipa répondit d'une voix forte :

— Anne. En hommage à la défunte mère de notre bien-aimée souveraine.

Les yeux exorbités, le pasteur faillit lâcher l'enfant dans les fonts baptismaux. Philipa battit des paupières en faisant mine de ne pas comprendre l'origine de son trouble. Un murmure désapprobateur s'élevait de l'assistance, mais elle n'en avait cure. C'était à dessein qu'elle avait choisi pour la bâtarde un prénom maudit. Anne Boleyn avait eu la tête tranchée bien longtemps avant que celle de sa fille ne soit ceinte de la couronne d'Angleterre. Mais nul n'était en mesure de s'opposer à son choix. Ni son mari ni sa maîtresse n'étaient autorisés à assister à la cérémonie.

Cédant au regard noir que lui lançait Philipa, l'homme de Dieu plongea le bébé dans l'eau bénite, bien qu'avec réticence. Anne se mit aussitôt à pleurer vigoureusement, le visage crispé et rougi par le froid. Celle qui était à présent sa marraine se renfrogna tandis qu'un concert de hourras s'élevait de l'assistance. Si le bébé n'avait pas crié pour expulser le mal qui était en lui, il aurait été banni de la communauté. Mais le cri qu'Anne avait poussé s'était fait entendre jusqu'aux derniers bancs et lui assurait une place parmi les chrétiens.

Au moins Philipa se réjouissait-elle d'être parvenue à lui donner un funeste prénom. Après avoir marmonné une ultime prière, le pasteur enveloppa l'enfant dans un lange et le lui tendit. En s'efforçant de garder un visage de marbre, elle sortit de la chapelle avec sa filleule.

Dès qu'elle eut atteint le vestibule menant à ses appartements, elle déposa le bébé dans les bras d'une femme de chambre et tourna les talons. Elle ne put donc surprendre les regards indignés et hostiles que lui lançaient les servantes. Celles-ci s'empressèrent de réconforter celle qu'elles considéraient comme une des leurs. Anne hoqueta une ou deux fois encore avant de s'apaiser contre la poitrine accueillante qui s'offrait à elle. L'une après l'autre, les servantes caressèrent ses doux cheveux de bébé en vantant sa beauté.

En jetant un coup d'œil au couloir dans lequel s'était engagée la maîtresse de maison, la gouvernante se rembrunit et maugréa :

— Certaines personnes ont vraiment la méchanceté dans le cœur ! L'arrivée d'un bébé est une bénédiction pour une maison. Tout le monde sait cela. La comtesse va finir par s'empoisonner dans son aigreur. Croyez-moi, cela ne pourra qu'entraîner des jours sombres pour tous ceux qui vivent sur le domaine.

Les deux plus jeunes s'abstinrent de commenter les propos de leur aînée. Médire de la maîtresse de maison pouvait entraîner le renvoi. Mais aucune d'elles n'aurait contredit la gouvernante. S'en faire une ennemie pouvait condamner une servante à n'effectuer que les tâches les plus ingrates.

Elles préférèrent continuer de s'extasier devant le bébé et s'émerveiller de ses lèvres en pétales de rose. Un nouveau-né en bonne santé apportait la bénédiction de Dieu dans toute la maison. La vie était suffisamment dure comme cela. Mieux valait se concentrer sur les bonnes choses de l'existence quand elles se présentaient.

Warwick Castle, le printemps suivant

— Mère ! Mère ! Les cygnes sont sortis de leurs œufs !

Philipa répondit d'un sourire à sa fille qui accourait vers elle dans le hall, sa nurse sur ses talons.

— Bien sûr, je vais venir voir ça, mon trésor…

Philipa suivit Mary qui rebroussait chemin vers la porte d'entrée. Ses cheveux blonds illuminés par le soleil la firent sourire de plus belle. Tout en elle trahissait le sang bleu. Elle n'avait rien – contrairement à la bâtarde d'Ivy – qui ne fût noble et gracieux.

Non seulement sa fille était parfaite, mais elle était aussi légitime. La joie que lui procurait ce constat fit long feu lorsque Philipa aperçut, en sortant, Ivy qui se promenait dans le parc. La catin était de nouveau enceinte et, selon les ragots, cette fois ce serait un garçon.

— Regardez, mère !

Mary pointait du doigt la nichée de cygnes, mais Philipa avait perdu tout intérêt pour la chose, obsédée qu'elle était par la maîtresse de son mari.

Alice, sa dame de compagnie, lui dit doucement :

— Vous devriez reconsidérer votre position, milady... et laisser votre mari partager de nouveau votre couche.

Philipa se tourna vers elle dans un froissement d'étoffe, mais son expression de mauvaise humeur n'impressionna nullement Alice. Celle-ci l'avait quasiment élevée, et découvrir sur son visage un air désapprobateur ne pouvait laisser Philipa de marbre, toute maîtresse du domaine qu'elle était désormais. Au fond d'elle-même, elle avait toujours l'impression d'être cette petite fille à qui Alice avait appris la discipline d'une main ferme.

— Il pourrait obtenir le divorce et vous renvoyer chez votre père, milady... reprit sa dame de compagnie. C'est votre devoir qu'il vous demande d'accomplir. Il vous suffit de lui donner un fils.

— Et si je lui donne encore une fille inutile ?

Philipa frissonna et poursuivit :

— Vous avez entendu la sage-femme : mes hanches sont trop étroites. Si Mary avait été un plus gros bébé...

Elle ne put conclure, tant cette perspective l'épouvantait. Alice secoua la tête avec compassion.

— Milady... dit-elle gentiment. Le premier bébé est toujours plus difficile à mettre au monde. Donnez un fils à votre mari, et votre position sera consolidée.

Un long frisson secoua Philipa de la tête aux pieds. Sous ses jupes, elle serra les cuisses fortement. La seule idée d'enfanter de nouveau suffisait à la terrifier. Elle en était incapable. Elle voulait vivre, pas mourir dans une mare de son propre sang !

— Je n'en ferai rien, Alice, décréta-t-elle sèchement. Plus jamais je ne m'offrirai à mon mari, je le jure ! Même s'il doit demander le divorce et me renvoyer chez mon père.

En reportant son attention sur Ivy, Philipa sentit des larmes couler le long de ses joues. Une jalousie intense la submergea. Elle l'accueillit avec joie, car elle suffisait à chasser sa peur. La colère vint ensuite, qui fit bien vite le terreau de la haine. Elle ressentait une aversion profonde pour Ivy et sa bâtarde à cause de tout ce qu'elles lui prenaient.

Elle les détestait véritablement. Elle les *haïssait* de tout son cœur.

2

Warwick Castle, 1602

— Dépêche-toi un peu ! La comtesse est d'une humeur massacrante, aujourd'hui.

En réponse à l'avertissement de la gouvernante, Anne maugréa :

— Voilà qui ne va pas nous changer…

Joyce lui lança un regard sévère.

— Tiens ta langue, jeune fille ! N'oublie pas qu'elle t'est supérieure par la naissance. C'est Dieu qui l'a voulu.

Anne s'inclina en prenant garde de ne pas déséquilibrer le lourd plateau du petit déjeuner qu'elle portait. Elle avait en effet tout intérêt à surveiller son langage et ses mouvements d'humeur. Elle se souciait peu de son confort personnel, mais il aurait fallu être une bien mauvaise fille pour ajouter au fardeau de sa mère. Lady Philipa ne se contenterait pas de la punir : elle se ferait une joie d'étendre la punition à sa rivale.

En soupirant, Anne suivit Joyce en direction de l'aile ouest. Elles se hâtaient de manière que la nourriture arrive chaude. Des couvre-plats recouvraient les différents éléments du repas. Leurs dômes d'argent ornés de fleurs et d'oiseaux avaient été préalablement chauffés.

Cette tâche avait été assignée à Anne dès l'adolescence. Au cours des premiers mois, ses poignets avaient souffert d'avoir à porter le lourd plateau chargé d'argenterie, mais désormais, c'était d'une main sûre qu'elle le tenait.

Ce n'était pas sans raison que Philipa lui avait réservé ce rôle. De cette manière, Anne devait dormir avec les servantes, derrière les cuisines, sous l'œil vigilant de la gouvernante, et se lever à l'aube. Pas de badinage ni de rendez-vous galant pour elle. Elle était supposée rester vierge.

Même si elle n'était qu'une bâtarde, la part de sang noble en elle devait être préservée. Philipa avait beau détester tous les enfants d'Ivy, elle demeurait une maîtresse de maison avisée et ne gaspillait pas la moindre ressource. L'ascendance d'Anne pouvait conduire à un bénéfique contrat de mariage. Des hommes de moindre noblesse appréciaient que leur épouse ait une part de sang bleu dans les veines. Il était également possible que Philipa fasse d'elle une courtisane, soumise aux caprices d'un marchand gras et influent. Ce qu'elle avait en tête la concernant, elle ne le lui avait pas encore révélé.

Anne se tint donc au garde-à-vous, en compagnie des autres servantes, au pied du lit à baldaquin de la maîtresse de maison lorsqu'on ouvrit les tentures. Philipa observa chacune d'elles, inspectant leur uniforme de la coiffe repassée à l'ourlet de leur jupon. Rien ne lui échappait. Ses lèvres ne dessinaient jamais un sourire. Les rides d'expression de son visage étaient là pour le prouver. Dans le hall d'entrée, un portrait la représentait dans l'éclat de sa prime jeunesse, récemment mariée, mais la femme qu'elle était devenue n'en était plus que l'ombre.

— Cette nuit, j'ai eu froid aux pieds… lança-t-elle avec acrimonie aux servantes qui s'activaient autour d'elle.

On ajusta les couvertures et on empila d'épais oreillers à la tête du lit pour que la comtesse puisse s'y adosser en position assise.

— Le feu n'a pas été correctement préparé, reprit-elle. Les braises n'ont pas gardé leur chaleur.

Personne ne pipait mot. Tout en travaillant, les unes et les autres inclinaient respectueusement la tête chaque fois que Philipa s'exprimait. Les lourds rideaux aux fenêtres furent tirés avec un luxe de précautions, eu égard à leur prix. Les cendres froides furent vite retirées de l'âtre et un nouveau feu fut allumé pour réchauffer la chambre. Anne attendit que la comtesse soit convenablement installée pour déposer son plateau. Elle prit garde à ce que les supports, en se dépliant, ne touchent pas ses jambes et se mettent en place sans encombre de part et d'autre de son giron.

Dès que ce fut fait, Philipa examina ce qui se trouvait sous les couvre-plats en argent. Quand son inspection fut terminée, les lèvres pincées, elle ordonna :

— Dites à la cuisinière de venir me voir à midi.

Les servantes se figèrent. Pour avoir déjà eu à subir les foudres de la maîtresse de maison, chacune comprenait que la cuisinière passerait un sale quart d'heure.

Tout en observant celles qui l'entouraient d'un œil critique, Philipa se mit à manger l'un des plats qui lui étaient présentés. Toutes avaient appris à se déplacer en sa présence d'un pas souple et léger, et à garder les yeux baissés de manière à ne pas attirer son attention.

— Je suis prête à me lever, annonça-t-elle ensuite.

Philipa fit tinter ses couverts en les reposant sur le plateau. Aussitôt, celui-ci fut retiré par une servante tandis qu'une autre repoussait les couvertures jusqu'au pied du lit.

Anne se joignit à celles qui préparaient de l'eau pour la toilette et l'habillage de la comtesse. Selon son humeur, l'opération pouvait durer jusqu'à deux heures. En un ballet bien réglé, les servantes évoluaient autour d'elle pour lui nettoyer et sécher les mains et les pieds. Une paire de bas en laine lui fut passée, ainsi qu'une confortable chemise et un luxueux jupon matelassé. Même au début du printemps, rien n'était de trop pour empêcher que la comtesse ne prenne froid. Le Warwickshire était la dernière région anglaise avant l'Écosse. L'importance que lui conférait son statut frontalier valait à son seigneur d'être constamment retenu à la cour.

Son père manquait énormément à Anne.

La vie était plus douce lorsqu'il se trouvait en résidence au domaine...

Bien vite, elle effaça de ses lèvres le sourire qui s'y esquissait pour ne pas déplaire à la comtesse, mais songer à son père la rendait heureuse. Sa mère était folle de joie dès qu'il rentrait. Aussitôt que ses éclaireurs arrivaient au château pour annoncer son retour, elle se mettait à danser.

Le comte était resté tout l'hiver à la cour. Quatre longs mois durant lesquels Anne avait dû subir les caprices de Philipa sans bénéficier de l'aimante présence de son père. Il les adorait, elle comme ses frères et sa sœur, mais restait attaché à la tradition. Sa femme légitime faisait la loi et Anne ne dépendait que d'elle.

Pourtant, son sort lui semblait plus enviable que beaucoup d'autres. Elle avait un toit sur la tête, et chaque jour de quoi manger à sa faim. Elle portait une bonne robe en laine, et aux pieds des souliers qui avaient été faits pour elle, et non récupérés après avoir servi à une autre. Avoir à supporter la comtesse était un moindre mal et, au moins, Mary n'était pas là pour lui prêter main-forte.

Anne frissonna. La fille légitime de la maison était une garce au cœur de pierre. Mary ne cessait de se plaindre comme une gamine et pouvait piquer des colères impressionnantes. Il lui était arrivé de déchirer de magnifiques robes qu'elle jugeait moins belles que celles de ses amies de la cour. Philipa tolérait ces écarts de conduite et puisait dans les coffres du domaine pour passer à sa fille tous ses caprices.

En se détournant pour n'être pas vue de Philipa, Anne se renfrogna. C'était elle, en fait, qui se chargeait de trouver les fonds nécessaires pour apaiser les incessants accès de colère de lady Mary. Par tradition, la maîtresse de maison tenait les livres de comptes. Philipa aurait donc dû s'en charger et enseigner à sa fille comment procéder. À Warwick Castle, il en allait tout autrement. Au terme de ses corvées matinales, Anne devait travailler le reste du jour et jusque tard dans la nuit à veiller à ce que les comptes du domaine restent équilibrés. Son père avait tenu à ce qu'elle soit éduquée, de même que ses frères et sœurs, mais c'était son épouse qui décidait de quelle manière cette éducation était mise à profit. Chaque fois que les caprices de lady Mary réclamaient davantage d'or, c'était donc à Anne de le trouver, en faisant en sorte que le maître ne remarque rien. La vente d'agneaux ou de tissages lui permettait généralement de lever les fonds, mais elle détestait jeter ainsi l'argent par les fenêtres.

Un coup sonore fut frappé à la porte de la chambre. Une servante s'empressa d'aller ouvrir. Un valet entra et annonça :

— Le maître est de retour, madame.

Le visage de Philipa se figea.

— Très bien, dit-elle. Qu'attendez-vous pour finir de m'habiller, espèces d'écervelées ?

Chacune redoubla d'activité en gardant les yeux baissés. Anne se contenta d'apporter son aide à distance, car elle avait appris à se tenir à l'écart dans ces circonstances. Une claque était vite partie quand la comtesse s'apprêtait à recevoir son mari. L'une des servantes, qui venait de laisser tomber un soulier, en fit l'amère expérience.

— Dehors ! s'emporta Philipa.

La malheureuse, en s'inclinant, recula en direction de la porte, la joue rougie par la gifle. Prenant son courage à deux mains, Anne se baissa et ramassa le soulier.

— Comment se fait-il que je sois affligée du personnel le plus incapable de toute l'Angleterre ? s'emporta Philipa. On ne met donc au monde que des idiotes, dans ce pays ?

Personne n'osa protester, mais des coups d'œil éloquents furent échangés dans son dos. Ravie d'en avoir terminé, Anne se redressa. Philipa fulmina de colère quand elle tarda à s'incliner lorsque leurs regards se croisèrent.

— Bâtarde ! lança-t-elle d'un ton venimeux.

Anne s'empressa de s'incliner.

— Les bâtards sont conçus dans le péché, reprit Philipa. Tu peux te montrer reconnaissante de la clémence de l'Église, sans quoi tu n'aurais jamais été baptisée.

— Oui, madame.

Elle avait appris à ne plus souffrir des insultes dont Philipa l'abreuvait. Sa langue de vipère faisait moins mal que ses coups.

Dans un froissement de jupons en soie, lady Mary choisit cet instant pour faire son entrée.

— Père m'a mariée ! s'exclama-t-elle sans préambule. Oh, mère ! Je ne veux pas aller moisir en Écosse !

Sur ce, elle se jeta dans les bras de sa mère et se mit à pleurer à grand bruit contre sa poitrine.

— S'il vous plaît ! gémit-elle entre deux sanglots. Dites-moi que je n'aurai pas à y aller ! *S'il vous plaît !*

Ses pleurnicheries auraient suffi à réveiller un mort. De grosses larmes roulaient le long de ses joues tandis qu'elle s'agrippait à la robe de sa mère.

— Empêchez-le de me livrer à un Écossais ! implora-t-elle de plus belle.

— Maintenant, il suffit, Mary !

Tout le monde dans la chambre s'immobilisa et se tourna vers la porte, que le comte venait de franchir. Ses cheveux devenus gris ne le rendaient pas moins impressionnant. Les femmes s'inclinèrent avec respect, même la comtesse, qui incita sa fille à faire de même.

— Je ne tolérerai pas que vous me fassiez honte, ma fille ! tonna-t-il. C'est une union solide que je vous ai arrangée avec le jeune Brodick. Il est déjà titré.

— Il est écossais ! releva Mary d'un ton boudeur.

— Les temps changent, ma fille. Nous formerons bientôt une seule nation, unie sous la bannière d'un roi d'origine écossaise. McJames, comte d'Alcaon, sera un bon mari pour vous. Bien meilleur que n'auraient pu l'être vos amis de la cour.

Les yeux du comte se posèrent sur sa femme, mais bien vite son regard se déporta sur Anne, qui ne put s'empêcher de lui adresser un sourire de bienvenue. Une lueur joyeuse fit étinceler le regard de son père. Mary, à qui cet échange n'avait pas échappé, poussa un soupir exaspéré et toisa Anne d'un œil chargé de haine.

Le comte se raidit et reporta son attention sur son épouse :

— Les hommes du comte d'Alcaon seront ici dans la semaine. Je n'ai pu m'absenter que pour raccompagner Mary. Je retourne à la cour demain dès le lever du jour.

Puis, à l'adresse de sa fille, il ajouta d'un ton sévère :

— Quant à vous, vous vous prêterez à ce mariage ainsi que je l'ai prévu, et sans verser une seule larme de plus ! L'enfance est terminée. Veillez-y, Philipa.

— Doit-elle vraiment déjà se marier ?

Le comte émit un grognement consterné.

— Grand Dieu ! À vingt-six ans, elle a dédaigné tous les partis que je lui ai présentés jusqu'à présent... Il n'y aura plus aucune discussion à ce sujet. J'ai eu le tort de vous laisser votre mot à dire. Voilà quatre ans que Mary devrait être mariée, et huit ans qu'elle fréquente la cour !

— Mais, père, intervint l'intéressée, il est *écossais* !

— Il est surtout comte, jeune fille ! rectifia son père en allant se camper devant elle. Qui plus est, ses terres bordent les nôtres, ce qui fait de lui un mari idéal pour vous.

Voyant qu'elle se remettait à pleurnicher, le comte maugréa et se tourna vers Philipa.

— C'est votre œuvre ! s'impatienta-t-il. La seule fille que vous avez été capable de concevoir geint comme une morveuse, alors qu'elle devrait m'être reconnaissante de lui avoir trouvé un beau parti. Quelle autre ambition avez-vous donc, Mary ? Devenir vieille fille ? Ou vous retrouver en disgrâce comme certaines de vos amies de la cour, grosses des bâtards d'on ne sait qui ? Que croyez-vous ? Les candidats ne sont pas légion, puisque votre mère ne m'a jamais donné de fils.

Mary frissonna et se redressa de toute sa hauteur. Les yeux écarquillés d'horreur, elle secoua la tête. Anne se surprit à avoir pitié d'elle. Le monde n'était pas tendre avec les filles, à qui l'on faisait payer les erreurs de leurs mères.

— Je vois que vous commencez à comprendre, triompha le comte. Le temps est venu de vous marier, d'avoir des enfants. L'affaire ayant été conclue par procuration, il ne s'agit pas de simples fiançailles. Le jeune McJames n'était pas d'humeur à attendre qu'un mariage en bonne et due forme puisse être arrangé. Votre sort est scellé : vous êtes mariée, avec les devoirs qui vous incombent.

Sur ce, le comte tourna les talons en faisant claquer ses éperons. Ses hommes, qui avaient assisté à toute la scène depuis le couloir, lui emboîtèrent le pas.

Philipa, quant à elle, se moquait que les servantes n'en aient rien manqué non plus. L'intimité était un luxe. Mariée elle aussi à un comte, Mary devrait apprendre à ignorer l'attention constante dont elle serait l'objet dans la vie de tous les jours.

— Mère ! s'exclama celle-ci dès que son père fut parti. Vous devez me donner Anne ! Pour les livres de comptes... Je serai incapable de les tenir.

La gorge serrée, Anne soutint le regard que sa demi-sœur lui lançait. Elle n'aurait pas observé différemment une jument convoitée... Philipa, à son tour, la toisa avec intérêt. Anne se força à baisser la tête, même si elle sentait la colère monter en elle.

— Tout le monde dehors ! ordonna Philipa. Sauf toi, Anne.

Dès que les servantes eurent quitté la pièce sous la houlette de la gouvernante, la comtesse ajouta :

— Viens ici.

Anne s'exécuta en glissant silencieusement sur le sol. On pouvait l'obliger à obéir à ce dragon, mais pas à en avoir peur. La peur était pour les enfants et les idiots.

— Enlève ta coiffe.

Une lanière passant sous le menton et boutonnée du côté gauche retenait le couvre-chef en toile. Anne s'en défit et soutint le regard de la comtesse, curieuse de découvrir ce qu'elle lui voulait. Philipa resta un long moment à la fixer, avant d'ordonner :

— Hors de ma vue, maintenant !

En replaçant sa coiffe, Anne se dirigea vers la porte. Elle n'en était qu'à mi-chemin quand la comtesse la héla :

— T'es-tu montrée appliquée dans tes études ?

Anne pivota sur ses talons pour lui faire face.

— Oui, milady, répondit-elle.

Mais cela n'avait pas été pour lui complaire. Si elle s'était consacrée avec cœur à ses études, c'était parce qu'elle aimait apprendre et qu'elle était douée pour ça.

— Alors va te plonger dans les livres de comptes, conclut Philipa. Et restes-y.

Anne s'exécuta en baissant la tête et en s'abstenant de toute réponse. Elle aurait été incapable de lui témoigner de vive voix la docilité et le respect nécessaires, tant sa colère était grande. Le soudain mariage de sa fille n'était pas une excuse pour que Philipa se montre plus acariâtre encore que d'ordinaire. L'annonce était attendue depuis des années, et Mary pouvait s'estimer heureuse que son nouvel époux ne l'ait jamais rencontrée. Sans quoi, il aurait pu renoncer à ce mariage, ce qui aurait inévitablement fait d'elle un objet de commérages. Elle rechignait à une union avantageuse, qui devait la placer à la tête d'un domaine plus important encore que celui de sa mère, assurant à ses enfants un avenir doré.

Mais lady Mary était trop immature pour comprendre d'où venait la nourriture qu'on lui présentait à table lorsqu'elle s'y asseyait pour dîner. Anne, elle, connaissait l'origine du blé qui avait servi à fabriquer chaque miche de pain. Elle savait aussi quand les récoltes s'annonçaient mauvaises ou quand les brebis n'agnelaient pas assez. Il fallait avoir l'esprit vif afin de maintenir les réserves à un niveau suffisant pour que la population du domaine ne souffre pas de la faim durant l'hiver. Se séparer d'une part trop importante des récoltes par appât du gain pouvait conduire à la disette avant l'arrivée du printemps. Le devoir d'une aristocrate consistait à assumer ces responsabilités pour le bien de tous.

— Qu'est-ce qu'elle te voulait ?

Joyce l'attendait au détour d'un couloir. La gouvernante triturait son tablier, anxieuse d'apprendre de quoi il avait été question après son départ.

— Elle m'a ordonné d'aller tenir les comptes, répondit Anne. Je ne serais pas étonnée qu'elle envisage de saigner nos finances pour la garde-robe de Mary.

La gouvernante secoua la tête d'un air désolé.

— C'est de ton père que tu dois tenir cette langue bien pendue qui est la tienne... déplora-t-elle. Seul un noble peut se permettre de parler ainsi. Mais tu ferais bien de faire attention. La maîtresse ne te porte pas dans son cœur.

— Comme si je ne le savais pas...

Joyce s'adoucit et reprit :

— J'en suis désolée pour toi, crois-moi. Cette femme a la méchanceté chevillée au corps, alors que tu te conduis en digne fille de ton père en lui accordant le respect qu'elle exige. Il doit être fier de toi.

Anne sentit son visage s'illuminer à l'évocation de son père. Aux prises avec la comtesse, elle avait failli oublier qu'il était de retour. Au moins pouvait-elle se réjouir du fait qu'il passerait chez sa mère ce soir. Même si cela rendait sa femme folle de rage, il ne manquait jamais de le faire. Parfois, Anne se demandait s'il ne le faisait pas exprès pour ennuyer son épouse au sang bleu...

Anne pressa le pas le long du corridor. Ses comptes l'avaient retenue tard. Un sourire s'afficha sur ses lèvres lorsqu'elle approcha des appartements de sa mère. Ceux-ci, situés à l'extrémité du château, étaient exposés au nord. Cela les rendait glacials, mais Ivy avait refusé d'en changer lorsque le comte l'avait proposé.

Par-dessus tout, la mère d'Anne cherchait à éviter les ennuis. Elle devait vivre au jour le jour aux côtés de Philipa pendant que son mari remplissait ses devoirs à la cour. La maîtresse de maison lui ayant assigné ces pièces-là, elle s'en contenterait, qu'il y fasse froid ou non.

Quand Anne ouvrit la porte, un flot de lumière dorée dispensé par de nombreuses chandelles l'accueillit.

— Et voilà ma fille ! s'exclama le comte. Ma femme jure que tu es la pire servante qu'elle ait jamais eue.

— Bonsoir, père...

Anne inclina la tête, sans avoir cette fois à feindre le respect. Son père hocha la sienne d'un air approbateur. Son visage demeura de marbre un long moment avant qu'il se décide enfin à lui ouvrir les bras. Anne s'y jeta en riant et il la serra fort contre lui.

Lorsqu'il la relâcha, il lui tapota le nez de l'index pour la taquiner et assura :

— Tu es une brave fille de ne pas te plaindre d'elle. Ma femme n'est jamais contente, mais tu n'y es pour rien.

— Je vous promets de redoubler d'efforts pour la satisfaire, père...

Le comte sourit.

— J'en suis certain. Tout comme je suis certain que cela ne suffira pas néanmoins à Philipa. Mais je ne veux pas parler d'elle.

En riant de plus belle, il prit Ivy dans ses bras et déposa un baiser sur sa joue.

— Vous m'avez tous tellement manqué ! s'exclama-t-il.

— Racontez-nous, père ! s'impatienta Bonnie, la plus jeune de la fratrie, qui raffolait des histoires de leur père. Dites-nous ce qui se passe à la cour !

D'un air complice, le comte demanda :

— Je suppose que tu veux tout savoir du déguisement du comte de Southampton au dernier bal masqué ?

Bonnie se trémoussa sous l'effet de l'excitation. Anne adorait sa plus jeune sœur. Sur une assiette, elle prit un fruit sec et le dégusta. L'humble table, garnie la plupart du temps uniquement de porridge et de petit-lait, offrait ce soir-là des scones et de la bière en plus des fruits. Sans doute ces largesses avaient-elles été sorties des cuisines grâce à Brenda, la cuisinière, en représailles aux remontrances qui lui avaient été faites ce jour-là. Seule la maîtresse de maison avait droit à de telles douceurs, mais puisque celle-ci ne voulait rien savoir de l'intendance, il n'était pas rare que de plus grandes quantités soient préparées et que la famille d'Ivy se régale des tartes aux fruits préparées à son intention.

Dans l'appartement brillamment éclairé, bien des rires retentirent ce soir-là, et ce fut le cœur empli de joie qu'Anne alla finalement se coucher.

Aucune des insultes de Philipa ne la priverait de l'amour que lui portait son père. La comtesse avait beau se croire toute-puissante, elle ne parviendrait jamais à briser le lien qui l'unissait à l'auteur de ses jours. Chacun devait supporter un fardeau dans l'existence. Le sien était l'hostilité que lui vouait Philipa. Elle ne devait pas s'en faire pour cela. Ce n'était pas important du tout.

Le lendemain, au lever du jour

Le comte de Warwick se mit en selle avec autant de souplesse que tous les hommes de son escorte. Son habit de bonne laine anglaise visait davantage à le protéger du froid qu'à faire forte impression. Depuis une fenêtre du premier étage dont elle avait ouvert les volets, en compagnie de sa sœur Bonnie, Anne le regarda partir.

— Penses-tu que père te ramènera un mari, la prochaine fois ? s'enquit Bonnie.

À l'âge de quatorze ans, celle-ci demeurait étrangère aux dures réalités qu'avaient à affronter les enfants illégitimes. Toute la famille veillait à ce qu'il en soit ainsi, estimant qu'il lui faudrait grandir bien assez vite.

— Je l'ignore… répondit Anne. Mais je ne m'en fais pas pour ça. Père prend toujours soin de nous.

Bonnie se mit à rire. Ses yeux bleus étincelants de malice, elle ajouta :

— Moi, je crois qu'il te mariera à un chevalier qui aura gagné ses éperons en s'acquittant d'une délicate mission pour la reine, et qu'elle aura elle-même adoubé.

Bonnie soupira, perdue dans ses fantaisies de jeune fille auxquelles Anne se laissait gagner. Pourquoi n'aurait-elle pas rêvé, elle aussi, que chacun ait sa part de bonheur ? En tirant doucement une mèche de sa sœur pour la ramener à la réalité, elle lui sourit et suggéra :

— Peut-être ce chevalier attend-il en fait que tu sois assez grande ?

Bonnie en resta bouche bée.

— Tu crois que c'est possible ? s'étonna-t-elle.

— Je le crois. Tout le monde sait, d'ici jusqu'à Londres, quelle adorable jeune fille tu es. Le moment venu, tu ne manqueras pas de prétendants.

— Tu me taquines ! protesta Bonnie, un demi-sourire aux lèvres. Tu ne devrais pas. Je pourrais devenir vaniteuse...

— Pas du tout, ma chère... Je me joins à ton rêve. Tu ne me priverais pas de ce plaisir, n'est-ce pas ?

Bonnie agita la main pour faire ses adieux au comte, qui s'éloignait. Sachant qu'il ne se retournerait pas, Anne ne prit pas cette peine. Philipa et Mary, en tant que femme et fille légitimes, le regardaient partir elles aussi, debout sur le perron. Jamais il ne se retournait pour les saluer.

— Tu vas avoir un mari, Anne... reprit Bonnie dans un murmure. Je l'ai rêvé la nuit dernière.

Anne referma les volets et les verrouilla soigneusement. Elle secoua la tête et fixa sa sœur au fond des yeux.

— Bonnie... Tu te souviens de ce que mère t'a dit à propos de tes rêves, n'est-ce pas ?

Loin de paraître contrite, sa sœur redressa le menton et soutint crânement son regard.

— N'empêche que je l'ai rêvé ! s'entêta-t-elle. Et si j'en parle, c'est uniquement parce que c'est pour toi qu'il vient. Au printemps prochain, un bébé grandira dans ton ventre, qui naîtra avant la pleine lune de l'équinoxe d'automne. Je l'ai vu ! Ne crains rien, tu ne mourras pas.

Un frisson remonta l'échine d'Anne. Bonnie avait un don de double vue, et toute la famille redoutait que cela ne s'ébruite. On brûlait des femmes pour moins que ça. Profitant de la vieillesse et de la faiblesse de la reine, les magistrats locaux exerçaient leur pouvoir d'une main de fer.

— Tu ne l'as dit à personne d'autre ? s'inquiéta-t-elle.

Bonnie secoua négativement la tête.

— Tu sais que j'ai promis à mère de ne pas parler de mes rêves. Mais comme il s'agissait de toi et que mère a précisé que je ne devais en parler à personne en dehors de la famille, je n'ai pas trahi ma promesse.

— Tant mieux. Continue comme ça. Les chevaliers n'aiment pas les femmes qui ne savent pas tenir leur langue.

— N'empêche qu'il viendra te sauver ! Je l'ai vu, sur son coursier noir. Il possède une grande épée, qu'il porte dans son dos, comme les Écossais que nous avons croisés à la foire au printemps dernier.

Anne expliqua :

— C'est lady Mary qui vient d'être mariée par procuration à un comte écossais. Voilà ce que tu as vu.

— Non ! Je t'ai vue, toi. Je l'ai vu faire son entrée dans la cour et te chercher du regard. Il a des yeux noirs comme la nuit.

Une part d'elle-même n'aurait pas demandé mieux que de croire ce que racontait sa sœur, mais Anne la fit taire. La vie était difficile. Il ne servait à rien de s'égarer dans des contes de jeune fille. Elle ne ferait ainsi que rendre plus lourd encore le prochain fardeau que Philipa déciderait de lui faire porter. Libre aux autres femmes de ce château de rêver du grand amour. Cela lui était impossible quant à elle. Bonnie l'apprendrait bien assez tôt.

Le sang de leur père, qui coulait dans leurs veines, constituait une entrave autant qu'une bénédiction. Dans ces conditions, il n'y avait aucune chance qu'elle puisse connaître un jour le véritable amour. Aucune.

Terres du clan McJames

— Tu es d'une humeur massacrante, ne me dis pas le contraire. Je croyais pourtant que c'était ce que tu voulais.

Brodick McJames émit un vague grognement, auquel son frère répondit par un petit rire.

— Je ne peux me marier selon mes vœux, Cullen, répliqua Brodick. Leurs terres bordent les nôtres. La dot agrandira le territoire des McJames, et il s'agit là de riches fermes. Qui plus est, si le père de ma femme n'a pas d'autre enfant légitime, c'est tout son domaine qui passera un jour en notre possession.

— Peut-être, s'entêta Cullen, mais malgré tout cela tu me sembles bien morose.

Il tendit la main vers une galette d'avoine avant d'y renoncer et ajouta :

— Peut-être est-ce la nuit de noces qui t'inquiète ? Il est vrai que tout le monde n'est pas aussi doué que moi. Tu ne devrais pas être jaloux de mon habileté avec les femmes, cher frère. C'est un péché.

— La vantardise aussi.

Cullen se fendit d'un sourire éblouissant, révélant deux rangées parfaites de dents blanches.

— Dans ce cas, je ne crains rien, puisque je dis la vérité, assura-t-il. Mon membre est...

— Pitié ! l'interrompit Brodick. Garde ton baratin pour celles qu'il pourrait intéresser.

Cullen se mit à rire de plus belle, imité par quelques-uns de ceux qui se trouvaient autour d'eux. Brodick se leva et alla faire les cent pas, les mains croisées derrière le dos, à l'écart du feu de camp. Son frère n'avait pas tort : alors qu'il aurait dû se réjouir, il se sentait d'humeur morose. C'était d'un cœur léger qu'il aurait dû s'acquitter de la tâche d'aller chercher sa femme. Ce mariage, à n'en pas douter, constituait une excellente opportunité.

Ce serait une union profitable, mais cela n'enlevait rien au fait qu'il redoutait d'introduire chez lui une lady débarquant tout droit de la cour anglaise. Il s'y était lui-même rendu une fois, et il aurait préféré marcher droit au tombeau plutôt que d'avoir à y remettre les pieds. Les femmes y étaient d'intrigantes et déloyales créatures au visage plus peinturluré qu'un Highlander partant en guerre. Leurs robes massives et sophistiquées dissimulaient leurs formes, leur ôtant tout intérêt. Seuls leurs seins demeuraient on ne peut plus visibles... Brodick sentit la colère monter en lui quand il se souvint que ces femmes de la cour avaient pour habitude de se farder les tétons, leurs décolletés étant si plongeants qu'on pouvait les apercevoir. Il ne se sentait pas jaloux de nature, mais il n'était pas disposé non plus à porter les cornes du cocu. Sa femme anglaise n'exhiberait ses seins que pour lui.

Loin de l'apaiser, cette résolution ne fit qu'attiser sa colère. Ses yeux se portèrent au-delà de l'endroit où ils avaient établi leur campement. Leurs terres avaient beau se toucher, lui et sa femme devaient être aussi différents l'un de l'autre que l'étaient la nuit et le jour. Jamais il ne l'autoriserait à avoir un comportement scandaleux, et à cause de cela elle ne pourrait que le haïr. Leur union avait peu de chances d'être paisible, et encore moins agréable. Mais, étant l'aîné, il ne pouvait échapper à son devoir, qu'il sentait peser lourdement sur ses épaules.

Et dire que Cullen ne comprenait pas pourquoi il était maussade... Avec un grognement de rage, Brodick donna un coup de pied dans une pierre. Il était tenu de conclure une union qui améliorerait le sort des siens. Et tant pis si la femme qu'il avait épousée serait malheureuse. Il ne pouvait échapper à ce qu'il était : le comte d'Alcaon.

En inspirant profondément, il sentit la fierté l'envahir. Il ne tenait pas à son titre par plaisir de voir les têtes s'incliner respectueusement sur son passage. Ses frontières du Nord n'étaient pas aussi paisibles que celles du Sud. Lorsque son père avait reçu une hache dans la jambe lors d'une escarmouche, la charge d'avoir à conduire les McJames était revenue à Brodick.

D'une certaine façon, il en allait pour le mariage de même que pour la guerre : le plus fort triomphait. Il allait conquérir sa femme anglaise et la faire sienne en plantant un McJames dans son ventre afin que sa dot lui revienne.

Warwick Castle

— Lady Mary va prendre un bain et voudrait que ce soit toi qui t'en occupes.

Brenda, la cuisinière, s'était exprimée en haussant la voix pour couvrir le bruit de l'eau se déversant dans les deux brocs en cuivre posés sur le fourneau. Après avoir tisonné le feu et avoir ajouté une grosse bûche, elle précisa :

— Attends que l'eau soit bien chaude.

Anne se frotta les yeux en observant les flammes du fourneau. Elle résistait à l'envie de les fermer pour quelques instants de repos dont elle aurait eu bien besoin.

— Voilà, c'est prêt, annonça Brenda au bout d'un moment. Pas possible de prolonger ta nuit...

Anne se mit à rire.

— Oh ! La soirée fut longue, mais elle fut joyeuse.

La cuisinière sourit en posant les brocs d'eau chaude sur le sol. Anne plaça un joug de bois sur ses épaules pour les transporter à l'étage.

— En avant ! lança Brenda. Et ne t'ébouillante pas.

Grimpant l'escalier à petits pas précautionneux, Anne se rendit à l'étage. Les dames de la maison se baignaient dans leurs chambres. Reposant un instant les brocs fumants, elle toqua à la porte de service permettant d'accéder aux chambres de la comtesse et de sa fille. La plupart des habitants du château en ignoraient l'existence. C'était un secret que la gouvernante et la cuisinière ne dévoilaient qu'à quelques servantes de confiance.

— Entrez !

La cuve était installée près de la cheminée. Anne constata avec surprise que Mary ne s'était pas déshabillée. On avait disposé des linges devant l'âtre, ainsi qu'une série de brocs destinés à régler la température de l'eau et au rinçage. Sur un plateau d'argent attendaient les coûteuses savonnettes françaises qu'appréciaient ces dames...

— Bloque la porte, Mary.

Cette dernière parut aussi choquée qu'Anne d'entendre sa mère lui ordonner cela.

— Allez, dépêche-toi ! insista la comtesse, sourcils froncés. Le plus grand secret est nécessaire. La domesticité ne doit se douter de rien. À moins que tu n'aies changé d'avis, ma fille ? Auquel cas, tu peux prendre ton bain.

Mary secoua la tête et courut jusqu'à la porte, qu'elle barricada en ajustant une barre en bois dans ses supports. Cela fait, elle se retourna.

— Qu'est-ce que tu attends pour vider cette eau ? lança-t-elle sèchement à Anne.

— Rien du tout...

Anne serra les dents en s'apercevant qu'elle venait de répondre. Les yeux de Philipa flamboyèrent tandis qu'une rougeur colorait ses joues. En utilisant sa jupe pour se protéger de la chaleur de l'anse, Anne vida un broc après l'autre et se prépara à subir les foudres de la comtesse. Mais rien d'autre que le bruit de l'eau ne se fit entendre.

— Maintenant, reprit Philipa d'une voix assurée, tu vas ôter ta robe et entrer dans ce bain.

Surprise, Anne se retourna vivement vers elle, certaine d'avoir mal entendu. Philipa soutint son regard. Sans se départir de son assurance, elle insista :

— Tu vas prendre ce bain. Mary et moi allons t'aider.

— Ici ?

La comtesse émit un drôle de ricanement qui la fit frissonner. Puis, le sourire aux lèvres, elle frappa dans ses mains.

— Oui, ici. Tu vas entrer dans ce bain et te laver de la tête aux pieds. Je vais enfin pouvoir rentabiliser l'argent que j'ai été forcée de dépenser pour ta mère et ses bâtards. Déshabille-toi !

Anne dévisagea Philipa. Une expression haineuse enlaidissait ses traits. Elle comprenait pourquoi la comtesse ne ressemblait plus à son portrait : la haine avait pourri son âme.

— Déshabille-toi ! insista-t-elle sèchement. Tu vas prendre la place de Mary quand ce comte écossais viendra la chercher.

— Je ne ferai rien de tel !

Mary s'offusqua du ton qu'elle avait employé en poussant un petit cri, mais Anne ne lui prêta aucune attention. Philipa, elle, se contenta de lui sourire d'une manière qui lui fit froid dans le dos.

— Tu crois ça ? demanda-t-elle d'une voix venimeuse. Si tu n'obéis pas, je jette ta mère à la porte. Dès ce soir.

Anne ne put réprimer un hoquet horrifié.

— Mon père ne permettrait pas une telle chose !

— Mon mari n'est pas ici, répliqua Philipa. Et si je fais jeter ta mère à la porte, elle sera morte bien avant qu'il soit de retour.

— Ce serait un meurtre, milady ! objecta-t-elle. Un péché capital…

— Selon moi, ce ne serait que justice.

Philipa tremblait, tant sa rage était grande. Elle fit l'effort de se reprendre pour ajouter :

— Tu n'as pas grand-chose à faire pour éviter cela. Mary est trop délicate et trop bien éduquée pour supporter les assauts de cet homme. De ton côté, tu es la bâtarde d'une fille facile. Il ne devrait donc pas t'être difficile d'endurer quelques nuits avec un mari décidé à te posséder.

— Ma mère n'est pas une fille facile ! s'emporta Anne. Elle est la concubine de mon père et n'a pas d'autre amant.

D'un geste vague de la main, Philipa balaya l'objection.

— S'il lui reste un peu de décence, c'est d'autant mieux. Peut-être t'aura-t-elle inculqué le sens des responsabilités.

Sur ce, elle tendit la main et défit la coiffe de toile qui maintenait en place la chevelure d'Anne.

— Tu vas faire ce que je te demande et prendre ce bain, conclut-elle.

— Je ne peux pas.

Ce n'était pas seulement parce qu'elle avait passé sa vie à ne pas contredire la comtesse que sa voix tremblait.

Un nouveau ricanement monta des lèvres de Philipa.

— Tu le peux parce que tu le dois. Et je te conseille de jouer ton rôle à la perfection si tu ne veux pas qu'il arrive quelques mésaventures à tes frères et ta sœur.

Anne écarquilla les yeux d'un air horrifié, ce qui eut le don d'amuser sa tourmenteuse.

— Je constate que j'ai toute ton attention, à présent... Tu vas prendre la place de Mary, sinon je ferai en sorte que ta sœur soit mariée dès demain à l'homme le plus infâme que je pourrai trouver. Quant à tes frères, ils pourraient épouser quelques catins de ma connaissance. Il faut songer au salut de leur âme ! Le mariage est tout indiqué pour les remettre dans le droit chemin.

— Vous êtes ignoble !

Il n'était plus question pour Anne de tenir sa langue.

— Je suis la maîtresse de ce domaine, rectifia posément Philipa. Ma parole a ici force de loi.

Le visage dur comme pierre, les yeux brillants d'une lueur de triomphe anticipé, sûre de sa victoire, elle attendait.

— Je ne suis pas une menteuse, objecta Anne. Je ne saurai pas comment faire pour tromper cet homme.

D'un autre geste de la main, Philipa écarta l'argument.

— Il n'y aura pas besoin de mentir, assura-t-elle. Tu es bien la fille du comte. Contente-toi de tenir ta langue et de suivre l'Écossais dans son lit, et tout ira bien. Quand tu seras enceinte, tu le supplieras de te ramener chez ta mère pour qu'elle puisse t'assister le jour de l'accouchement. Tu vois ? Rien de plus facile...

— Vous prenez ce comte pour un simple d'esprit en imaginant qu'il ne puisse s'apercevoir de la substitution !

— Cet homme est écossais, répondit Philipa avec dégoût. Il va te culbuter deux ou trois fois, le temps que tu tombes enceinte, et ensuite il retournera livrer bataille. Ces clans adorent se battre entre eux. Aucun homme ne s'intéresse à une femme enceinte. Il perdra tout intérêt pour toi dès l'instant où il sera sûr de t'avoir engrossée. Il prendra une maîtresse, c'est certain. Quand le bébé sera né et qu'il viendra voir son fils, plus d'un an se sera écoulé, ce qui facilitera une nouvelle substitution et Mary reprendra sa place sans avoir dû enfanter. Le comte d'Alcaon ne se souviendra même plus de la couleur de tes yeux ! De toute façon, Mary et toi vous ressemblez beaucoup. La suite t'appartient, n'oublie pas : il vaudrait mieux pour toi que tu engendres un fils du premier coup.

— Je ne peux tremper dans une telle intrigue ! décréta Anne en secouant la tête avec obstination. C'est la main de Mary que mon père a accordée à cet homme.

— Et je fais en sorte qu'il puisse avoir une des filles de mon mari, souligna Philipa. Une autre fille, certes, mais qui est tout autant de son sang. En tant que maîtresse de ce domaine, je peux faire cela.

— Vous n'avez pas le droit de leurrer ainsi votre prochain. La malhonnêteté est un péché...

La comtesse se renfrogna.

— Décide-toi ! lança-t-elle sèchement. Déshabille-toi et entre dans ce bain, ou prépare-toi à voir ta mère séparée de ses enfants et expulsée de ce château dans l'heure qui vient. L'accusation de vol suffira à convaincre le capitaine de la garde de la jeter dehors. Ton père étant retenu à la cour, qui penses-tu qu'il choisira de croire ? La maîtresse légitime de ce château, ou toi ?

3

Anne découvrit dans les yeux de Philipa ce qui ne pouvait être que le mal à l'état pur. De toute son existence, elle n'avait jamais rencontré quelqu'un d'aussi méchant. Quant à Mary, elle plaçait son propre confort avant tout le reste, y compris la vie de ceux qui étaient là pour le lui apporter. D'elle non plus, elle ne pouvait attendre aucune pitié. Son visage trahissait uniquement la crainte que le plan élaboré par sa mère vienne à échouer.

Un frisson la secoua. Accepter de prendre la place de Mary dans le lit de son époux ferait d'elle une catin. N'était-ce pas ainsi que l'on traitait les femmes qui se servaient de leur corps pour en tirer un profit personnel ?

Pourtant, avait-elle vraiment le choix ? Par amour pour sa famille, elle devait se sacrifier. D'une main tremblante, elle défit le premier bouton de sa robe.

— Voilà qui est plus raisonnable... se réjouit Philipa. Aide-la, Mary. Il nous faut agir vite, avant qu'une servante s'avise de quoi que ce soit.

Après l'avoir débarrassée du vêtement, Mary s'attaqua au cordon qui retenait le jupon d'Anne à la taille.

Bientôt, celui-ci tomba à ses pieds, ne laissant sur elle que ses dessous. Les doigts de Mary s'activèrent fébrilement sur les lacets de son corset, qui bientôt libérèrent ses seins. En temps ordinaire, Anne aurait apprécié de ne plus être maintenue, mais les yeux de Philipa fixés sur sa poitrine la rendaient nerveuse. Celle-ci regarda sa fille lui ôter sa chemise en la faisant passer par-dessus sa tête. La vision de ses seins nus lui arracha un grognement approbateur.

— Avec des mamelles telles que celles-ci, commenta-t-elle, tu devrais enfanter rapidement. J'ai bien fait de te faire tenir à l'œil. À l'heure qu'il est, tu aurais déjà pondu une kyrielle de bâtards comme ta mère, si je ne l'avais pas fait.

— Je ne suis pas de ce genre-là !

Philipa la foudroya du regard.

— Tu oublies à qui tu parles ? lança-t-elle sèchement.

S'asseyant sur un petit banc, Anne commença à retirer ses chaussures. Sa colère, il valait mieux qu'elle la passe sur ses lacets. Après son départ, sa famille ne serait pas à l'abri de la vengeance de la comtesse. Elle n'aurait pourtant pas demandé mieux que de sortir tout ce qu'elle avait sur le cœur. Il fallait être un démon pour concevoir un tel plan.

— Dépêche-toi ! s'impatienta Mary. Nous n'avons pas beaucoup de temps.

Joignant le geste à la parole, elle s'agenouilla devant elle et s'attaqua au deuxième soulier. Les yeux brillants d'une joie mauvaise, elle eut tôt fait de le retirer, ainsi que le bas.

Anne se sentit soudain intimidée. Depuis qu'elle était sortie de l'enfance, jamais elle ne s'était trouvée nue devant quiconque. Mary se redressa et la contourna afin de défaire sa tresse. Pour une jeune lady trop gâtée, elle se débrouillait bien mieux qu'Anne ne l'aurait pensé. Ensuite, sa demi-sœur s'empara d'une brosse et commença à lui démêler les cheveux. Il semblait bien qu'à la cour, au service de la reine, Mary était parvenue à apprendre une chose ou deux.

— Debout ! ordonna Philipa. Je veux te regarder.

Anne s'exécuta, préservant autant qu'elle le pouvait son intimité sous ses mains.

— Et arrête de faire l'enfant ! poursuivit la comtesse avec un claquement de doigts.

De mauvaise grâce, Anne laissa retomber ses mains contre ses flancs. Après l'avoir toisée de la tête aux pieds, Philipa ordonna :

— Vas-tu enfin entrer dans ce bain ? L'Écossais trouverait étrange que sa noble épouse n'ait pas été baignée avant son arrivée.

L'eau était encore chaude, ce qui la chagrinait d'autant plus de ne pouvoir en profiter pleinement. Anne se baignait habituellement en chemise, le personnel du château n'ayant pas la possibilité de pouvoir le faire dans l'intimité. N'ayant que rarement l'occasion de les voir, la vue de ses propres seins la dérangeait un peu.

Lancée par la comtesse, la savonnette vint heurter la surface de l'eau devant elle, l'éclaboussant. Par pur réflexe, Anne la rattrapa de justesse. Personne, à part Philipa, n'aurait eu l'idée de traiter avec aussi peu de considération un si luxueux article.

Une suave odeur de lavande lui parvint avant que Mary ne lui verse de l'eau froide sur la tête jusqu'à ce que ses cheveux se retrouvent intégralement mouillés. Heureusement, le feu vif qui brûlait dans l'âtre la réchauffait. Jamais elle n'avait eu l'occasion de se laver avec du savon parfumé. La savonnette française glissait agréablement sur sa peau. Elle comprenait, à présent, pourquoi Philipa aimait tant se baigner. À sa place, Anne aussi aurait fait durer ce plaisir...

Mais Mary, qui lui frottait vigoureusement les cheveux, ne semblait pas décidée à la laisser en profiter et, un quart d'heure plus tard, Anne se tint debout devant la cheminée, enveloppée d'un linge. Le désespoir semblait sur le point de la gagner, même si elle faisait son possible pour le repousser. Céder à la panique ne ferait qu'avantager Philipa.

— Ça ne marchera jamais... maugréa-t-elle.

Pour toute réponse, la comtesse ricana doucement.

— Et si le comte désire rester ici une ou deux nuits ? renchérit Anne.

— L'homme est écossais. Il voudra rentrer chez lui au plus vite. J'ai entendu dire que leurs clans profitent de l'absence d'un laird pour passer à l'attaque. Raison de plus pour ne pas envoyer ma fille chez ces barbares...

— Enfile ceci ! ordonna Mary en tendant à Anne une paire de bas finement tricotés qu'elle n'aurait jamais pensé porter un jour. Il peut arriver d'un instant à l'autre. Tu dois te tenir prête.

Une chemise suivit, ainsi qu'une élégante robe appartenant à Mary et un jupon matelassé. En laine épaisse à cause des rigueurs du voyage, elle n'en était pas moins ornée de riches festons. Mary lui brossa également les cheveux, puis les natta soigneusement.

— Et voilà ! se réjouit enfin Philipa. Pour que nul ne se doute de rien, tu porteras un voile quand l'Écossais arrivera. Et ne t'avise pas de me trahir, ou je fais jeter ta mère dehors sans un quignon de pain ni un manteau !

D'un geste de la main, la comtesse lui intima de sortir par un escalier de service donnant sur une tour. Anne lui obéit, mais refusa d'incliner la tête en passant devant elle. Tout au contraire, elle soutint son regard.

— Disparais ! s'emporta Philipa en s'empourprant. Et en attendant le comte, réfléchis à ce qui pourrait arriver à ta famille si tu t'obstines à me défier.

Puis, désignant les vêtements abandonnés par Anne, elle conclut en s'adressant à sa fille :

— Mary, mon ange... Tu vas devoir porter cet uniforme pour aller à Londres. Nous ne pouvons prendre le risque que quelqu'un te reconnaisse, sinon tous nos efforts seront réduits à néant.

Il faisait noir dans l'escalier desservant cette tour utilisée par les archers en temps de siège. Pour le moment, étant donné que l'on ne pouvait y accéder qu'à partir des appartements privés de la comtesse, c'était à son sommet que l'on gardait les livres de comptes du domaine. Les bras serrés contre elle pour tenter de se réchauffer, Anne gravit les marches d'un pas lourd. Le froid était si vif qu'elle avait l'impression qu'il montait de l'intérieur d'elle-même. Peut-être était-ce le cas...

L'idée de devoir quitter sa famille lui fendait le cœur. Elle ne s'était jamais éloignée de sa mère et ne sortait que rarement de l'enceinte du château. Sa vie n'avait rien d'enviable, mais c'était son seul foyer.

Anne frissonna en atteignant la petite pièce qui occupait le sommet de la tour. Elle pouvait toucher le mur des doigts tandis que la pointe de son pied au bout de sa jambe tendue atteignait l'autre. Il n'entrait que peu de lumière par les étroites meurtrières pratiquées dans les épais murs de pierre. Le vent qui s'y engouffrait leur arrachait des gémissements.

Peut-être faisait-elle un cauchemar dont elle allait bientôt s'éveiller. Du plat de la main, elle lissa nerveusement le devant de sa robe aux festons cousus sur le jupon. Elle avait elle-même travaillé à coudre ces vêtements. Étant donné la passion de Mary pour la mode, toutes les paires de mains disponibles au château œuvraient à lui confectionner la garde-robe de ses vœux.

Bien que soigneusement réalisée, la robe n'avait pas été faite pour elle. Trop longues, les armatures du corset lui rentraient dans les hanches. Il lui faudrait y remédier, mais elle n'osait pas s'y atteler, sachant que le nouvel époux de Mary – ou plus exactement *le sien* – pouvait arriver d'une minute à l'autre.

Cette perspective laissa Anne songeuse. Elle n'avait pas peur des hommes, mais elle se sentait ignorante à leur sujet. Placée sous surveillance, elle s'était astreinte à ne pas prêter attention aux garçons qui cherchaient à lui plaire. À présent, cela lui semblait malavisé. Et si, à cause de son inexpérience, l'Écossais la rejetait ? Comment aurait-elle pu connaître la marche à suivre pour le retenir dans son lit ?

Un trouble profond s'emparait d'elle chaque fois qu'elle songeait au « devoir conjugal ». Peut-être, après tout, pouvait-elle s'arranger pour y couper, si elle tombait rapidement enceinte de cet enfant que Philipa exigeait d'elle ? L'angoisse lui serrait le cœur dès qu'elle pensait au rôle que la comtesse lui faisait jouer dans la supercherie qu'elle avait mise au point. Elle avait le sentiment que rien – pas même le meurtre – ne pourrait l'arrêter. Anne déglutit péniblement et s'enjoignit de ne pas paniquer. Il lui fallait réfléchir, trouver le moyen de prévenir son père. Impossible de mettre l'Écossais au courant de ce qui se tramait. Il la renverrait immédiatement chez elle, où elle se retrouverait aux mains de Philipa. Imaginer la douce Bonnie mariée à son âge lui retournait l'estomac… À la réflexion, leur père était le seul à pouvoir intervenir pour protéger sa deuxième famille.

Et il le ferait. Anne n'en doutait pas. Il ne lui restait que cet espoir, et elle devait s'y accrocher.

Elle allait lui écrire une lettre. Pivotant sur ses talons, Anne regarda le bureau où elle avait passé tant d'heures à tenir les comptes du domaine. Il y avait là de quoi écrire, mais comment ferait-elle parvenir le message à son destinataire ? La cour, où les nobles aux intentions diverses se pressaient autour de la reine, n'était pas un endroit sûr. Personne de sa connaissance ne pourrait remettre un pli en main propre à son père. Le secrétaire du comte gardait souvent pendant des semaines le courrier qui lui était destiné avant de pouvoir le lui présenter.

En s'asseyant, elle repoussa le couvercle de l'encrier, saisit une plume et la chargea d'encre avant de la poser en haut d'une feuille vierge. Et tout en écrivant, elle ne cessa de tendre l'oreille de peur qu'un bruit de pas dans l'escalier ne vienne l'interrompre dans sa tâche.

Sa lettre achevée, Anne la scella à la cire mais sans y imprimer de sceau et la glissa soigneusement à la page en cours du livre de comptes. Son père l'y trouverait lorsqu'il viendrait en personne régler leurs gages à tous les membres du personnel. Il s'écoulerait encore quatre mois avant ce jour, mais le comte avait préservé cette tradition. Avec un peu de chance, personne ne prêterait attention à cette lettre dépourvue de sceau et ne l'ouvrirait avant lui. Pour une fois, la négligence de Philipa pouvait se révéler bénéfique.

Anne se surprit à prier avec ferveur pour qu'il en soit ainsi.

En attendant, il lui faudrait faire preuve de toute la ruse dont elle était capable afin d'empêcher l'Écossais de consommer cette union. Elle avait besoin de temps. Elle se sentait un peu coupable, car l'homme était innocent, mais elle n'avait pas le choix.

Une fois le livre remis en place, Anne se leva et fit les cent pas. Le temps s'écoulait trop lentement, et elle n'était pas habituée à ne rien faire. Enfin, des heures plus tard, alors que son ventre commençait à gronder et que le soleil s'apprêtait à se coucher, Mary vint lui apporter un repas.

Avec un haussement d'épaules, sa demi-sœur maugréa :

— J'ai oublié de t'apporter à manger ce midi... Je ne suis pas habituée à devoir jouer les servantes.

Après avoir déposé rudement le plateau sur le bureau, elle examina la petite pièce et ajouta :

— Mère dit que tu vas devoir dormir ici. Il faut que je te trouve une paillasse. Mère dit aussi que je ne pourrai pas retourner à la cour tant que tu n'auras pas accouché. J'espère que ce comte ne va pas lambiner...

Anne attendit que Mary se soit engagée dans l'escalier pour laisser libre cours à sa colère en marmonnant tout bas. Il était pourtant plus sage de tenir sa langue. Sans feu pour réchauffer la pièce, elle pouvait souffrir du froid cette nuit-là. Restait à espérer que cette sotte créature serait assez avisée pour lui trouver de quoi avoir chaud.

Il n'y avait pas de couvre-plat en argent pour conserver la chaleur de sa nourriture, qui n'en avait de toute façon nul besoin. Pour tout repas, elle devrait se contenter d'un bol de porridge froid et d'un quignon de pain à moitié rassis. Refusant de s'apitoyer sur elle-même, Anne prit le bol et commença à manger. Mary n'ayant pas pensé aux couverts, il lui fallut le faire avec les doigts. Un pichet de terre cuite se trouvait également sur le plateau. Il ne contenait que du petit-lait, mais il lui permit de faire passer la bouillie épaisse.

Un bruit de pas précipités dans l'escalier interrompit son repas. Mary apparut, essoufflée, en haut des marches.

— Tu devras te contenter de ça, annonça-t-elle. Je ne peux aller chercher ta paillasse dans la chambre des servantes sans éveiller les soupçons.

Elle jeta à même le sol ce qui lui encombrait les bras et se hâta de disparaître.

« Cette idiote ne serait même pas capable de s'occuper d'un cheval », songea Anne, morose.

Après s'être rincé les doigts avec le petit-lait, Anne n'eut d'autre choix que de s'essuyer sur le bas de sa robe, même si elle n'aimait pas la salir ainsi. Elle alla ensuite examiner ce que Mary lui avait apporté : non pas une couverture, mais une grande cape de voyage en laine bouillie, munie d'une capuche. Avec le vent que laissaient entrer les meurtrières, il devait faire aussi froid la nuit en haut de cette tour que dans la cour du château. Cette cape ne la protégerait guère...

Maudissant sa demi-sœur, Anne lança un regard au quignon de pain qui restait sur le plateau. Elle préféra résister à l'envie de le manger. Elle ignorait quand on la ravitaillerait de nouveau, et mieux valait un ventre à moitié plein qu'un ventre vide.

Le soleil disparut à l'horizon. Les chandelles étaient une denrée rare, que l'on gardait sous clé dans les réserves. Faute d'avoir de quoi s'éclairer, Anne regarda ce qui se passait à l'extérieur à la faveur des dernières lueurs du jour. Elle vit dans l'écurie, où s'achevaient les dernières tâches de la journée, briller quelques lumières. Sur le chemin de ronde, les sentinelles poursuivaient leur veille incessante. Elle fut tentée de les rejoindre en descendant d'un étage pour remettre la lettre destinée à son père à leur capitaine, mais elle estima que le risque était trop grand. Philipa menait le domaine d'une main ferme et n'hésitait pas à renvoyer quiconque avait le malheur de lui déplaire. Pour se faire bien voir, le capitaine pouvait être tenté de lui remettre le pli plutôt qu'à son destinataire. Étant donné que le comte passait le plus clair de son temps à la cour, nombreux, à Warwick Castle, étaient ceux qui préféraient se concilier les bonnes grâces de la châtelaine.

Anne alla ramasser la cape et la passa autour de ses épaules. Ceux qui lui étaient chers ne se trouvaient pas très loin, mais elle avait la sensation d'être déjà séparée d'eux. En dépit de ses bonnes résolutions, des larmes affluèrent à ses yeux. Avec les ténèbres pour seule compagnie, elle n'avait plus la force de ne pas pleurer. En se laissant glisser contre un mur, elle s'assit sur le sol et serra ses genoux contre ses bras.

Le sommeil finit par la gagner. Au plus glacial de la nuit, elle se tapit en chien de fusil sous sa couverture de fortune. Elle revit en rêve le grand feu qui avait flambé dans la chambre de Mary, mais elle avait beau tenter de s'en approcher, celui-ci s'éloignait au fur et à mesure...

Au petit matin, Anne s'éveilla plus fatiguée qu'elle ne l'avait été la veille en s'endormant. Ses yeux la piquaient, et ses doigts étaient douloureux d'avoir serré les pans de la cape autour d'elle. Tout son corps se ressentait d'avoir dormi à même le sol. Dans ses souliers, ses orteils étaient frigorifiés. Le moindre geste lui faisait mal, mais ne pas bouger se révélait tout aussi douloureux.

Les premiers rayons du soleil frappant une meurtrière traçaient un rai de lumière sur le mur opposé. Elle se leva pour en profiter, exposant à la chaleur ses joues glacées.

— Cavaliers en vue !

L'appel de la sentinelle dans le petit matin calme lui fit rouvrir les yeux. Anne se rua vers la meurtrière donnant sur la cour, mais les portes du château demeuraient fermées. Au-delà du mur d'enceinte, dans le lointain, une bannière bleu et doré flottait au vent. Le capitaine de la garde, à peine tiré du lit, gagna le chemin de ronde en chemise et observa l'approche du convoi dans une lunette.

— Délégation du comte d'Alcaon ! cria-t-il. Sonnez le rassemblement.

À l'appel de la cloche, des hommes sortirent en hâte de leurs baraquements. La forteresse étant bâtie sur une hauteur, le convoi était encore à distance respectable, mais Anne comprit que son heure avait sonné. Pendant que les soldats finissaient de se rassembler dans la cour, elle fit une prière pour que le Seigneur lui pardonne l'imposture à laquelle, sous la contrainte, elle devait se prêter.

— Dépêche-toi donc !

Hors d'haleine, Mary venait de passer la tête en haut de l'escalier, sans se donner la peine de gravir les dernières marches. D'un geste impatient, elle ordonna à Anne de la suivre dans la chambre de Philipa. L'estomac serré et la mort dans l'âme, celle-ci s'exécuta, certaine de se rapprocher un peu plus à chaque marche de la damnation.

— Te voilà ! s'exclama la comtesse. J'espère que la nuit t'a porté conseil et t'a mise dans de meilleures dispositions.

Philipa paraissait nerveuse, ce qui ne lui ressemblait pas. Comme Anne ne répondait pas, elle enchaîna :

— Oui… Bien ! Nous sommes donc d'accord. Mary, couvre-lui la tête…

Sa fille prit sur une chaise une coiffe à la française, cachant les oreilles et la nuque. Sur l'arrière, un long voile de laine descendait jusqu'à la taille. Et sur le devant, une fine cotonnade dissimulait entièrement le visage sans empêcher celle qui le portait de voir.

Quand le temps était à la neige, il arrivait que les dames s'en servent pour protéger leur maquillage.

— Parfait ! approuva Mary avec un sourire triomphant. Cela devrait suffire pour que nul ici ne se doute de ce qui se passe.

Un coup violent fut frappé à la porte.

— Cours te cacher, Mary ! chuchota la comtesse. Plus vite, mon ange…

En regardant sa fille s'éloigner vers l'escalier menant à la tour, Philipa eut un sourire attendri, qui se figea dès qu'elle se tourna vers Anne.

— Tu as intérêt à ne pas oublier mes instructions, lui recommanda-t-elle. Dès que tu seras enceinte, demande à l'Écossais de te laisser rejoindre ta mère. Même un barbare ne pourrait te refuser ce réconfort.

En réponse au nouveau coup qui venait d'ébranler la porte, elle cria distinctement :

— Entrez !

Le capitaine de la garde pénétra dans la pièce et s'inclina devant elle.

— Le comte d'Alcaon vous attend dans la cour, milady.

— Nous sommes prêtes !

D'autorité, Philipa empoigna l'avant-bras d'Anne.

— N'est-ce pas, ma chérie ? ajouta-t-elle en enfonçant fortement ses doigts dans sa chair.

À contrecœur, Anne acquiesça d'un signe de tête.

Anne se figea en découvrant les nouveaux arrivants. Elle avait beau s'être pliée aux exigences de Philipa en restant vierge, elle savait – plus ou moins – à quoi ressemblait un homme. Or, à l'exception d'un ou deux villageois réputés pour leur force, elle n'avait jamais vu d'individus aussi grands et athlétiques que ceux-ci.

Ses yeux s'attardèrent sur leurs manches roulées haut sur leurs bras et sur la chair exposée avec insouciance. Les pantalons étaient rares. La plupart portaient des kilts, mais la fraîcheur matinale ne semblait pas les gêner. Leur chemise était une sorte de tunique aux manches larges dépourvues de poignets. C'était à peine s'ils avaient boutonné leurs pourpoints en cuir. Leur mise garantissait davantage le confort que l'élégance, à l'exception de leurs tartans aux couleurs – bleu, jaune, orange – de leur clan. Une broche de métal épinglait le coin de leur tartan sur l'épaule, au-dessus de laquelle pointait la poignée de l'épée que tous portaient glissée dans le dos.

Tu vas avoir un mari, Anne...

Les paroles de Bonnie lui revinrent en mémoire tandis que l'un des hommes s'avançait. Ses cheveux étaient aussi noirs que la nuit et ses yeux étaient bleu foncé. Les manches de sa tunique roulées mettaient en valeur la musculature puissante de ses bras. On aurait dit une de ces statues d'athlètes antiques, tout en muscles.

— Je suis Brodick McJames, annonça-t-il.

Philipa s'inclina, tirant sèchement Anna par le poignet pour l'inciter à faire de même.

— Bienvenue à Warwick Castle... dit-elle. Je me sentirais honorée si vous acceptiez notre hospitalité.

Sur ce, la comtesse le salua plus bas et plus humblement encore. Mais le comte d'Alcaon n'avait cure de ces démonstrations de déférence et gardait les yeux fixés sur Anne. Elle espérait quant à elle qu'il allait accepter de séjourner au château quelques nuits. Il n'en faudrait peut-être pas davantage pour tuer dans l'œuf l'horrible machination de Philipa.

— Je regrette de ne pouvoir accepter votre aimable invitation, répondit-il. Je dois regagner mes terres.

— Je comprends, assura Philipa avec empressement.

— Croyez bien que je le regrette, ajouta-t-il de la voix profonde et autoritaire d'un homme habitué à commander. Mais je peux vous assurer que votre fille n'a rien à craindre sous notre escorte.

Lentement, il gravit les marches du perron. Plus il se rapprochait, plus il paraissait impressionnant... Quand il les rejoignit, il dominait Philipa de la tête et des épaules.

— Je vous en remercie, milord...

De toute sa vie, Anne ne l'avait jamais vue aussi docile. Elle lui jeta un regard de biais, étonnée de constater avec quelle facilité elle interprétait son rôle. Dans les yeux de la comtesse flamba une lueur menaçante qui lui sembla tout de suite plus familière.

— Mary ! lança-t-elle. Tu manques à tous tes devoirs. Présente tes respects à ton époux.

Anne s'inclina bien bas à son tour en murmurant :

— Milord...

— Milady...

Tête basse, elle vit qu'il lui tendait la main, paume en l'air. Un frisson la parcourut. Ève, quand il lui avait fallu faire face au serpent, avait dû ressentir ce qu'elle ressentait à cet instant. En réponse au pincement de Philipa, Anne posa sa main sur celle du comte et sentit ses doigts se refermer sur les siens avec une force maîtrisée. Il l'attira à lui, les yeux plissés, et chercha à scruter son visage à travers le voile. Visiblement déçu de ne pas y parvenir, il se retourna et l'entraîna en bas des marches, où l'un de ses hommes tenait une jument par la bride.

Anne, qui soulevait ses jupes pour mettre le pied à l'étrier, eut un petit hoquet de surprise lorsqu'elle se sentit empoignée par la taille. Aussitôt après, ses pieds décollèrent du sol et il la jucha sans effort sur l'animal, sous les vivats de ses hommes qui résonnèrent dans la cour. Cela fait, le comte lui adressa un sourire juvénile, qui s'effaça aussitôt de ses lèvres. Redevenu l'homme inflexible à qui tous obéissaient, il la regarda s'installer en amazone et lança :

— En selle !

Lui-même eut tôt fait d'enfourcher sa monture, un fringant étalon noir, aussi impressionnant que son cavalier, qu'il guidait d'une main ferme.

Je l'ai vu, sur son coursier noir...

Son kilt avait remonté sur ses jambes, aussi gonflées de muscles que l'étaient ses bras. Elle les vit presser fermement les flancs du cheval et tandis que celui-ci faisait demi-tour, elle fixa l'impressionnante épée dans son dos.

Au printemps, un bébé grandira dans ton ventre, qui naîtra avant la pleine lune de l'équinoxe d'automne.

La prédiction de Bonnie la fit frémir. Elle ne devait pas avoir cet enfant ! Il lui fallait trouver un moyen d'éviter ça.

L'homme, qui tenait les rênes de sa monture, l'entraîna à sa suite. Les habitants du château lui firent leurs adieux et lui adressèrent des vœux de bonheur. Les yeux rivés sur les dos puissants des cavaliers qui se trouvaient devant elle, Anne ne leur répondit pas.

Leur formidable chef à leur tête, tous s'engouffrèrent sous la porte du château. Docile, la jument suivit.

Tandis que le convoi prenait de la vitesse, Anne s'en tint à sa résolution de ne pas se retourner. Une seule chose lui occupait l'esprit : faire mentir, pour une fois, les prédictions de Bonnie.

Une heure plus tard, agrippée au pommeau de la selle, Anne avait renoncé à prier, car il n'y avait sans doute pas suffisamment de saints au ciel pour lui venir en aide. Régulièrement, ses yeux se posaient sur le comte d'Alcaon. Les jambes serrées autour des flancs de sa monture, le dos droit, il paraissait ne faire qu'un avec elle alors qu'ils gravissaient une sente escarpée. Garder cet homme à distance allait se révéler une véritable gageure. À ses yeux, elle était sa femme légitime.

Oui, tous les saints du ciel n'y suffiraient pas...

Anne se renfrogna. Bien plus que de prières, c'était d'un plan solide qu'elle avait besoin, si elle voulait donner à son père le temps de découvrir sa lettre.

Comme prévu, le corset, taillé aux mensurations de Mary, était trop long. Ses armatures lui rentraient cruellement dans les hanches, et changer de position ne faisait qu'aggraver la douleur. Elle s'efforçait de bouger aussi peu que possible tandis que les hommes du comte, en s'arrangeant pour n'en rien laisser paraître, gardaient à tour de rôle l'œil sur elle.

De son côté, elle s'efforçait de les ignorer, même si la tâche se révélait difficile. Ces hommes et l'insouciance avec laquelle ils s'exposaient au froid la fascinaient. Selon les critères anglais, le Warwickshire, situé tout au nord du royaume, était une contrée glaciale. Mais ces hommes semblaient insensibles au vent frais de la course. Les voir si peu habillés suffisait à la faire frissonner.

À l'évidence, tous paraissaient pressés de rentrer chez eux et conduisaient d'une main experte leurs montures sur les chemins rocailleux. Anne n'aurait pu les en blâmer, elle qui aurait tant voulu connaître cette joie et à qui l'on avait interdit de faire ses adieux aux siens. Elle réprimait de toutes ses forces les larmes qui affluaient de temps à autre à ses paupières. Dans la situation qui était la sienne, pleurer ne servirait à rien. Elle avait suffisamment méprisé les pleurnicheries de Mary pour ne pas s'y abandonner.

Le comte n'ordonna à ses hommes de faire halte que deux fois, et toujours près d'un cours d'eau pour que les bêtes puissent s'abreuver. Lorsqu'elle mit pied à terre, Anne ne sentait plus ses pieds et ses jambes faillirent la trahir. Jamais elle n'était demeurée à cheval aussi longtemps. Sa vie à Warwick Castle s'était cantonnée au domaine et aux villages environnants où elle se rendait à pied. De plus, elle ne gagnait pas assez d'argent pour se payer une monture aussi racée. Posant la main sur le flanc de l'animal, elle laissa courir ses doigts sur sa robe lustrée.

— Belle bête, n'est-ce pas ?

Tournant la tête, Anne découvrit un des hommes de l'escorte quelques pas derrière elle. Les yeux aussi bleus qu'un ciel d'été, il l'observait attentivement. Ses cheveux blonds détonnaient également. En tout, il semblait l'antithèse du comte.

— C'est vrai, reconnut-elle. Elle est magnifique.

L'homme caressa la croupe de la jument d'une main ferme.

— Elle est surtout endurante, dit-il. C'est ce qui compte.

Anne lâcha les rênes et laissa sa monture rejoindre ses congénères au bord de l'eau.

— Mon frère a lui-même sélectionné ses géniteurs. Les chevaux McJames sont les meilleurs de toute l'Écosse.

— On le dirait bien, en effet.

À ses yeux plissés, on devinait que l'Écossais tentait de discerner le visage d'Anne sous son voile. Faute d'y parvenir, il la toisa de la tête aux pieds avec assurance, comme il aurait pu le faire face à une jument.

— Une lady anglaise ne porte-t-elle pas de gants afin de préserver la douceur de ses mains ? s'étonna-t-il.

Anne écarquilla les yeux sous son voile. Par réflexe, elle serra les poings et sentit sous ses paumes ses doigts glacés.

— Je les ai oubliés ce matin.

Avec une grimace de dépit, elle songea qu'elle venait de commettre une erreur en répondant sans réfléchir. En tant que lady, elle aurait dû avoir une servante pour veiller à ce genre de détails.

— Quand on a annoncé votre arrivée, ajouta-t-elle, j'ai un peu... perdu mes moyens.

Un grand sourire illumina le visage de son interlocuteur.

— N'allez pas dire cela à mon frère. Son orgueil naturel n'a pas besoin d'être flatté.

Il assortit ses propos d'un clin d'œil, qui surprit Anne. Jusqu'alors, elle n'aurait pu imaginer un de ces terribles Écossais se détendre suffisamment pour plaisanter.

— Je ne vous retiens pas davantage, reprit-il. Veillez à faire vos besoins avant que nous repartions.

Du regard, il désignait un alignement de gros rochers derrière elle. Anne se sentit rougir jusqu'aux oreilles.

— Oui. Je vous remercie, couina-t-elle faiblement.

En suivant son conseil, elle eut l'impression que tous les regards convergeaient sur elle. Revenir ensuite en restant digne ne fut pas non plus une mince affaire. Elle avait conscience que c'était ridicule – le corps a ses exigences que nul ne peut ignorer – mais elle ne pouvait s'empêcher d'être gênée.

Le comte était déjà remonté en selle et scrutait l'horizon, le visage impénétrable. Contrairement à celui qui s'était présenté à elle comme son frère, il ne paraissait ni jovial ni détendu. Il émanait de lui une détermination sans faille. Et lorsque ses yeux finirent par se poser sur elle, Anne sentit ses joues s'empourprer.

En se mordillant la lèvre, elle soutint son regard, incapable de s'y soustraire. Le comte se renfrogna, avant de détourner les yeux. Sa réaction froissa son amour-propre autant que l'avait fait sa soudaine rougeur. Comment pouvait-elle rougir à cause de lui ? Et pour quelle raison trouvait-il sa vue déplaisante ?

Bah ! C'était mieux ainsi. Il lui serait plus facile de se refuser à lui.

Anne ne pouvait pourtant nier sa déception. C'était incompréhensible.

— Un peu de patience… s'amusa le frère du comte en lui ramenant sa jument. Vous n'aurez bientôt plus que l'un l'autre pour compagnie, tous les deux.

Tout sourire, il s'inclina et présenta à Anne ses mains jointes pour l'aider à monter. Décidée à se passer de lui, elle empoigna le pommeau de la selle et se hissa sur sa monture en prenant appui sur l'étrier.

— Eh bien... Je n'ai jamais vu une lady anglaise capable d'accomplir cela, commenta-t-il. Peut-être mon frère a-t-il fait un meilleur choix que je ne le craignais.

Anne résista à la tentation de relever son voile pour le foudroyer du regard. L'homme lui souriait largement, les yeux brillants d'une lueur de malice. En constatant à quel point il ressemblait ainsi à Bonnie, elle sentit sa colère s'apaiser.

— Vous êtes donc un spécialiste en la matière ? fit-elle mine de s'étonner.

Son expression devint pensive.

— J'ai accompagné mon frère à la cour de votre reine, répondit-il. Donc, effectivement, je sais de quoi je parle.

Avec une certaine méfiance, il ajouta :

— Vous n'êtes pas exactement telle que je l'imaginais.

Il l'observait d'un œil tellement critique qu'elle se demanda à quoi, au juste, il s'était attendu.

— En ce qui me concerne, répliqua-t-elle sèchement, je me serais bien gardée de me faire une opinion sur vous et votre frère avant de vous avoir rencontrés...

Un sourcil arqué, il la dévisagea d'un air narquois.

— Voilà un ton que je connais. Vous autres Anglaises devez descendre en droite ligne des Walkyries. Tous les vents du nord portant neige et frimas se déchaînent quand vous décidez de remettre un homme à sa place…

Anne garda le silence.

— Je m'appelle Cullen, précisa l'homme en lui tendant un petit paquet entouré de chiffon. Voici de quoi manger. Sterling est à deux jours de route. Vous aurez besoin de toutes vos forces.

— Merci.

En le regardant accrocher le lacet de cuir d'une outre au pommeau de sa selle, Anne se sentit rougir de plus belle. Pour rien au monde elle n'aurait voulu ressembler à Philipa, mais elle ne pouvait se permettre de se montrer telle qu'elle était sous peine de mettre sa famille en danger. Elle était condamnée à jouer son rôle, du moins tant que son père n'aurait pas découvert dans quelle situation elle se trouvait.

Avec un bref hochement de tête, Cullen ajouta :

— Bienvenue dans la famille.

Il s'était exprimé d'un ton bourru, qu'elle méritait pour s'être montrée si hautaine. Elle le regretta en le regardant rejoindre son cheval, mais il y avait tant de choses qu'elle regrettait et qu'il n'était pas en son pouvoir de changer… Même si son attitude allait à l'encontre de tout ce qu'on lui avait inculqué, elle n'avait d'autre choix que de tenir son rôle de menteuse et de traîtresse.

4

Le comte n'ordonna de faire halte que lorsque le soleil eut presque totalement disparu. Seule une traînée rosâtre colorait encore l'horizon quand il leva la main. Ses hommes semblaient savoir exactement ce que signifiait ce geste, car tous mirent pied à terre et commencèrent à dresser le camp.

L'endroit qu'il avait choisi était abrité par un rideau d'arbres qui masquerait leur présence. Il ne restait que peu de feuilles sur les branches, mais de grands rochers se dressaient derrière. Le flanc de l'un d'eux était maculé de suie, et ce fut contre lui que deux hommes entreprirent de faire un feu, pendant que deux autres s'occupaient des chevaux et qu'un cinquième grimpait l'escarpement rocheux pour y assurer le premier tour de garde.

Les autres conversaient à voix basse, mais Anne percevait leur ton enjoué et leur accent écossais rocailleux. Son isolement pesait lourdement sur ses épaules. En soupirant, elle tourna les talons et se dirigea vers le ruisseau. Elle ne pouvait le distinguer, mais son murmure lui était perceptible. Il lui fallut monter au sommet d'une petite éminence pour le voir couler en contrebas. L'outre de Cullen s'était révélée pleine d'eau et non de vin, et celle-ci lui avait été bien utile pour humecter ses lèvres desséchées par le vent de la course. S'aventurant sur la rive, elle prit garde de retrousser ses jupons avant de s'agenouiller pour la remplir. L'air frais de la nuit caressait ses jambes et lui donnait la chair de poule. Dès qu'elle eut terminé, elle se hâta de reboucher l'outre et de se relever.

En redressant la tête, elle eut un petit hoquet de surprise en tombant nez à nez avec le comte. Il ne se trouvait qu'à deux pas d'elle et emplissait son champ de vision de son imposante carrure. Par réflexe, elle recula, oubliant le ruisseau dans son dos. Ses talons glissèrent dans la terre humide et elle perdit l'équilibre. L'outre lui échappa des mains et tomba dans la boue tandis qu'elle luttait pour ne pas choir.

La main du comte lui agrippa le poignet. Anne sentit ses doigts forts et chauds sur sa peau. D'une brusque traction, il la tira vers lui et elle alla buter contre son torse puissant. À choisir, peut-être aurait-elle préféré s'affaler dans l'eau… En sentant son bras enlacer fermement sa taille, elle écarquilla les yeux.

— Aviez-vous vraiment l'intention de disparaître dans la nuit ? s'enquit-il.

Le calme avec lequel il s'était exprimé dissimulait mal sa colère. Les traits figés par la méfiance, il scrutait son visage.

— Je voulais juste prendre de l'eau, se justifia-t-elle.

Un ricanement sarcastique lui répondit.

— Et, pour ce faire, vous vous éclipsez dans le noir sans rien dire à personne ?

— Je n'ai pas vu les choses sous cet angle, admit-elle.

Il avait raison. Mary ne serait pas allée reconstituer sa réserve d'eau. Elle aurait envoyé quelqu'un le faire pour elle.

— J'apprécierais que vous restiez près de mes hommes, reprit le comte. Nous nous passerions volontiers de devoir donner la chasse aux membres d'un autre clan qui pourraient vous enlever en tombant sur vous sans escorte. Si vous n'avez pas peur du mal qu'ils seraient capables de vous faire, songez au sang qu'il faudrait verser pour vous récupérer.

— Mais… je ne veux pas qu'on se batte pour moi ! protesta-t-elle, horrifiée.

— Dans ce cas, faites en sorte que ce ne soit pas nécessaire. Je ne laisse personne prendre ce qui est à moi, madame. Enfuyez-vous, et je n'aurai de cesse que je ne vous aie rattrapée.

Le ton de sa voix était inflexible.

— Je n'étais pas en train de m'enfuir, assura-t-elle.

Le comte grogna sourdement, mettant manifestement sa parole en doute. Anne, dont la colère montait, préféra pincer les lèvres pour ne pas lui donner libre cours. Le traiter de lourdaud présomptueux ne l'aiderait pas, même si la véritable Mary n'aurait pas manqué de l'insulter dans ces circonstances.

— Allez-vous un jour ôter ce voile ? s'agaça-t-il. Je croyais que les nonnes n'étaient plus en odeur de sainteté en Angleterre…

Le menton pointé, Anne plongea son regard dans celui du comte. Ses yeux étaient d'un bleu très sombre.

Il a des yeux noirs comme la nuit…

Un frisson lui remonta l'échine. De si près, elle percevait parfaitement l'odeur de sa peau. Elle rougit. Une curieuse sensation naquit au bas de son ventre. En le repoussant fermement, elle tenta de lui échapper.

D'un mâle grognement, il se moqua de sa réaction.

— Puisque vous avez fréquenté la cour, il n'est pas utile de feindre l'innocence, Mary.

« Un lourdaud présomptueux, songea-t-elle. C'est bien ça. »

— Mais... je n'ai pas besoin de feindre quoi que ce soit.

Il plissa les yeux de plus belle en tentant de la dévisager à travers son voile. Puis, d'un geste vif, il lui ôta sa coiffe sans ménagement et demeura un instant saisi, avant de la relâcher.

— Permettez-moi d'en juger par moi-même, gronda-t-il.

En reculant pour mettre un peu de distance entre eux, la chaussure d'Anne s'enfonça dans la boue. Dressé devant elle, le comte lui bloquait le passage et cela semblait l'amuser beaucoup.

— Si vous avez pris l'habitude d'une conduite immorale à la cour de votre reine, sachez que je ne suis pas homme à me laisser couvrir de honte.

Anne redressa le menton et répliqua, piquée au vif :

— Vous vous êtes fait clairement comprendre.

Sur ce, elle le contourna sans se soucier davantage de devoir le frôler pour passer. Elle n'avait pas grand-chose en ce monde, mais elle n'acceptait pas qu'on mette sa moralité en doute.

— Tant mieux ! lança-t-il d'une voix autoritaire en lui emboîtant le pas. Je me réjouis d'avoir trouvé sous ce voile le visage qui est le vôtre et non celui, couvert de fard, d'une courtisane.

Après l'avoir rejointe, il caressa du bout de l'index l'une de ses joues et ajouta :

— Cela me réjouit grandement.

Anne frissonna, davantage parce que le ton de sa voix s'était radouci qu'à cause de cette caresse. Pour une raison qui lui échappait, il ne semblait plus en colère contre elle.

Afin de masquer son étrange réaction, elle se détourna. La peau de son visage lui semblait étrangement sensible là où son doigt s'était posé. Une part d'elle-même se réjouissait d'avoir l'approbation d'un tel homme qui n'aurait jamais dû, en temps normal, lever les yeux sur elle.

— Regardez-moi, Mary.

En entendant le comte utiliser le prénom de sa demi-sœur, Anne eut l'impression de recevoir un baquet d'eau glacée sur la tête. Elle pivota lentement vers lui, luttant pour retrouver la maîtrise de ses émotions. Cet homme n'était pas du genre à apprécier d'avoir été dupé. À présent qu'elle ne portait plus son voile, elle ne devait rien laisser paraître sur son visage.

— Je n'ai pas le goût des femmes timides, maugréa-t-il.

Ce ton bourru suffit à l'agacer et à la faire revenir sur terre.

— Vous pouvez toujours me renvoyer chez moi.

Anne fixa la pointe de ses souliers. L'espace d'un bref instant, l'espoir naquit en elle.

— Vous pourriez me rendre à mon père, insista-t-elle. Il est à la cour.

D'une main ferme, il lui souleva le menton, l'obligeant à le regarder dans les yeux, avant de constater froidement :

— Il est vrai que vous avez vécu à la cour, cet antre du vice où l'on complote comme on respire...

Sans lui lâcher le menton, il s'approcha d'un pas et poursuivit d'une voix radoucie :

— Est-ce que je ressemble selon vous à un homme qui pourrait renoncer si rapidement ?

Un petit rire lui échappa, qui la désarçonna. Elle se sentait grisée par son souffle chaud qui lui caressait le visage et les lèvres.

— Vous connaissez mal les Écossais... reprit-il. Nous ne nous laissons pas intimider par quelques regards noirs. En Écosse, nous sommes davantage portés sur l'art et la manière d'échauffer les sens de nos femmes.

Quand ses lèvres se posèrent sur les siennes, Anne sursauta et se libéra de son emprise. Elle eut l'impression que ce baiser inattendu la transperçait de la tête aux pieds.

Enroulant un bras puissant autour de sa taille, le comte la retint prisonnière contre son corps dur comme le roc. Il la serrait si fort qu'elle sentait son cœur battre contre le sien. Sans quitter ses lèvres des yeux, il plaqua la main contre sa nuque et murmura :

— Ne croyez pas m'échapper ainsi. Pouvoir embrasser ma nouvelle épouse est un dû auquel je ne renoncerai pas.

Il l'embrassa de nouveau, mais en prenant son temps cette fois. Sans chercher à lui échapper, Anne s'agita contre lui. Il se passait trop de choses incompréhensibles en elle. Les rares baisers qu'elle avait échangés par le passé avaient été de brefs baisers volés. Brodick, lui, s'attardait sur sa bouche, dont il paraissait se repaître. Ses lèvres se faisaient impérieuses, cherchant à approfondir le baiser. Son étreinte l'immobilisait sans que cela soit douloureux pour elle. Cet homme connaissait parfaitement sa force et gardait à chaque instant la maîtrise de lui-même.

Anne se figea lorsqu'elle sentit la pointe de sa langue caresser sa lèvre inférieure. Un frisson lui remonta l'échine et elle gémit doucement. Jamais elle n'aurait imaginé qu'un simple contact puisse se révéler aussi intense. Elle écarta ses doigts, posés sur la poitrine de Brodick, pour mieux découvrir les reliefs de ses muscles entre les pans ouverts de son pourpoint. Le plaisir qu'elle ressentait était si intense qu'il lui obscurcissait l'esprit.

— Voilà qui est mieux... susurra le comte.

Derrière eux, une voix sarcastique se fit entendre.

— Vous avez manifestement plus d'appétit l'un pour l'autre que pour le dîner...

Anne écarquilla les yeux avec horreur et repoussa Brodick, qui se renfrogna avant de la lâcher et de se tourner vers son frère.

— Tu ne ressembles pourtant pas à un valet de chambre toujours en train d'espionner son maître, lança-t-il amèrement.

Cullen souriait tel un gamin facétieux.

— Tu n'en as pas ! répondit-il.

— Bien sûr que si. Mais, vois-tu, il a l'intelligence de se rendre invisible. Tu devrais prendre exemple sur lui.

Sans s'émouvoir de l'agacement du comte, Cullen les rejoignit et adressa un clin d'œil à Anne.

— Nous n'allons pas nous disputer devant une lady anglaise, dit-il. Elle risque de nous prendre pour des barbares…

Brodick eut un grognement dégoûté qui stupéfia Anne. Jamais elle n'avait vu un comte se conduire ainsi.

— La plupart des Anglais sont déjà persuadés que nous ne sommes rien d'autre que des barbares, marmonna-t-il.

Il jeta à Anne un regard provocant, comme s'il la mettait au défi de le contredire. Un sourire arrogant s'attardait sur ses lèvres et, manifestement, il ne regrettait rien de ce qui venait de se passer entre eux.

— Ce qui est certain, répliqua-t-elle en dardant un œil noir sur lui, c'est que nul ne pourrait vous taxer d'indécision.

Elle aurait été bien en peine de dire ce qu'elle regrettait le plus. Le fait qu'il l'ait embrassée, ou qu'elle y ait pris du plaisir ?

Cullen se mit à rire à gorge déployée.

— Es-tu sûr de vouloir la garder ? demanda-t-il. Je crois que je l'aime déjà beaucoup…

Arquant un de ses sourcils noirs, Brodick le foudroya du regard et croisa les bras. Goliath, indéfectible montagne de muscles, n'avait pu paraître en son temps plus impressionnant.

— Je faisais plus ample connaissance avec elle quand tu nous as brutalement interrompus, reprocha-t-il.

— Fort bien. Mais tu pourrais au moins attendre qu'elle ait le ventre plein avant de consommer cette union.

À ces mots, Anne sentit un vent de panique souffler dans son esprit.

— Vous n'y pensez pas ! s'exclama-t-elle. Pas ce soir. Pas ici...

Il n'en fallut pas davantage pour que Brodick redevienne méfiant.

— Quelle raison auriez-vous de me repousser ?

Elle s'engageait en terrain dangereux. Comment empêcher cet homme d'exiger d'elle ce qu'il était légalement en droit de réclamer ?

— Vous ne sembliez pas avoir d'objections quand je vous ai embrassée, ajouta-t-il en reportant son attention sur les lèvres d'Anne.

En le voyant faire un pas vers elle, elle frissonna de plus belle et se maudit de sa réaction. Il lui fallait garder la tête froide pour trouver un moyen de lui échapper.

— Le cadre ne correspond-il pas à vos critères ? poursuivit-il d'un ton acerbe. Trop primitif, c'est ça ?

L'Écossais s'offusquait manifestement qu'elle puisse ne pas apprécier son pays.

— Je trouve l'Écosse très plaisante, répondit-elle. Mais nous devons respecter certaines traditions.

Les rouages de son esprit tournaient à plein régime. Faute d'avoir trouvé la parade, elle répéta :

— Oui. Il est certaines traditions que nous nous devons de respecter.

— Je ne suis pas sourd, râla-t-il. J'avais compris.

Le cœur battant, Anne prit une ample inspiration.

— Milord, reprit-elle calmement, loin de moi l'idée de vous créer des problèmes. Mais comprenez que je n'ai qu'une seule virginité. Je dois m'assurer que mon mari la trouvera intacte.

— Je suis votre mari.

En disant cela, Brodick s'approcha d'elle. Anne pointa fièrement le menton, refusant de se laisser impressionner. Après tout, malgré la différence de taille, c'était bien David qui avait triomphé de Goliath.

— Certes, admit-elle. Mais je n'ai pas subi l'examen prénuptial, et il n'est pas impossible qu'une fois celui-ci effectué, vous souhaitiez reconsidérer notre union.

Un sourire apparut sur le visage de Brodick.

— C'est exactement ce que je m'apprêtais à faire quand mon frère nous a interrompus. Je serai ravi de procéder personnellement à cet examen.

Le visage de Cullen s'assombrit.

— C'est complètement ridicule ! protesta-t-il.

— Je ne vois pas en quoi ! répliqua Brodick.

— Ce n'est pas vous qui procéderez à cet examen, trancha Anne.

— Pourquoi cela ?

Il la considérait de toute sa hauteur. Elle ne devait pas s'attendre qu'il renonce simplement parce qu'elle lui disait non.

— Vous n'êtes pas une sage-femme, répondit-elle. Que pouvez-vous savoir de l'anatomie féminine ?

Avec un autre sourire ironique, Brodick laissa ses yeux dériver jusqu'à sa poitrine. Aussitôt, Anne sentit la pointe de ses seins durcir sous ses dessous. Celles-ci semblaient soudain aussi sensibles que ses lèvres l'avaient été sous ses baisers. Dans son esprit, l'image du comte embrassant ses mamelons surgit soudain, venue d'elle ne savait où. Une brusque chaleur envahit son corps. La tentation était grande de le laisser faire à sa guise...

— Je vous assure que j'ai une certaine expérience du beau sexe, assura-t-il.

Pourquoi son ton moqueur suscitait-il sa jalousie ?

— Vos « compétences » ne vous serviraient à rien pour déterminer la capacité d'une femme à concevoir, fit-elle valoir, décidée à ne pas céder. C'est une sage-femme expérimentée qui doit procéder à un tel examen. Parfois, c'est la mère du futur marié qui s'en charge. De telles traditions ne sont pas à prendre à la légère. En acceptant cette nuit d'être votre maîtresse, je pourrais dès le lever du soleil me retrouver renvoyée chez mon père, déshonorée.

Anne s'éloigna de quelques pas sur la pente menant au campement.

— Pourquoi votre mère ne s'est-elle pas chargée de vous faire examiner ? s'étonna le comte.

— Il est de coutume que ce soit la famille du marié qui choisisse la sage-femme. Tout le monde sait cela. Vous pourriez refuser une sage-femme choisie par ma mère.

De telles traditions remontaient à des siècles. Elle aurait dû y penser plus tôt. Lorsqu'une femme était mariée par procuration, sa dot se retrouvait légalement aux mains de la famille de son mari. Si celui-ci décidait de la renvoyer à son père, il pouvait s'écouler des années de procédures avant que la famille de la mariée récupère les terres et l'argent. Et quand la bataille juridique était terminée, l'épouse écartée était trop vieille pour être mariée.

L'examen prénuptial constituait une garantie pour toutes les femmes. Dès lors qu'une sage-femme compétente avait estimé qu'une jeune mariée était capable de concevoir, aucune cour ne pouvait annuler le mariage. Dans un monde régenté par les hommes où les enfants risquaient de mourir en bas âge, où des unions demeuraient stériles, ce pouvait être une véritable planche de salut.

— L'examen prénuptial est la règle, conclut Anne d'un ton décidé. Dans nos deux pays.

Elle vit le visage de Brodick se rembrunir. Visiblement, il n'était pas habitué à ce que quiconque vienne contrarier ses plans. Anne n'en demeura pas moins ferme sur ses positions. La moindre faiblesse la conduirait directement dans son lit...

— À présent, intervint Cullen, je sais que je l'aime.

Il s'était exprimé sur le ton espiègle d'un jeune frère taquinant son aîné.

— Avec un frère comme toi, grommela Brodick, je n'ai pas besoin d'ennemis...

Loin de se formaliser, Cullen adressa un grand sourire à son frère, mais le comte fixait Anne. Son regard traduisait son mécontentement. Elle avait beau n'avoir aucune expérience des hommes, elle comprenait intuitivement la frustration qui faisait étinceler ses yeux. Ce qui l'animait était aussi vieux que le monde. Une part inconnue d'elle-même ne demandait qu'à y répondre. Son ventre se noua. Les pointes de ses seins se dressèrent de plus belle.

— Laisse-nous, Cullen ! ordonna-t-il.

L'intéressé ne put que se plier à cet ordre strict. Il acquiesça d'un hochement de tête et tourna les talons, les laissant seuls. La nuit était tombée, à présent. Nul ne les verrait, et le bruit du ruisseau empêcherait qu'on les entende.

— À quel jeu jouez-vous ? s'enquit le comte.

Il s'était exprimé calmement, mais Anne savait qu'elle ne pouvait s'y fier. Elle avait souvent entendu son père user de ce ton-là. Rien de bon ne pouvait en sortir. Brodick était un chef inflexible, qui menait son clan d'une main de fer.

— Répondez-moi ! s'impatienta-t-il. Pourquoi cherchez-vous à éviter notre union ?

— Telle n'est pas mon intention.

— Auriez-vous peur ? insista-t-il. Seriez-vous lâche ?

Anne se retint de le détromper.

— Je vous ai mécontenté, constata-t-elle. Vous devriez me renvoyer à mon père.

La lumière dispensée par la lune nimbait Brodick d'une lueur argentée. L'espace d'un instant, Anne eut l'impression d'être tombée dans un cercle de fées. Avec fascination, elle regarda sa main s'élever dans le noir.

— Manifestement, vous en mourez d'envie, répondit-il.

Sa main se posa sur sa hanche. Avec une secousse, elle se sentit attirée contre lui. Pour mieux la retenir, il avait passé un bras dans son dos.

— Mais je ne serais pas resté longtemps comte d'Alcaon si je m'étais montré aussi timoré, dit-il. La fortune sourit aux audacieux.

Il l'embrassa de nouveau et, cette fois, ses lèvres se firent exigeantes. Une main contre sa nuque, il orienta la tête d'Anne de manière à approfondir le baiser. Ses lèvres forcèrent les siennes afin que sa langue puisse s'introduire dans sa bouche. Elle s'agita contre lui, incapable de faire le tri des sensations qui la submergeaient. Son odeur lui emplissait les narines, suscitant en elle des désirs inconnus. Elle mourait d'envie de le toucher. Ses doigts la démangeaient de découvrir la douceur de sa peau. À tâtons, elle glissa la main dans l'ouverture de la chemise.

La langue de Brodick caressait la sienne. Il la titilla ainsi jusqu'à ce qu'elle accepte de se prêter au jeu et de lui rendre la pareille. Cette danse impudique la comblait de volupté, annihilant toute autre considération. Plus aucun de ses devoirs ne comptait pour elle. Seule importait l'urgence du désir.

Brodick renonça à ses lèvres et déposa le long de sa joue un chapelet de baisers. Elle frissonna, espérant qu'il descendrait jusqu'à son cou. Ses doigts s'aventurèrent un peu plus loin sous la chemise, si bien que sa paume reposa bientôt contre sa poitrine. Elle sentait battre son cœur, et le sien battait plus fort encore.

— Vous aurez votre examen prénuptial, grogna-t-il. Mais vous souffrirez autant que moi de la frustration d'avoir à différer notre union.

Comme pour sceller cette promesse, il mordilla doucement la naissance de son cou, avant de la relâcher. Anne chancela lorsqu'elle se retrouva libre de ses mouvements. Après la chaleur de leur étreinte, la froideur de l'air nocturne la surprit. Elle serra les bras contre elle.

— Vous aurez autant de mal que moi à vous endormir ce soir, promit-il en saisissant son menton entre ses doigts. Et peut-être que, le jour venu, vous ne souhaiterez plus que je vous renvoie chez votre père.

Il prit son visage en coupe entre ses mains et l'embrassa de nouveau. Il y mit toute sa fougue, sans se soucier de la ménager. Elle sentit sa langue partir à la conquête de la sienne, ce qui éveilla instantanément en elle un sourd désir qui la fit gémir. Puis les lèvres de Brodick quittèrent les siennes, descendirent au bas de sa joue, de son cou. Elle leva la tête pour mieux se prêter à ses baisers. Jamais elle n'aurait imaginé que la peau de son cou puisse être aussi sensible. Sa langue et ses dents se mettaient de la partie pour mieux l'affoler. Les doigts crispés sur sa chemise, Anne dut résister à l'envie de la lui arracher. Elle ne comprenait pas ce qui pouvait lui mettre une telle idée en tête.

Cette fois, ce fut elle qui mit fin au baiser et recula de quelques pas, le souffle court. La peur la tenaillait, mais pas celle de ce qu'il pourrait lui faire. Anne avait bien plus peur de ce qu'elle pourrait avoir envie qu'il lui fasse...

Il la suivit le long de la pente mais s'arrêta à un moment donné, croisant les bras comme pour se retenir de l'étreindre à nouveau.

— J'aime autant vous prévenir, madame... dit-il d'une voix grondante. Notre mariage ne sera pas platonique. Vous aurez votre examen prénuptial, mais ensuite, c'en sera terminé de vos manœuvres pour me tenir à l'écart. Je ne le tolérerai pas !

— Sinon ? répliqua-t-elle d'un air de défi. Vous ne pourrez changer ma nature. Profitez donc de cette nuit pour réfléchir. Vous vous rendrez compte à quel point nous ne sommes pas faits l'un pour l'autre.

— Pourquoi arriverais-je à une telle conclusion, alors que vous cachez tant de passion sous vos grands airs ?

En le voyant faire un pas vers elle, Anne battit instinctivement en retraite. D'une main, il lui immobilisa le menton.

— Je n'ai pas besoin de vous changer... assura-t-il en la fixant droit dans les yeux. Il me suffit de vous révéler à vous-même.

Avec un sentiment d'horreur, Anne voulut nier en secouant la tête, mais ses doigts emprisonnant son menton l'en empêchèrent.

— Bien sûr que si, *lass*... insista-t-il tranquillement. Vous m'avez rendu mon baiser, et c'est tout ce que j'avais besoin de vérifier. Nous apprendrons à nous connaître et à tirer le meilleur parti de ce mariage. Mais, si cela vous chante, sentez-vous libre de prétendre que les pointes de vos seins ne sont pas dressées.

Effectivement, elles l'étaient...

— Vous ne devriez pas dire des choses pareilles, protesta-t-elle.

— Je devrais taire la vérité ? Nous sommes mariés. Ce n'est pas un péché, entre époux.

Sa main glissa sur sa joue. Il émit un claquement de langue.

— Je vous fais rougir, constata-t-il. Votre corps s'efforce d'attirer mon attention, ce que je trouve fort plaisant. Nous sommes faits pour nous entendre. De nombreux couples de notre condition n'ont pas cette chance.

Du bout du pouce, il caressa ses lèvres. Anne en eut le souffle coupé.

— Cela fait deux ans que je négocie avec votre père, reprit-il. Et je ne compte pas renoncer simplement parce que vous ne voyez pas autant que moi la pertinence de cette union. Notre mariage ne concerne pas que nous deux. S'il vous faut ce prétexte, pensez à tous ces gens qui grâce à nous verront leur existence s'améliorer.

Il saisit ses bras et se pencha, de manière qu'elle puisse voir son visage au clair de lune.

— Autant vous faire à cette idée, conclut-il. Brodick McJames ne laissera pas sa propre femme lui dire « non ». Vous êtes mienne, madame. Nous partagerons le même lit, souvent, et j'ai bien l'intention d'embrasser vos seins autant qu'il me plaira.

Sur ce, il la lâcha et la poussa légèrement en direction du camp. Anne trébucha mais reprit bien vite son aplomb.

— Je n'appartiens à personne ! protesta-t-elle.

Ces paroles lui avaient échappé. Elles parurent beaucoup amuser le comte, qui répliqua :

— Voilà une idée erronée que je me fais fort de vous ôter de la tête.

De tels propos étaient inimaginables dans la bouche de n'importe quelle femme, et même dans celle d'une comtesse. Les femmes menaient une existence plus contrainte que celle des hommes de leur famille – pères, frères, maris – qui gardaient toute autorité sur elles. Telle était la loi, en Angleterre aussi bien qu'en Écosse. Brodick était dans son droit en prétendant qu'elle lui appartenait. Toutes les cours de justice du pays lui auraient donné raison.

— Allons nous coucher, maintenant, conclut-il. Puisque vous avez le goût de la tradition, je consens à ce que vous ayez gain de cause. Une fois que la sage-femme vous aura déclarée apte à porter mes enfants, peut-être finirez-vous par vous calmer. Je suppose qu'une jeune mariée peut se montrer nerveuse la première fois que son mari l'embrasse. Même si vous semblez douée pour cela...

— C'était plus qu'un baiser...

Anne laissa sa phrase en suspens, regrettant d'avoir laissé entendre l'étendue de son ignorance.

Le clair de lune illumina la blancheur de ses dents lorsqu'il lui sourit.

— *Aye,* reconnut-il. Mais quel délice ce fut lorsque nos langues se sont mêlées...

Figée sur place, Anne le regarda fixement, troublée par ses paroles. L'excitation qu'elle avait ressentie se réveillait.

— Ce regard signifie-t-il que vous avez changé d'avis ? s'enquit-il.

Revenant près d'elle, il enroula un bras autour de sa taille et la serra contre lui. Sentir sa chaleur chasser la fraîcheur nocturne faillit la faire soupirer de contentement.

— Vous ne semblez pas pressée de rejoindre le camp, murmura-t-il.

— C'est vous qui me distrayez, milord. Je ne suis pas habituée à tourner le dos à quelqu'un qui me parle. On m'a enseigné que cela n'est pas correct.

— Laisser votre seigneur et maître en proie à des désirs non satisfaits ne l'est pas non plus...

En réponse à sa provocation, Brodick la vit écarquiller les yeux. Mais, sans rien perdre de sa superbe, cette femme têtue pointa fièrement le menton et le fixa longuement. Il soutint son regard, serra les dents et fit de son mieux pour résister à la tentation de la provoquer davantage, ce qui n'avait rien d'évident pour lui. Il était de son devoir d'agir honorablement – du moins l'imaginait-il puisqu'il n'avait aucune expérience du mariage –, mais il aimait les femmes et supportait mal de voir ses désirs différés.

Il se fichait de cet examen prénuptial réclamé par sa nouvelle épouse, mais il était vrai que la tradition voulait qu'il en soit ainsi. Il se serait conduit en barbare en le lui refusant.

— Allez rejoindre les autres, ordonna-t-il en la lâchant à regret. Maintenant !

Mary retint son souffle. Manifestement, le ton qu'il avait employé ne lui plaisait pas, mais elle se garda de protester. Après avoir brièvement incliné la tête, elle tourna les talons et regagna le campement.

Brodick resta sur place à la regarder s'éloigner. Il prit une longue inspiration, mais la fraîcheur de l'air nocturne ne suffit pas à l'apaiser.

Que son épouse légitime puisse lui faire un tel effet était pourtant une excellente nouvelle. La plupart de ses amis l'auraient envié. Il était rare que les époux soient bien assortis dans les unions contractées au sein de la noblesse.

Avec un haussement d'épaules, il chassa ces pensées de son esprit. Il n'avait que faire d'une trompeuse consolation. Sous son tartan, son sexe se dressait douloureusement.

Il lui tardait de pousser plus loin ses investigations et de découvrir quels trésors de passion son épouse anglaise conservait sous ses dehors trop sages. Ce que dissimulait ce satané voile avait constitué une surprise pour lui. Découvrir le visage de Mary dépourvu de tout maquillage lui avait semblé aussi délectable que de tomber en plein cœur de l'hiver sur des fraises mûres à souhait. Ses baisers se révélaient aussi doux que l'était ce fruit. Devoir la laisser lui échapper avait constitué une mise à l'épreuve de sa discipline personnelle, et il avait bien failli échouer.

Il était rassurant de constater que le désir était né entre eux. Au moins, il n'aurait pas à s'inquiéter de savoir comment il s'y prendrait pour que sa femme soit enceinte. Nombreux étaient les lairds qui se retrouvaient, après avoir conclu une union de raison bénéfique à leur clan, le sexe en berne en découvrant leur épouse dans le lit nuptial.

Le sien ne risquait pas de connaître ce problème, bien au contraire…

Riant doucement, Brodick regagna à son tour le campement. En définitive, ce mariage lui offrait une divine surprise qu'il était décidé à goûter pleinement.

Anne n'avait jamais envisagé que l'étreinte d'un homme puisse se révéler aussi douce. Comment l'aurait-elle pu alors que l'on avait tout fait, depuis qu'elle était en âge de s'intéresser aux garçons, pour l'éloigner d'eux ? Elle avait l'impression de découvrir un trésor de sensations caché au fond d'elle-même, mais peut-être aurait-elle mieux fait d'évoquer la boîte de Pandore : impossible de la refermer, une fois ouverte…

Il était sans doute préférable de ne plus y penser, mais ce qui venait de se passer avec son mari – ainsi que les troublantes promesses qu'il lui avait faites – ne cessait de la hanter. Finalement, peut-être Philipa avait-elle vu clair en prétendant qu'elle était, comme sa mère, une « fille facile »…

Anne se rembrunit. Sa mère était amoureuse de son père – ce qui n'était pas très avisé. L'amour rendait les hommes fous et arrachait les femmes à leurs familles. De nombreux médecins y voyaient une affection proche de la démence.

Pourtant, il lui était impossible de considérer sa mère comme folle ou de voir en ses frères et sa sœur les conséquences d'un dérangement mental. Il devait y avoir dans ce phénomène qu'on appelait l'amour autre chose à comprendre.

Pourquoi n'avait-elle pas la force de résister aux tentations qui lui nouaient le ventre ? Son épiderme tout entier paraissait soudain s'éveiller d'un très long sommeil. Pour la première fois de son existence, elle maudissait ses dessous, qui lui semblaient un carcan insupportable.

Sentir le désir avoir sur elle une telle emprise n'était pas sans la paniquer. Anne avait beau être vierge, elle n'était pas pour autant innocente. Elle connaissait les réalités charnelles du mariage, mais la luxure, qui menait les femmes à leur perte, n'était pas acceptable. Alors pourquoi lui semblait-elle si attrayante ? Elle aurait dû être capable de ne pas prêter attention aux pointes dressées de ses seins, de bannir de sa mémoire le souvenir de son étreinte, de ses baisers. Tout au contraire, ces tentations la harcelaient tels des elfes décidés à l'entraîner dans leur cercle magique pour y danser à jamais.

Le dîner fut des plus calmes. Le grand feu autour duquel ils s'étaient rassemblés était rassurant. On lui offrit des galettes d'avoine. Anne se félicita d'avoir reconstitué ses réserves d'eau. Un vent frais balayait leur campement, qui la fit frissonner. La plupart des hommes avaient à présent baissé leurs manches et boutonné leurs pourpoints. Dénouant leur tartan, ils s'en drapèrent sur le sol pour passer la nuit au chaud. Elle comprenait mieux à présent l'utilité de tels vêtements. La tenue celtique traditionnelle ne requérait aucune couture et permettait d'affronter la chaleur comme les frimas.

— Vous aurez besoin de ça cette nuit, m'dame.

Un homme lui tendait l'épaisse cape dans laquelle elle avait dormi la veille, tout en la dévisageant de ses yeux sombres. Quand elle s'en saisit, il toucha son bonnet en signe de respect et expliqua :

— Je m'appelle Druce. Nous voici cousins par alliance.

L'air pensif, il la regarda draper la cape autour de ses épaules et poursuivit :

— Le père de votre époux et le mien étaient frères.

Cet homme faisait donc partie de la noblesse écossaise. Pourtant, il chevauchait avec le reste de la troupe, sans rien pour le distinguer des autres. Anne trouvait ce manque d'arrogance rafraîchissant. Chaque homme se faisait respecter pour ce qu'il était, et non en fonction de l'identité de son géniteur. Ici, les chefs se révélaient aussi forts et capables que leurs subordonnés. Elle trouvait cela admirable. Peut-être un peu trop, même, car elle devait se garder de les apprécier.

— Merci, dit-elle.

— Inutile de vous inquiéter d'avoir à dormir à la belle étoile, poursuivit le dénommé Druce. La garde est vigilante et l'Écosse n'est pas aussi sauvage qu'on le prétend.

— J'ai toute confiance dans le jugement de mon père.

Druce lui sourit.

— Voilà qui est parlé en digne fille ! Il ne vous a pas envoyée chez les barbares, quoi que vous ayez pu entendre à ce sujet.

Anne s'empourpra légèrement et répondit :

— Mieux vaut ignorer les commérages. Ils se révèlent rarement vrais.

Cela le fit rire, puis il désigna le sol.

— Vous feriez mieux de vous coucher, conseilla-t-il. Brodick nous fera lever à l'aube.

« Dans sa grande hâte à me mettre dans son lit », songea-t-elle. Anne s'en voulut aussitôt d'une telle pensée mais reporta la faute sur le comte. Avant qu'il ne la touche, jamais elle n'avait cédé à la luxure. À présent, celle-ci coulait dans ses veines avec son sang et troublait ses idées.

Elle piétina quelques instants l'endroit où elle se tenait, à la recherche de pierres sous ses pieds. Après en avoir écarté quelques-unes, elle s'allongea, utilisant la cape à la fois comme couverture et comme tapis de sol.

À peine venait-elle de s'étendre que le bruit d'une lame tirée de son fourreau la fit se redresser, les yeux écarquillés. Les flammes du feu faisaient étinceler l'épée du comte. Agrippant la poignée d'une main, il défaisait de l'autre les lanières qui maintenaient en place le fourreau dans son dos. Cela accompli, il rengaina l'arme et jeta autour de lui un coup d'œil panoramique. Observant la position de chacun de ses hommes, il hocha la tête d'un air satisfait.

Puis il porta son attention sur elle. Anne bénit la capuche qui la protégeait de son regard scrutateur. Le visage impénétrable, Brodick vint s'asseoir près d'elle – trop près – et déposa son épée à sa droite, avant de s'envelopper dans son tartan.

— Détendez-vous... conseilla-t-il. Il est normal que mari et femme dorment ensemble. Vous qui semblez tellement attachée à la tradition, vous devez le comprendre.

Il accueillit avec un sourire le regard noir qu'elle lui lança. Puis il s'allongea sur le flanc à côté d'elle, la tête en appui sur sa paume, pour mieux la regarder. En haussant un sourcil, il tapota le sol du plat de son autre main et ajouta d'un ton amusé :

— Installez-vous... À moins que vous n'ayez trop peur de moi ?

Anne ne pouvait que relever le défi.

— Vous vous surestimez, milord ! répondit-elle en se recouchant. Vous n'êtes pas différent des autres hommes.

Au lieu de prendre la mouche, Brodick sourit jusqu'aux oreilles. Il se pencha au-dessus d'elle. Leurs lèvres étaient sur le point de se toucher. Anne sentit son souffle lui caresser le visage et retint le sien.

— Je vais me faire un plaisir de vous prouver le contraire, susurra-t-il.

Un long baiser s'ensuivit. Il ne lui laissa pas la moindre chance d'y échapper. Sa poitrine maintenait la sienne en place et ses lèvres goûtaient aux siennes de la manière qu'il lui plaisait, voracement et sans douceur. Pourtant, Anne se surprit à apprécier ce baiser qui ranimait la passion qu'il avait si bien su allumer en elle près du ruisseau. Lorsque leurs lèvres se séparèrent, elle avait le souffle court.

— Il me tarde que nous nous retrouvions en tête à tête demain soir, murmura-t-il. Vous découvrirez alors qu'un mari ne peut être un homme comme un autre...

Sur ce, il se rallongea. Anne sentit son regard s'appesantir sur elle tandis qu'elle s'efforçait de chasser ce baiser de ses pensées. Cela lui fut d'autant plus difficile que tout son corps semblait aspirer à ce qu'il l'embrasse encore... et pas uniquement sur la bouche.

Son sommeil fut agité. Elle ouvrit les yeux une demi-douzaine de fois au cours de la nuit, observant les formes sombres des hommes endormis autour d'elle. Elle retournait sous son crâne l'idée de s'enfuir, mais la crainte de livrer sa famille à la colère de Philipa suffit à l'en dissuader.

Alors qu'elle tentait de se rendormir, Brodick poussa un faible grognement derrière elle et passa un bras autour de sa taille afin de l'attirer contre lui.

— Vous avez besoin de sommeil et moi de même, dit-il quand elle chercha à lui échapper.

Il se pressait contre son dos, lui communiquant sa chaleur. Anne devait reconnaître qu'elle avait moins froid ainsi, mais elle percevait également son odeur affolante, ce qui faisait renaître son désir. Elle s'agita de plus belle.

— Continuez à gigoter ainsi contre mon membre et vous devrez vous passer de cet examen que vous réclamez !

Anne retint un petit cri d'effroi. Sur sa nuque, elle sentit se poser les lèvres de Brodick. Sa main descendit lentement se plaquer sur son ventre, de manière que ses fesses demeurent en contact avec son entrejambe. Malgré l'épaisseur des vêtements qui les séparaient, il aurait été difficile à la jeune femme d'ignorer la bosse révélatrice de son sexe au bas de son dos. Elle se figea tandis que la conscience de la manière dont leurs deux sexes pouvaient s'emboîter s'imposait à elle, affolante et tentatrice.

— Voyez comme nous nous complétons parfaitement... lui dit-il à l'oreille.

— Le désir ne suffit pas à prouver que deux êtres se complètent, répliqua-t-elle d'une voix blanche.

— C'est néanmoins un bon point de départ...

Sa main glissa sur son mont de Vénus, qu'il caressa pour la première fois.

— Arrêtez ! lança-t-elle dans un souffle.

— Vous êtes ma femme. Je peux vous toucher comme bon me semble, avec la bénédiction de l'Église et de votre famille. De toute manière, pourquoi cesserais-je de faire ce dont vous avez tellement envie ?

Sous ses doigts naissait un plaisir brûlant et dévastateur.

— Fermez les yeux et rendormez-vous, conseilla-t-il. Sinon, je vais devoir vous entraîner jusqu'à la berge de manière à régler ce problème une fois pour toutes. Et si vous persistez à me réveiller, vous en assumerez les conséquences en faisant en sorte de me divertir...

En dépit de la colère qu'elle sentait monter en elle, Anne ferma les yeux. Plusieurs répliques cinglantes lui venaient à l'esprit, qu'elle se garda de formuler. Satisfait, Brodick déposa un baiser sur sa joue, retira sa main et enroula son bras autour de sa taille.

— Je ne suis pas une brute, enchaîna-t-il. Mais sachez que chercher à m'éviter ne fera que rendre la situation plus compliquée. Il est certaines choses dont il vaut mieux se débarrasser rapidement, afin de n'avoir pas le temps de les craindre.

Anne émit un grognement sarcastique, auquel il répondit par un petit rire satisfait. Il bougea un peu contre elle, le visage niché dans ses cheveux, avant de trouver une position satisfaisante. Son odeur, plus encore que le contact de son corps, entretenait le désir d'Anne. Elle eut beau tenter de se rendormir, ce n'était pas ce dont son corps avait besoin. Elle mourait d'envie de goûter de nouveau à ses caresses, à ses baisers. Entre ses cuisses, son clitoris pulsait sourdement, et un vide immense se creusait en elle, qui ne demandait qu'à être comblé. Tant qu'il la tenait ainsi serrée contre lui, elle ne pouvait espérer échapper aux images affolantes qui se formaient dans son esprit.

La nuit s'étira ainsi, interminable.

5

Brodick s'éveilla avant le lever du soleil et souffla d'un air mécontent en se relevant. Les paupières lourdes de ne pas avoir assez dormi, sans un regard en direction d'Anne, il s'éloigna pour s'occuper de sa monture.

Druce rejoignit la jeune femme.

— Cette cape sera trop encombrante pour chevaucher.

Se défaire de la cape dans le petit matin glacial lui coûta, mais il avait raison : en montant en amazone ainsi habillée, elle se retrouverait à bas de sa monture avant longtemps.

— Tenez... ajouta-t-il en lui tendant une épaisse tunique. Enfilez ça. Vos malles vous parviendront plus tard, mais nous avons quelques affaires à vous sur un cheval de bât.

Anne enfila le luxueux vêtement, reconnaissante de la chaleur qu'il procurait. Les fentes pratiquées sur les côtés permettaient de chevaucher sans danger. En laine, bordé de velours, il avait été conçu et cousu avec soin. En y regardant de plus près, elle remarqua des bouts de fil régulièrement espacés qui subsistaient à l'endroit où les perles d'ornement avaient été décousues. Sachant que son trousseau allait servir à Anne, Mary avait dû prendre le temps de les ôter.

Cullen venait de se joindre aux hommes qui se levaient et se saluaient à l'aube de ce nouveau jour. L'étalon noir de Brodick n'était nulle part en vue. Anne leva la tête et le chercha du regard. Elle finit par le découvrir, au sommet de la colline, fixant l'horizon.

— Allez-vous cesser de le déshabiller des yeux, *lass* ? Vous allez me rendre jaloux.

Cullen, aussi moqueur qu'à son habitude, lui amenait sa monture par la bride.

— Je ne suis pas...

L'image que venait de susciter dans son esprit la remarque du frère de Brodick l'empêcha d'en dire plus.

— Pas quoi ? insista Cullen, caustique.

— Rien !

S'agrippant au pommeau de la selle, Anne mit le pied à l'étrier et se hissa sur la jument. Tandis qu'elle s'élevait, une main ferme se posa sur son fondement pour l'aider. Cullen ne parut pas le moins du monde repentant lorsque, une fois en selle, elle le foudroya du regard. Portant la main à son bonnet, il déclara innocemment :

— Inutile de me remercier. Ce fut un plaisir...

Sur ce, il assena une claque sur la croupe de la monture, qui s'élança en direction du comte. Les hommes qui s'étaient eux aussi mis en selle vinrent l'entourer. Alors qu'elle était sur le point d'arriver à la hauteur de Brodick, elle crut discerner sur ses lèvres un sourire satisfait, mais il se détourna avant qu'elle ait pu en être sûre.

— Sterling ! lança-t-il d'une voix forte, le poing dressé en l'air.

— Sterling ! répondirent ses hommes en écho.

Même les chevaux parurent gagnés par l'enthousiasme général et pressèrent le pas. Anne, les yeux rivés sur le dos du comte devant elle, se surprit à ressentir elle aussi une certaine excitation. Les hommes de Brodick le suivaient aveuglément et sans le craindre. Les années passées à servir lady Philipa ne l'avaient pas habituée à cela. Les domestiques placés sous ses ordres médisaient d'elle dans son dos. Avant de découvrir une tout autre ambiance parmi ces farouches Écossais, elle n'avait pas songé à quel point l'atmosphère était irrespirable à Warwick Castle. L'espace d'un bref instant, elle s'autorisa à goûter cette liberté nouvelle.

Mais la situation n'allait pas s'arranger lorsqu'ils arriveraient à Sterling. Il lui deviendrait plus difficile encore d'éviter Brodick et de ne pas répondre à ses attentes. Une certaine culpabilité se fit jour en elle à l'idée de le décevoir. Elle s'efforça de se reprendre et de s'en tenir à son plan initial. Il était crucial d'éviter que ce mariage soit consommé.

Garder la tête froide n'était pas chose facile en ayant constamment sous les yeux le spectacle de son dos. Ses longs cheveux noirs bouclaient légèrement sur ses épaules. Ses manches de chemise roulées sur ses bras ne faisaient pas mystère des muscles qui y jouaient souplement. Elle gardait un souvenir précis de ce qu'elle avait ressenti lorsqu'il l'avait enlacée.

« Tu dois absolument refermer la boîte de Pandore », se gronda-t-elle.

Mais comment l'aurait-elle pu, alors que le souvenir de ses baisers ne cessait de la hanter ? Ces baisers lui avaient fait perdre l'esprit, mais la ruine et la disgrâce guettaient la femme qui se laissait gagner par ce genre de folie. Secouant la tête, Anne se mordit la lèvre inférieure et s'efforça d'imaginer une raison pour différer l'examen prénuptial.

Il devait y avoir un moyen. Il lui fallait juste le trouver.

Warwick Castle

Ivy Copper serrait plus fort que d'ordinaire sa fille Bonnie dans ses bras.

— Mère ? s'inquiéta celle-ci. Quelque chose ne va pas ?

Prenant son visage entre ses mains, Ivy la rassura en souriant.

— Tout va bien, mon trésor. Je suis comme toutes les mères : nous voyons en nos enfants les bébés qu'ils ne sont plus.

Bonnie l'étreignit avant de traverser la chambre d'un pas dansant.

— Je dois y aller, sinon je serai en retard, dit-elle. Nous allons tisser, aujourd'hui ! Fini le cardage et le filage…

D'un geste de la main, Ivy l'incita à se presser et attendit d'être seule pour se laisser aller. Son front se rida de plis soucieux. Anne avait quitté le château et son inquiétude était vive. Les mains dans le dos, elle fit les cent pas dans la pièce. Aucun de ses enfants n'avait jamais quitté Warwick Castle. Peut-être avait-elle tort de s'en faire, car la jeunesse est voyageuse, mais elle ne parvenait pas à empêcher son esprit d'envisager les pires hypothèses.

Comme elle aurait aimé que le comte soit là...

Songer à lui la tranquillisa quelque peu. Ivy aurait voulu que le comte reste en permanence auprès d'eux. Comment aurait-il pu en être autrement, puisqu'elle l'aimait ? Henry l'adorait et l'avait toujours bien traitée. Son sort était plus enviable que celui de beaucoup de maîtresses. Jamais il ne l'avait dédaignée, même lors de ses grossesses, et pas plus à présent qu'elle n'était plus de première jeunesse. Le temps passait si vite, et l'amour... était un peu comme un trésor secret qu'ils partageaient.

Tout allait bien, finit-elle par se convaincre. Même si Philipa avait emmené Anne en ville avec elle et Mary, il n'y avait rien à craindre. La femme du comte avait beau détester la famille illégitime de celui-ci, elle ne ferait rien qui puisse lui attirer les foudres de son mari. Anne reviendrait sans doute à Warwick Castle cet été.

Ce n'était qu'une épreuve à traverser.

Sterling

La forteresse de Sterling s'élevait à flanc de colline. Sur l'arrière, un à-pic la protégeait de tout assaut. Ses tours étaient de grandes structures rondes de pierre taillée. Anne en compta cinq, régulièrement espacées et reliées entre elles par d'épaisses murailles.

Au sommet de chacune flottait l'étendard bleu et or des McJames.

Alors que le vent apportait à leurs oreilles le bruit des cloches de la chapelle, les hommes de l'escorte poussèrent des cris d'enthousiasme. Deux portes permettaient d'accéder à l'intérieur, ce qui constituait une curiosité puisque ces forteresses étaient conçues pour supporter un siège. Multiplier les accès nécessitait un plus grand nombre d'hommes chargés de surveiller ces points faibles.

Des villageois commencèrent à apparaître au seuil de leurs masures. Ils acclamèrent les cavaliers de retour chez eux. Les champs n'étaient encore que des carrés de glèbe soigneusement retourné, mais le soleil de fin d'après-midi qui réchauffait le visage d'Anne constituait une promesse de printemps. Les fermes qui émaillaient le paysage autour du château prouvaient que Sterling possédait des terres fertiles. Encore quelques semaines, et les semailles fourniraient de l'ouvrage à chacun mais, pour l'heure, les uns et les autres sortaient de leur logis où ils avaient passé l'hiver à façonner divers objets en bois et en cuir.

Brodick se dirigea vers la porte nord, ses hommes à sa suite. Mais, avant de s'engager dans le passage largement ouvert, il se retourna et posa sur Anne un regard étrange. Quelques rires s'élevèrent avant qu'il ne plante ses genoux dans les flancs de sa monture. Tout en puissance, l'étalon noir s'avança vers elle. Impressionnant, le cavalier l'était tout autant. L'un et l'autre s'accordaient parfaitement. Le comte approcha sa monture au plus près de la jument d'Anne et s'empara des rênes de celle-ci, le temps de calmer sa nervosité.

Les yeux brillants d'une lueur malicieuse, il lâcha les rênes, se dressa sur ses éperons et se pencha pour arracher Anne de sa selle en lui passant le bras autour de la taille. De peur de tomber, elle dut s'accrocher à ses larges épaules, sous les rires de ses hommes qui ne cachaient pas leur joie.

Brodick se joignit à leur hilarité. Alors qu'il l'installait en selle devant lui, Anne entendit son rire grave et profond résonner à son oreille. Son bras se verrouilla autour d'elle, la serrant fortement contre lui et faisant naître en elle une sensation bizarre. Son odeur emplissait ses narines à chaque inspiration. Elle n'avait jamais remarqué que les hommes ne sentaient pas tous pareil, et elle était surprise de l'effet que celle du comte, virile et enivrante, produisait sur elle.

— Que faites-vous, milord ? s'enquit-elle.

Son souffle caressa son oreille lorsqu'il inclina la tête. Elle en eut la chair de poule.

— Je me conforme moi aussi à la tradition, répondit-il. C'est ainsi que le laird des McJames doit faire franchir à sa nouvelle épouse les portes de Sterling.

Sur le ventre d'Anne, il écarta les doigts et ajouta :

— Notez qu'autrefois, dans ce genre de situation, il nous arrivait de nous montrer moins… civilisés.

Anne frissonna. Il se racontait à Warwick Castle les pires anecdotes sur ces Écossais, qui avaient pour habitude de se battre et de monter des expéditions punitives entre clans. Plus d'un mariage s'était conclu pour officialiser le rapt d'une jeune femme. Qu'une femme passe devant l'autel après avoir été déflorée n'avait rien d'exceptionnel.

— Je confesse que certaines traditions me sont plus chères que d'autres, reprit Brodick. Aller vous enlever aux vôtres ne m'aurait pas déplu. La négociation avec votre père fut interminable et fastidieuse.

— Peut-être, mais négocier avec lui vous a permis d'obtenir la dot que vous convoitiez...

La main posée sur son ventre remonta. Anne retint son souffle en sentant celui de Brodick lui caresser la nuque. Elle se figea, dans l'attente d'un baiser.

— Vous sentir contre moi, sur mon cheval, est bien plus stimulant, répliqua-t-il.

Ses lèvres effleurèrent sa peau, la faisant tressaillir. Il eut un petit rire avant de conclure :

— Je déduis de votre réaction que vous m'approuvez.

Brodick fit repartir sa monture sans lui laisser le temps de répondre. Tandis que le puissant animal s'avançait, il se pencha en avant et accompagna souplement son trot. Collée à lui, Anne dut suivre le mouvement, le rouge aux joues. Dans cette position, il lui était difficile de ne pas songer aux jeux de l'amour, et il y avait fort à parier que le comte s'y montrerait aussi habile et déterminé...

Les préceptes de l'Église, qui voulaient garder les femmes ignorantes des plaisirs de la chair pour les dissuader de pécher, ne l'avaient jamais impressionnée. Mais depuis qu'elle avait fait la connaissance de Brodick, Anne comprenait mieux ce qui les motivait. Penser que cet homme était en droit de lui prendre son pucelage suffisait à susciter en elle des images inconvenantes. En vérité, elle avait bien du mal à empêcher son esprit de suivre cette pente. Les baisers qu'il lui avait donnés continuaient de la troubler fortement, et sentir le comte s'agiter contre elle au rythme de la course achevait d'aiguiser son désir. Une vague de chaleur déferlait dans tout son corps. À l'endroit de son ventre où la main de Brodick la tenait, naissait un frisson qui irradiait jusqu'à son sexe. En sentant son clitoris pulser sourdement, elle retint son souffle. Jamais aucun homme ne lui avait fait un tel effet.

— Bienvenue à Sterling ! lança-t-il fièrement.

Le comte passa les portes de la forteresse. Elle se sentait davantage dans la peau d'une captive que dans celle d'une mariée.

Une petite foule emplissait la cour intérieure. En les voyant se diriger vers le perron donnant accès aux tours, les gens se mirent à les acclamer. Dans un nuage de poussière, Brodick arrêta son étalon.

— Je vous amène votre nouvelle maîtresse ! annonça-t-il en mettant pied à terre.

Anne se retrouva au centre de l'attention collective. Peu habituée à susciter un tel intérêt, elle dut se reprendre pour empêcher son menton de trembler et garder la tête haute. Elle n'était pas une couarde, et elle ne ferait pas honte à son père.

Deux mains fortes encerclèrent sa taille et elle s'accrocha aux épaules du maître des lieux. De nouveaux vivats s'élevèrent quand Brodick la déposa sur le sol. Sans la lâcher, il fixa sur elle un regard brûlant.

— Bienvenue chez moi, ajouta-t-il d'un ton bourru.

Anne sentit la culpabilité l'assaillir. En se prêtant à cette machination, elle transformait en farce cet instant solennel si important pour lui. Brodick méritait mieux.

Sans doute dut-il percevoir son trouble, car elle vit son visage s'assombrir. Mais la foule se pressait autour d'eux.

— Plus tard… lui murmura-t-il.

Cela sonnait comme un avertissement qu'elle ne pouvait prendre à la légère. Bien que le connaissant à peine, Anne savait qu'il n'était pas homme à se laisser duper sans réagir. Elle redoutait le jour où il apprendrait qu'elle l'avait trahi.

Brodick lui prit la main et se retourna pour gravir les marches du perron menant à l'une des tours.

— Sterling est plus vaste que Warwick, lança-t-il. Prenez garde à ne pas vous perdre.

Il fit une halte et lui jeta un regard perçant :

— Et à ne pas vous enfuir. Les clans voisins ne sont pas aussi accueillants que le nôtre.

— Écoute-toi un peu ! protesta une jeune fille brune en pointant l'index sur sa poitrine. Tu vas lui faire peur et elle n'osera plus quitter son lit, certaine que l'Écosse est remplie de sauvages assoiffés de sang.

— Et c'est comme ça que je l'aime ! renchérit Cullen.

Sans ménagement, il attira la jeune fille contre lui pour l'embrasser. Celle-ci se débattit.

— Arrête, espèce de lourdaud ! protesta-t-elle. Tu vas défaire ma coiffure.

Anne sentit les doigts de Brodick serrer les siens. En reportant son attention sur lui, elle le vit sous un autre jour. Son visage paraissait complètement détendu et son expression réjouie par ce badinage lui rappelait celle de son père quand il retrouvait l'intimité de leur foyer.

— Je vous présente ma sœur Fiona, dit-il. Comme vous pouvez le constater, elle est très coquette avec ses cheveux.

Piquée au vif, l'intéressée rétorqua :

— Je ne suis coquette que si tu n'attends pas des femmes qu'elles soient plus soignées que tes chevaux !

Brodick se renfrogna mais sa sœur, le menton dressé, une main sur la hanche, n'en fut pas le moins du monde impressionnée. Jamais Anne n'avait vu parmi la noblesse anglaise une lady ayant aussi fière allure.

— Je prends grand soin de mes chevaux ! répliqua-t-il. Ce sont les animaux les mieux soignés de toute l'Écosse.

Sa réaction indignée amusa Anne, qui laissa fuser un petit rire. Les yeux plissés, le comte la foudroya du regard.

— Je n'ai pas besoin que vous fassiez toutes les deux alliance contre moi !

La lueur de malice qui brillait au fond de ses yeux démentait la fermeté de ses propos.

— Moi, j'apprécie... déclara Fiona en offrant à Anne un sourire qui fit gémir son frère. Cela fait trop longtemps que je suis la seule femme dans cette maison.

— Justement, fit Brodick d'un air entendu. C'est la saison des mariages...

Le sourire de Fiona se figea.

— Quand les cochons sentiront la rose ! lâcha-t-elle entre ses dents.

D'un hochement de tête, elle prit congé. Les hommes la saluèrent respectueusement. Anne trouvait admirable l'aisance avec laquelle la jeune fille parvenait à se faire respecter d'une assemblée exclusivement masculine. En souriant, Fiona conclut à son intention :

— Je suis trop jeune pour me marier. Rendez-moi service : faites-le comprendre à mon lourdaud de frère.

Anne ne put résister à l'envie d'entrer dans son jeu. En secouant la tête d'un air fataliste, elle répondit :

— Préparez-vous plutôt à paraître devant l'autel, car j'ai cru comprendre que votre frère ne change pas facilement d'avis. Une mule serait plus arrangeante…

Cullen et Druce éclatèrent de rire. Fiona sourit et admit :

— Vous n'avez sans doute pas tort. Quoi qu'il en soit, je vous souhaite le meilleur avec lui.

Elle tourna les talons et s'éloigna d'une démarche qui trahissait l'énergie de la jeunesse. Les yeux fixés sur elle, Cullen eut un claquement de langue amusé.

— Si tu veux mon avis, dit-il à son frère, notre sœur est bien partie pour faire perdre la tête à un pauvre homme.

— C'est déjà fait, maugréa Brodick. C'est moi qu'elle rend fou !

Avisant le sourire narquois de Cullen, il le toisa sévèrement, avant que ses yeux bleu nuit ne reviennent se poser sur Anne. Il changea d'humeur illico.

— Nous avons certaines traditions à respecter, dit-il en contemplant ses lèvres avec fascination. Je ne voudrais pas vous faire attendre, milady.

Anne soutint son regard sans ciller.

— Vous n'avez aucun besoin de vous presser, milord…

Il l'attira contre lui et la fixa au fond des yeux. Tout bas, de manière qu'elle seule l'entende, il répliqua :

— Je suis allé jusqu'en Angleterre chercher une épouse, et c'est bien ce que je compte avoir dans mon lit cette nuit.

Ce soir-là…

Anne traversa sa chambre sur toute sa longueur, fit volte-face et marcha vers le mur opposé. La confrontation qui l'attendait avec Brodick la tracassait à tel point que c'était à peine si elle voyait ce qui l'entourait. Elle devait trouver une solution, un moyen de différer ses exigences.

Une petite cloche en argent accrochée au chambranle se mit à tinter. Surprise, Anne leva les yeux et constata qu'un cordon passant de l'autre côté permettait de l'actionner. La porte s'ouvrit lentement et une femme entre deux âges glissa la tête dans l'entrebâillement.

— Bonsoir, milady… dit-elle. Je m'appelle Helen.

Elle ouvrit plus largement la porte et s'introduisit dans la pièce. Comme elle semblait attendre quelque chose, Anne répondit :

— Bonsoir.

Helen hocha la tête, puis lança par-dessus son épaule :

— Par ici, vous deux !

Deux garçons, les bras chargés de vêtements, les rejoignirent dans la chambre en marmonnant un bonsoir.

— Je demanderai à ce qu'on défroisse vos affaires, reprit Helen. Le voyage ne leur a pas réussi, mais rien qui ne soit irréparable, d'après ce que j'ai pu voir.

Anne la remercia d'un sourire et commenta :

— Même dans une malle, ils auraient été froissés.

Sans réfléchir, elle prit sur une des deux piles une jupe épaisse qu'elle secoua à bout de bras. En découvrant les regards interloqués qu'on lui adressait, elle se figea, comprenant qu'elle venait de commettre une gourde. Jamais lady Mary ne se serait abaissée à s'occuper elle-même de ses vêtements.

L'évocation de sa demi-sœur suffit à la mettre en colère. Au fond, elle se fichait de ne pas parvenir à l'imiter. Elle ne pouvait pas changer ce qu'elle était.

— Merci de vous être donné la peine de m'apporter mes affaires, reprit-elle comme si de rien n'était.

Donnant à la jupe une deuxième secousse, elle alla la déposer sur une chaise et s'empara d'un autre vêtement. Helen, qui l'avait regardée faire, hocha la tête et tança ses jeunes aides ébahis.

— Qu'est-ce qui vous arrive, vous deux ? Vous pensiez donc que les ladies anglaises ne connaissent rien à rien et ne savent pas mener leur propre maison ?

Avec un grand sourire à l'intention d'Anne, elle ajouta :

— Le maître m'a chargée de veiller à votre confort, au moins jusqu'à ce que vous ayez choisi vous-même votre femme de chambre. La cuisinière a demandé qu'on fasse chauffer de l'eau et ces garçons vont monter le baquet pour que vous puissiez prendre un bain avant l'arrivée de la sage-femme.

— Inutile d'apporter un baquet ici, décréta Anne. Je peux aller prendre mon bain comme tout le monde, dans la salle qui sert à cela.

Helen en resta pantoise. Elle fit une tentative pour parler, mais referma la bouche sans y être parvenue.

Anne saisit une autre jupe pour faire diversion. Elle devait donner l'impression d'être sûre d'elle à chaque instant.

— Mais... protesta enfin Helen. Le maître m'a ordonné de faire préparer votre bain ici, comme il convient à une personne de votre qualité.

— Je ne suis pas habituée à obéir à votre maître.

Anne pinça les lèvres et fit un effort pour se calmer. Brodick était ici le chef incontesté. Peut-être n'était-elle pas sa véritable épouse, mais il n'y aurait personne pour se dresser contre lui si elle commettait l'erreur de susciter sa colère. Même Philipa surveillait sa langue lorsque son mari se trouvait sous leur toit.

— Voyez-vous, enchaîna-t-elle d'un ton plus conciliant, je n'aime tout simplement pas perdre mon temps ou le faire perdre aux autres. Apporter un baquet et de l'eau jusqu'ici est parfaitement inutile, alors que je suis à même de me déplacer jusqu'à l'endroit prévu pour cela. Je suis sûre que le personnel a déjà bien assez de travail.

D'abord surprise, Helen se reprit bien vite et s'exclama :

— Vos scrupules vous honorent, milady !

Puis, se tournant vers ses aides :

— Vous autres, allez dire à Bythe de s'assurer que le bain soit prêt dans la salle d'eau pour notre maîtresse. Vous resterez devant la porte pour empêcher qu'on vienne la déranger.

Quand les deux garçons se furent éclipsés, elle alla examiner les vêtements qu'ils avaient posés sur le lit.

— Nous avons besoin d'une chemise propre, dit-elle d'un air songeur. Avec la tunique que vous portez, ce sera parfait. Inutile de prévoir de sous-vêtements, puisque vous devez subir l'examen prénuptial après le bain.

Mal à l'aise, Anne se détourna. Elle n'était pas accoutumée à se montrer nue devant quiconque.

— Y a-t-il une sage-femme expérimentée à Sterling ? s'enquit-elle.

— Non. Le comte et son frère sont allés chercher Agnès, à Perth. Elle met des enfants au monde depuis des décennies, et elle garde des yeux de lynx et un esprit affûté comme une lame.

Ainsi, Brodick ne voulait pas prendre le risque qu'elle puisse désavouer la sage-femme qui l'examinerait... Anne eut l'impression que l'air lui manquait. Le piège de Philipa se refermait sur elle.

Helen prit une chemise dans la pile et la leva devant elle pour l'observer.

— Voilà qui devrait convenir, se réjouit-elle. Là-dedans, le comte va vous trouver à croquer. Nous brosserons vos cheveux, et vous serez la plus jolie mariée qu'un homme ait jamais rejointe dans son lit le soir de ses noces.

Helen alla ouvrir la porte et attendit sur le seuil qu'elle veuille bien la suivre. L'appréhension lui nouait le ventre, mais Anne se força à la rejoindre.

— Nul besoin de vous inquiéter... la rassura Helen. Le comte est un homme bon. Vous n'avez pas à craindre votre nuit de noces. Au lever du soleil, vous regretterez d'avoir à quitter son lit.

C'était précisément ce qu'Anne redoutait. Développer un goût immodéré pour les caresses de Brodick ne serait pas très avisé.

Elle en avait plus qu'assez de ne pouvoir être elle-même ! La vie s'était toujours montrée injuste envers elle, mais désormais elle sentait peser un poids plus lourd encore sur ses épaules.

La salle d'eau se trouvait au rez-de-chaussée de l'une des tours, derrière les cuisines. Anne fut un peu surprise d'y découvrir des tapis sur le sol. Les Écossais avaient la réputation d'être moins évolués que leurs voisins anglais, aussi s'était-elle attendue à trouver du jonc. Le jonc séché finissait par pourrir au cours des longs mois d'hiver, si bien qu'il n'y avait au printemps d'autre solution que de s'en débarrasser. Les tapis, eux, pouvaient être battus et mis à sécher dans la cour.

— Nous avons une excellente salle d'eau, expliqua Helen. Le laird a fait en sorte qu'elle soit aussi moderne que celles qui existent en Angleterre. Nous n'avons même pas besoin de porter l'eau jusqu'ici !

Avec fierté, elle lui expliqua qu'il suffisait d'actionner une cloche donnant dans les cuisines pour que, depuis le mur mitoyen, un conduit en bois verse l'eau chaude dans une grande cuve en cuivre. D'un coup d'œil, Anne s'assura que les parois de celle-ci étaient parfaitement récurées. Pour ce qui était de la propreté et de l'hygiène, la salle d'eau de Sterling n'avait vraiment rien à envier à celles que l'on trouvait en Angleterre.

— À quoi sert ce trou ? s'étonna-t-elle en désignant le bouchon de liège au fond de la cuve.

Avant de lui répondre, Helen alla tirer plusieurs fois un cordon qui pendait du mur.

— Le laird appelle cela une « bonde », expliqua-t-elle. Observez le sol et vous verrez au bas de la cuve un autre conduit en bois qui permet de la vider sans effort.

Anne suivit des yeux l'ingénieux système qui permettait effectivement à l'eau du bain de s'écouler jusqu'à un trou pratiqué dans le mur. Cette installation l'impressionna grandement. Les Romains n'auraient pas fait mieux... De toute évidence, le souffle de la modernité qui balayait le monde n'avait pas épargné Sterling.

L'eau froide commença à couler dans le conduit jusque dans la cuve.

— Bien ! lança Helen en la rejoignant. Avant que Bythe n'envoie l'eau chaude, nous allons vous déshabiller.

Déjà, elle déboutonnait le devant du corsage d'Anne. Ses doigts agiles eurent tôt fait d'y parvenir et elle se glissa ensuite derrière elle pour ôter le vêtement de ses épaules et le faire glisser sur ses bras. Une planche garnie de patères courait tout le long du mur. Helen y accrocha le corsage, la laissant délacer elle-même ses jupons. Elle y mit moins d'entrain, se creusant la tête pour découvrir un moyen de couper à l'examen prénuptial. Mais quand Helen fit passer ses jupons par-dessus sa tête et alla les pendre à leur tour, elle n'avait toujours aucune idée.

— Heureuse de constater que vous ne portez là-dessous aucun rembourrage, fit Helen. Le laird n'a pas apprécié les dames qu'il a rencontrées à la cour anglaise. Il dit qu'on ne les reconnaît plus comme femmes, tant elles déforment leur silhouette avec ces pièces sous leurs robes.

— Il est vrai que la reine aime la mode.

— J'ai entendu dire que votre reine élargit ses hanches d'un bon pied de chaque côté ? Comme si une femme pouvait être aussi large !

Anne sourit en songeant que cette habitude n'était pas qu'un effet de mode. En élargissant ainsi artificiellement leur bassin, les femmes cherchaient à prouver qu'elles étaient taillées pour enfanter. C'était pour cette raison que les examens prénuptiaux connaissaient un regain de faveur depuis une décennie.

— C'est une bonne chose que vous n'ayez pas votre flux menstruel, reprit Helen. Cela aurait mécontenté le comte.

Comme elle n'était plus vêtue que de ses dessous et de sa chemise, il était facile à Helen de constater qu'il n'y avait aucune tache à son entrejambe.

— Mais il n'aurait pu s'en prendre qu'à lui-même ! renchérit-elle. Il aurait dû vous faire prévenir qu'il venait vous chercher. J'imagine qu'il a été difficile pour vous de quitter votre famille sans avoir le temps de vous faire à l'idée de cette séparation ?

Helen tira sur le lacet qui maintenait le corset d'Anne en place. Elle le fit jouer dans ses œillets jusqu'à ce qu'il se desserre, libérant sa poitrine. Anne ne put retenir un soupir de soulagement.

Helen émit un claquement de langue désapprobateur.

— Vous aurez besoin d'une meilleure couturière, constata-t-elle. Ce corset a marqué votre peau. Il est trop long.

— Je n'ai rien remarqué en l'enfilant.

Helen fit de nouveau claquer sa langue.

— Je suis contente que vous n'ayez pas emmené votre chambrière. Cette fille n'était manifestement pas douée pour habiller sa maîtresse !

Anne comprit qu'elle venait une nouvelle fois de se trahir. Mary aurait aussitôt fait porter le blâme sur sa domestique.

— Veuillez vous asseoir, ordonna Helen. Je vais défaire vos souliers.

Anne prit place sur un tabouret, ce qui fit remonter sa chemise sur ses jambes. Un courant d'air la fit frissonner.

— Ne vous inquiétez pas, la tranquillisa Helen. Vous n'aurez plus froid très longtemps. Le laird se chargera de vous réchauffer…

En la voyant s'empourprer, elle lui adressa un clin d'œil.

— Inutile de rougir. Vous êtes une femme mariée, à présent.

— Comme on ne cesse de me le répéter…

Afin de masquer son mécontentement, Anne se pencha et fit rouler sur sa jambe l'un de ses bas finement tricotés.

— Votre gouvernante a dû commencer à vous préparer au mariage dès que votre poitrine est apparue, je suppose ? demanda Helen.

En croisant les mains sur ses seins, Anne secoua la tête.

Helen se redressa et posa les poings sur ses hanches.

— Vous êtes décidément trop timide, trancha-t-elle avec une moue désapprobatrice. Le maître ne va pas aimer ça.

Les paroles de Philipa résonnèrent sous le crâne d'Anne.

Il prendra une maîtresse, c'est certain...

— A-t-il connu beaucoup de femmes ? s'enquit-elle.

Helen alla accrocher les bas à une patère et répondit d'une voix agacée :

— Vous n'avez pas à vous soucier de ça. Ce qu'un homme fait avant son mariage n'a rien que de très naturel. Cela ne peut être retenu contre lui.

— Bien sûr, fit Anne avec amertume. Il n'y a que les femmes qui doivent rester vierges.

Helen se figea. Elle se tourna vers elle et répliqua sèchement :

— C'est nécessaire, pour s'assurer que les enfants nés au sein d'une famille sont légitimes...

Anne préféra détourner la conversation.

— Vous êtes heureuse de servir dans cette maison, Helen ?

Ce n'était pas vraiment une question. Sa loyauté sautait aux yeux.

— *Aye*, reconnut-elle. C'est vrai. Savoir que je sers un homme bon me rend peut-être un peu trop passionnée...

— Votre maître a de la chance de vous avoir près de lui.

Le compliment fit se rengorger Helen, qui alla actionner une nouvelle fois le cordon. De l'eau qui s'écoula dans la cuve s'élevait cette fois de la vapeur. La domestique mélangea l'eau du bain, puis plongea un doigt dedans pour en vérifier la température.

— Il est assez chaud, annonça-t-elle.

Anne s'obligea à lâcher sa chemise qu'elle serrait entre ses doigts. Helen en profita pour saisir l'ourlet et, d'un grand geste, la fit passer par-dessus sa tête. Anne s'efforça de ne pas se sentir gênée de se retrouver nue devant cette femme. En réalité, elle ignorait totalement si elle était faite ou non pour porter des enfants. Peut-être la sage-femme la trouverait-elle inapte… Les filles de la noblesse subissaient plusieurs examens intimes au sein de leur famille avant le mariage. La honte pouvait entacher un nom honorablement connu lorsqu'une promise se révélait atteinte de difformités une fois mariée.

Anne observa Helen pour jauger sa réaction. Celle-ci, qui l'observait d'un œil attentif, secoua la tête et la poussa gentiment vers le bain.

— Cessez de vous inquiéter, insista-t-elle. Vous avez tout ce qu'il faut, là où il faut.

Anne alla se réfugier dans la cuve profonde et large. L'eau du bain la réchauffa aussitôt, lui procurant un immense bien-être. Derrière elle, Helen entreprit d'ôter les épingles de ses cheveux.

— J'ignore ce qu'il en est en Angleterre, reprit-elle, mais ici les hommes préfèrent que les femmes laissent leur chevelure libre.

Vraiment ? Anne se mordit la lèvre et baissa les yeux vers ses seins. Leurs pointes rosées avaient durci. Elle frissonna en imaginant Brodick les embrasser, comme il avait promis qu'il le ferait. À cette idée, ses mamelons durcirent davantage encore.

— Voilà, c'est beaucoup mieux… se félicita Helen, qui venait d'en terminer avec ses cheveux. Un petit lavage et ils seront parfaits.

Elle se munit d'un pain de savon et d'un gant de toilette. Elle connaissait bien son travail et s'acquittait de sa tâche avec assurance. Après avoir actionné la cloche une fois de plus, elle plaça un broc sous le conduit et recueillit l'eau qui s'écoulait.

— Prenez garde à vos yeux, *lass*... prévint-elle.

L'eau du broc s'abattit sur la tête d'Anne un instant plus tard, lui arrachant un petit cri tant elle était froide. Helen émit un bruit de bouche amusé et rassembla ses cheveux pour les savonner. Pendant ce temps, Anne se servit du gant afin de faire disparaître les traces que deux jours de voyage avaient laissées sur ses mains. La crasse s'était incrustée jusque sous ses ongles et elle ne s'estima satisfaite que lorsqu'elle l'eut totalement éliminée.

— Attention...

En réponse à ce nouvel avertissement, Anne ferma cette fois soigneusement les yeux et Helen lui rinça la tête. L'appréhension lui nouait le ventre. Elle avait l'impression d'être une bête de concours que l'on bichonnait de manière à la présenter sous son meilleur jour. Il n'y avait finalement pas grande différence entre ces préparatifs et ceux qu'accomplissait un palefrenier avant d'amener une jument à un étalon.

Et avant que ce dernier ne la monte...

Anne sentit ses joues s'empourprer. Le désir lui enflamma les sens et se répandit dans tout son corps. Au moins y avait-il une part d'elle-même qui se réjouissait de ce qui allait lui arriver... Enfin elle comprendrait ce que cela signifiait d'être une femme.

Elle ne pouvait nier avoir apprécié les baisers du comte.

Anne écarquilla les yeux. Un désir brûlant flambait au creux de son ventre. La sensation avait quelque chose de fascinant. L'eau caressait sa peau de manière si douce et sensuelle qu'il lui semblait n'avoir jamais pris de bain auparavant. Le parfum du savon titillait ses narines. Elle reconnut l'odeur du romarin. Ses lèvres étaient plus sensibles, dans l'attente d'un baiser.

Un baiser de Brodick.

Ses yeux bleu nuit s'imposèrent à sa mémoire tandis qu'Anne sortait de l'eau, laissant Helen l'envelopper dans un linge. Elle ne parvenait pas à chasser le comte de ses pensées, et elle n'avait toujours pas trouvé le moyen de lui interdire son lit cette nuit-là...

Perth

Brodick bouillait d'impatience. Attendant la charrette qui l'accompagnait, il faisait décrire à sa monture d'interminables détours. Agnès refusait de monter à cheval. Matriarche respectée de tous, elle avait été présente lors de la naissance de Brodick, alors qu'elle n'était encore qu'une servante à Sterling. Désormais, il suffisait qu'elle ouvre la bouche pour que tout le monde obéisse.

— Pour quelle raison fais-tu ça ?

Cullen, qui chevauchait à son côté, avait pour une fois abandonné son ton enjoué et malicieux. Brodick jura tout bas. Il lui restait fort peu de patience pour supporter son frère.

— Ce n'est pas mon idée, maugréa-t-il.

Cullen lui répondit d'un regard noir qui acheva de le mettre à bout.

— Estime-toi heureux de n'être pas né le premier ! s'exclama Brodick en le désignant d'un index vengeur.

Avec un grognement de frustration, il engagea sa monture dans le chemin de terre donnant accès au logis d'Agnès. Des bouquets d'herbes sèches pendaient aux chevrons du cottage en pierre. Sous l'avant-toit, deux hommes assis aiguisaient des outils. Ils se levèrent en les voyant approcher.

Faire subir un examen prénuptial à sa promise n'avait jamais été dans les intentions de Brodick, même si c'était la coutume – et même si c'était dans son intérêt. La mère de Mary n'avait pas bonne réputation. N'avoir engendré qu'une fille ne plaidait pas en sa faveur. Certes, ce mariage avait pour objectif une alliance que venait sceller une riche dot. Il n'en demeurait pas moins que Brodick n'aurait pas d'héritier légitime si son épouse ne lui donnait pas d'enfant.

— Je n'aurais jamais imaginé que tu puisses te montrer si dur avec une pauvre femme... reprit Cullen, maussade.

— C'est *son* idée, pas la mienne ! Utilise un peu ta cervelle et souviens-toi que j'aurais été ravi de consommer notre union dès la nuit dernière. C'est elle qui s'est montrée réticente, pas moi.

Le visage de Cullen s'assombrit dangereusement. Beaucoup l'imaginaient dénué de tempérament, mais Brodick ne se laissait pas tromper par les apparences. Cheveux blonds mis à part, son frère était bien un McJames, farouche et implacable.

— À ton avis, pourquoi tient-elle à cet examen ? C'est généralement la famille du marié qui le réclame. Une femme n'a rien à y gagner, et tout à y perdre...

— À part un peu de temps ou la possibilité d'être renvoyée chez son père, je ne vois pas ce qu'elle pourrait avoir à y gagner, reconnut Brodick.

— Tu le ferais ?

— Non ! Elle restera.

La réponse, ferme et définitive, avait jailli de ses lèvres sans même qu'il ait à y réfléchir.

— Mais à quel prix ? s'inquiéta Cullen. Tu ne peux tout de même pas t'encombrer d'une femme qui refuserait d'honorer votre union.

— Le soupçon est un poison insidieux. Tu devrais t'en méfier, frère…

Brodick s'efforçait de n'en rien laisser paraître, mais il était en proie au doute, lui aussi. Les atermoiements de son épouse le déstabilisaient. Cependant, il était fermement décidé à la garder.

— Serait-elle amoureuse d'un autre ? hasarda son frère en se frottant le menton. J'ai entendu dire qu'en Angleterre les jeunes ladies cherchent à se marier par amour.

— Je n'en sais rien.

Mais Brodick ne pouvait exclure cette possibilité.

— Elle a l'air de souhaiter que je la renvoie auprès de son père, à la cour anglaise, ajouta-t-il.

— Peut-être le devrais-tu, murmura Cullen. Tu n'as pas besoin d'une femme récalcitrante. Elle pourrait se retourner contre toi et se rendre stérile.

Nombre d'hommes l'auraient approuvé. Souvent, une épouse maussade ne donnait pas d'enfant à son époux uniquement pour le mécontenter. Chacun savait qu'une femme était capable de contrôler sa fertilité. Pourtant, Brodick avait encore sur les lèvres la douceur des baisers de Mary. En l'embrassant, il avait eu accès à une part d'elle-même qu'il trouvait magnifique. Et il admirait son courage. Elle ne s'était pas plainte une seule fois durant le voyage jusqu'à Sterling.

— Elle n'a rien d'une lady capricieuse, commenta-t-il.

Cullen approuva d'un hochement de tête et sembla se radoucir.

— Je connais quelques Écossaises qui se seraient offusquées de devoir dormir à la belle étoile au milieu d'une troupe de cavaliers.

— Peut-être a-t-elle réellement peur que je la renvoie chez son père, déshonorée, après l'avoir déflorée. Il paraît que ce genre de chose arrive, en Angleterre.

— Je me chargerais personnellement de te le faire payer si tu faisais une chose pareille...

Tout sourire, Brodick se tourna vers son frère.

— À supposer que tu le puisses, répliqua-t-il. N'oublie pas que tu n'as jamais eu le dessus sur moi...

— Je me rattrape pour ce qui est de l'adresse.

— Et de la vantardise aussi...

Les deux hommes, qu'ils avaient rejoints, les saluèrent en soulevant leur bonnet.

— J'ai besoin d'Agnès à Sterling, annonça Brodick.

Un instant plus tard, la sage-femme apparut sur le seuil. Elle se tenait bien droite, même si l'âge avait ralenti son pas. Elle portait ses cheveux blancs nattés dans son dos et arborait fièrement le tartan des McJames. Une broche en argent – cadeau de la mère de Brodick – le retenait sur son épaule droite.

— Milord, salua-t-elle d'une voix à peine voilée par la vieillesse. Que puis-je pour vous ?

Brodick mit pied à terre pour lui parler, témoignant ainsi à la matriarche du respect qu'il avait pour elle. Quant à Agnès, elle montra sa déférence au laird en inclinant la tête. La même femme, beaucoup plus jeune, n'avait pas hésité à lui frotter les oreilles quand il le méritait.

— Je suis venu te demander de me suivre à Sterling, expliqua-t-il.

— J'ai entendu dire que vous êtes allé chercher une femme chez les Anglais ?

Après avoir marqué une pause, Agnès poursuivit :

— Auriez-vous... quelque inquiétude à son sujet ?

— C'est ma femme elle-même qui réclame que la coutume de l'examen prénuptial soit respectée.

En hochant la tête d'un air songeur, elle caressa sa broche machinalement.

— J'ignorais que cette coutume restait en faveur chez les Anglais de nos jours, fit-elle remarquer.

— Je l'ignorais également.

S'adressant à l'un des deux hommes, Agnès lança :

— Apporte-moi mon manteau, Johnny. Je vais à Sterling.

Brodick se remit en selle. Il lui coûtait de le reconnaître, mais Cullen pouvait avoir vu juste en se demandant si Mary n'aimait pas un autre homme. Il était surpris de constater à quel point cette éventualité le rendait jaloux. Jamais auparavant il ne s'était montré possessif envers une femme, même avec ses maîtresses préférées. Il aimait les femmes, et il appréciait ce qui se passait lorsqu'il se retrouvait au lit avec elles. Certaines de ses conquêtes l'avaient même accusé de se montrer exigeant.

C'était un fait.

Il n'était pas du genre à se contenter d'une rapide partie de jambes en l'air, ni à trousser une conquête dans la campagne. Enfin... peut-être s'était-il laissé entraîner une fois ou deux par la passion lorsqu'il était jeune, mais cette époque était révolue.

Quand il en mettait une dans son lit, il prenait le temps d'éveiller son désir. Il n'y avait rien de plus intime que ce que partageaient deux amants.

Il n'avait pas oublié les frissons qu'il avait réussi à susciter chez Mary lorsqu'il l'avait serrée dans ses bras. Cela lui laissait espérer qu'il saurait éveiller sa passion, car c'était ce qu'il recherchait chez une femme. Une paire de cuisses écartées ne lui suffisait pas.

Cependant, il aurait dû se douter que Mary chercherait à se faire renvoyer chez son père. Il était écossais. En dépit de l'union annoncée entre les deux royaumes, leurs peuples conservaient beaucoup d'idées préconçues l'un sur l'autre. Nombre de ses pairs le trouvaient même idiot d'avoir négocié ce mariage.

Et, tout compte fait, peut-être l'était-il…

Cette éventualité n'atténuait en rien l'attraction grandissante qu'il ressentait envers Mary. Peut-être n'avait-elle dissimulé son visage sous un voile que pour lui jouer un tour… Peut-être avait-elle su qu'ainsi elle capterait son attention aussi sûrement que si elle avait révélé à ses yeux un mollet galbé. Cette première journée où il n'avait cessé d'espérer qu'un souffle de vent soulèverait ce maudit voile ou qu'elle finirait par le relever s'était révélée interminable.

Le tour pris par ses pensées avait suffi à réveiller son sexe sous son kilt. Ce n'était pas le visage de sa dernière maîtresse qu'il évoquait mentalement, mais celui de son épouse. C'étaient les soupirs qu'elle poussait lorsqu'il l'embrassait qui le hantaient.

Jetant un regard par-dessus son épaule, Brodick vérifia qu'Agnès était correctement installée, puis il lança, le poing dressé :

— À Sterling !

Bientôt, sa femme comprendrait qu'il ne laissait pas échapper ce qui était à lui. Dès cette nuit, elle partagerait son lit pour qu'il puisse lui montrer combien il la désirait. Durant tout le trajet, son érection ne le laissa pas en paix. Il appréciait cette tension en lui. Il savourait le désir qui le tenaillait autant qu'il allait apprécier de l'apaiser. Oui, il pouvait réellement s'estimer chanceux de se sentir à ce point attiré par son épouse.

Jamais elle ne retournerait chez son père.

Brodick McJames ne renonçait pas. Au contraire, c'était sa charmante petite femme anglaise qui devrait demander grâce. Il allait s'en faire un devoir. Et un plaisir.

6

Sterling

En apprenant le retour de Brodick alors que le soleil se couchait, Anne songea que les saints du ciel n'étaient pas avec elle et qu'elle n'avait plus qu'à se résigner à son sort.

Se laissant entraîner par Helen, elle alla assister depuis le seuil du château à l'arrivée du convoi. Un attelage de bœufs tirait une charrette, flanquée de cavaliers qui avaient fièrement passé le pan de leur tartan par-dessus leur épaule droite. Il y avait une certaine solennité dans cette scène, et ceux dont elle croisait le regard soulevaient le coin de leur bonnet en signe de respect.

— Le maître est allé chercher Agnès, expliqua Helen, le doigt pointé sur la charrette. Elle a mis au monde plus d'enfants qu'elle ne peut s'en souvenir, et elle est plus agile d'une main que je ne le suis des deux...

De fait, la sage-femme était impressionnante. Deux solides Écossais l'aidèrent à descendre du véhicule, mais ce fut d'un pas sûr qu'elle marcha vers elle et gravit les marches du perron.

Après l'avoir examinée un instant, elle salua.

— Le bonjour à vous, maîtresse.

Anne n'aurait aucune possibilité de mettre en doute ses capacités. Il émanait de cette femme une assurance et une compétence indiscutables. Ses petits yeux perçants semblaient à même de jauger n'importe qui jusqu'au fond de l'âme. Redoutant qu'elle ne puisse la démasquer, Anne s'agita.

Brodick vint à son tour la rejoindre. Son autorité était indéniable. Il était dans son élément, chef dans toute sa puissante. Son visage ne trahissait aucune faiblesse. Après avoir pris la main d'Anne dans la sienne, il l'attira vers lui pour ne s'adresser qu'à elle.

— J'ai fait ce que vous me demandiez, Mary. Mais je veux qu'il soit clair entre nous que ce n'est pas moi qui réclame cet examen prénuptial. Peu m'importe que la tradition soit respectée ou non. Je suis prêt à honorer notre union sans cela.

Il la dévisageait, guettant sa réaction. On l'avait rarement traitée avec tant de considération, et elle ne se serait pas attendue que cela puisse venir de cet homme.

En fait, son attitude lui rappelait celle dont son père ne se départait jamais envers sa mère.

En songeant à ses parents, Anne dut réprimer les larmes qui lui montaient aux yeux. Elle se sentait effroyablement seule. Et son sentiment de culpabilité était si fort qu'il lui coupait le souffle. Brodick était un homme capable d'aimer, elle le lisait dans ses yeux. Elle ne voulait pas le trahir.

— Vous devriez me renvoyer à mon père, s'obligea-t-elle à déclarer. À la cour. *S'il vous plaît.*

Sa demande ressemblait à une supplique. Il lui était impossible de retourner à Warwick Castle, au risque d'être jetée dehors avec sa mère. Son père était son seul espoir.

Le visage du comte se figea et ses yeux se plissèrent. En la tirant par le bras, il l'entraîna à l'intérieur de la tour. Sa large main maintenait la sienne prisonnière. De nouveau, il l'attira à lui.

— Seriez-vous amoureuse d'un autre ? s'enquit-il entre ses dents serrées, broyant ses doigts entre les siens.

— Non, répondit-elle.

— Alors expliquez-vous, Mary ! Assez de ce petit jeu ! En quoi notre mariage vous est-il insupportable ?

La peur lui noua la gorge, l'empêchant presque de respirer. Elle ne le connaissait pas assez pour se confier à lui et placer entre ses mains la sécurité de sa famille. En réaction à la machination de Philipa, il pouvait tout aussi bien la renvoyer à Warwick et se laver les mains de toute l'affaire.

— Pour une femme, l'enjeu est d'importance, milord. De nos jours, nombre d'épouses sont répudiées injustement et renvoyées à leur père. Ce sont les hommes qui dirigent ce monde. Je dois donc me montrer prudente.

Anne libéra sa main mais se garda de s'écarter de lui, craignant qu'il ne l'immobilise de nouveau.

— Vous n'avez pas conclu cette union poussé par de tendres sentiments, reprit-elle. Uniquement par intérêt. Et nous ne savons rien l'un de l'autre.

— Rien de plus normal dans notre position, madame, répondit-il d'un air méfiant. Ce qui rend votre insistance à être ramenée chez votre père incompréhensible. Cela trahit une certaine couardise, que dément l'aplomb avec lequel vous vous opposez à moi.

Le compliment la surprit et lui alla droit au cœur. Il ne semblait pas distribuer les louanges à la légère. Il fallait les mériter.

D'une main ferme mais sans lui faire mal, il lui saisit le menton et la regarda droit dans les yeux.

— Faites votre choix, madame… Mais, après avoir subi ou non cet examen que vous réclamez, vous pouvez être sûre que vous passerez la nuit avec moi.

Brodick s'écarta d'elle sans rien ajouter. Son attitude témoignait de sa frustration, mais il se maîtrisait et ne la menaçait en rien. Anne n'en était que plus favorablement impressionnée. Bien des hommes, à la première contrariété, levaient la main sur les femmes qui leur résistaient.

— Apprendre à se connaître exige un peu de temps, admit-il. Nous avons bien commencé, mais je ne vous ai pas amenée ici pour vous courtiser comme un jeune blanc-bec. Je ne me contenterai pas de quelques baisers. Vous aussi avez passé l'âge de cela.

— Mais ne pourrions-nous pas célébrer d'abord nos noces ? suggéra-t-elle. Les vôtres seraient heureux de voir leur laird se marier à l'église. Cela donnerait le bon exemple.

— Nous sommes en Écosse, madame… objecta-t-il, inflexible. S'ils apprennent que je vous garde ici sans avoir fait de vous ma femme, j'aurai à repousser les attaques de la moitié de mes voisins pensant pouvoir me vaincre.

Anne en resta un instant muette de surprise.

— C'est... complètement barbare ! protesta-t-elle enfin.

— C'est aussi écossais que je le suis.

L'homme en était fier. Anne le lut dans ses yeux et y vit briller une lueur d'amusement qui l'étonna. Brodick était physiquement si impressionnant qu'il était difficile de croire qu'il puisse conserver une once de malice juvénile.

— Je vois, murmura-t-elle.

— Non, vous ne voyez pas, rétorqua-t-il sèchement.

Anne sentit sa patience s'amenuiser. Le problème, avec les membres de la noblesse, était qu'ils s'imaginaient toujours tout savoir...

— Vous ne pouvez deviner ce que j'ai dans la tête, milord !

Un sourcil arqué, Brodick répliqua :

— Détrompez-vous... Je pense avoir une idée assez juste de ce qui se passe derrière ce joli minois. Il vous tarde de retourner à la cour pour y retrouver un jeune fat qui vous a tourné la tête avec sa poésie...

— Vous vous trompez. Mon cœur n'est à personne.

Loin de le rassurer, cette précision parut le fâcher.

— Alors, vous ne voulez pas de moi parce que je suis écossais... dit-il, le visage rembruni.

Anne secoua négativement la tête. Lui laisser croire cela aurait pu servir ses intérêts. Ce genre d'aversion était monnaie courante. Mais elle se sentait incapable de l'insulter ainsi.

Brodick laissa fuser un long soupir exaspéré. Dressé devant elle, il posa les mains sur ses hanches, en une attitude plus impressionnante encore.

— Vous allez me rendre fou ! maugréa-t-il.

— Parce que je ne vous méprise pas à cause de vos origines ? fit-elle mine de s'étonner.

Brodick avança, suscitant aussitôt un certain trouble en elle. Sans réfléchir, Anne recula d'un pas, puis de plusieurs autres, avant de se retrouver acculée contre un mur. Il n'y avait plus que l'épaisseur d'une main entre eux. L'odeur de sa peau fit battre son cœur à coups redoublés. Sous sa tunique, ses mamelons se dressèrent. Les yeux de Brodick se fixèrent sur ses lèvres. Le temps parut se figer. Elle était à sa merci, incapable de porter son attention sur autre chose que sur le besoin d'être en contact avec lui, caressée par lui.

Tout cela n'était que folie...

— J'attendrai qu'Agnès me communique votre décision.

Il s'était exprimé d'une voix rauque de désir. Enfin, il se pencha pour déposer sur les lèvres d'Anne un baiser léger qui la secoua néanmoins jusqu'au tréfonds.

— Décidez-vous, conclut-il. Quoi qu'il en soit, cette nuit vous serez mienne.

Sur ce, il tourna les talons et se dirigea vers la sortie. Dans la cour, des habitants du château se tordaient le cou pour tenter de voir ce qui se passait à l'intérieur. La confusion que reflétaient leurs visages fit comprendre à Anne que nul ne se doutait de rien. Brodick s'arrêta sur le perron pour échanger quelques mots avec Agnès. La sage-femme acquiesça d'un hochement de tête avant de reporter son attention sur Anne.

Puis le comte s'éloigna à grandes enjambées. Agnès pénétra dans le hall. Une expression pensive sur le visage, elle vint se camper devant Anne. Elle se contenta de l'observer en silence de la tête aux pieds, d'un regard aigu. Ce faisant, elle effleurait la broche en argent qui retenait son tartan à l'épaule.

— Avez-vous besoin de moi, milady ? s'enquit-elle lentement, comme si elle pesait chaque mot. Ou puis-je rentrer chez moi ?

Anne était tentée de la laisser partir, mais elle ne pouvait négliger la moindre possibilité d'échapper à son sort. Ménager sa pudeur passait au second plan.

— Je serai heureuse d'avoir votre opinion, répondit-elle.

Agnès fronça les sourcils, mais Anne tint bon et ajouta :

— Un mariage tel que celui-ci ne peut se faire s'il reste le moindre doute. Un comte ne doit pas se montrer imprudent quant au choix de son épouse. Il a besoin d'un héritier. Si je suis incapable de le mettre au monde, il vaudrait mieux dissoudre cette union.

L'expression de la sage-femme se radoucit. Elle hocha la tête d'un air approbateur.

— Vous êtes une femme avisée.

Agnès se dirigea vers l'escalier. Manifestement, elle était comme chez elle dans ce château.

— Suivez-moi, maîtresse ! lança-t-elle. Allons régler ça tout de suite.

Après l'avoir jaugée une nouvelle fois, elle ajouta :

— Beaucoup de nobles dames devraient prendre exemple sur vous. Le monde ne s'en porterait que mieux. La mère du laird, elle aussi, a subi l'examen intime avant sa nuit de noces. La vôtre a bien fait de vous apprendre à respecter la tradition.

Helen avait allumé un grand feu dans la chambre, qui prodiguait une douce chaleur. Une fois la tunique enlevée, il ne fallut que quelques secondes pour achever de déshabiller Anne, mais celles-ci lui parurent durer des heures.

Les yeux rivés sur son corps nu, Agnès demeura immobile et silencieuse un long moment. Puis elle la contourna et s'attarda dans son dos. Quand elle revint devant elle et palpa l'un de ses seins d'une main experte, Anne dut se mordre la lèvre pour ne pas protester. Après avoir pincé le mamelon, la sage-femme se pencha pour l'observer, avant de renouveler l'opération de l'autre côté.

— Allongez-vous sur le lit, ordonna-t-elle. J'ai besoin de vérifier que votre matrice est correctement implantée.

— Na... Naturellement.

Anne déglutit difficilement et alla s'allonger. Il lui fallait oublier sa pudeur. Ce qui comptait, c'était de ne gâcher aucune chance de pouvoir rejoindre son père à la cour. Lui seul pourrait déjouer les machinations de sa femme.

Agnès palpa le ventre d'Anne, décrivant un arc de cercle allant d'une hanche à l'autre. Aucun de ses gestes ne semblait dû au hasard. Elle possédait une assurance que seule l'expérience peut procurer. Après cet examen, elle hocha la tête d'un air satisfait.

— Tu peux rhabiller ta maîtresse, lança-t-elle à Helen.

La sage-femme s'éloigna du lit. Tout en se rhabillant, Anne garda le silence car Agnès l'examinait toujours. Manifestement, l'épreuve n'était pas terminée.

— Laissez-moi voir vos dents, demanda-t-elle quand Helen eut terminé.

Aucune partie de son corps ne lui échapperait... Elle lui fit même fermer les yeux pour tester son ouïe en claquant des doigts près de chacune de ses oreilles.

Enfin, elle livra son verdict.

— On ne peut être mieux faite pour être mère que vous, maîtresse.

Anne laissa échapper un petit cri, que couvrit le bruit que fit Helen en battant des mains.

— Je vais vous faire préparer un petit souper, annonça-t-elle. Vous aurez besoin de toutes vos forces cette nuit...

Avant qu'elle ait pu la retenir, la servante avait déjà quitté la pièce d'un pas que l'allégresse rendait plus léger.

— Le mariage est pour chaque femme une période incertaine, commenta Agnès. Vous vous y ferez, comme nous toutes...

Elle s'était exprimée avec une fermeté toute parentale. L'espace d'un instant, Anne eut l'impression d'être une gamine.

— Je ne voudrais pas décevoir le comte, dit-elle.

La sage-femme secoua lentement la tête.

— Vous ne le décevrez pas.

Anne sentait le piège se refermer définitivement sur elle. Elle en avait le souffle coupé. Sous les yeux d'Agnès, intriguée, elle se mit à faire les cent pas.

— Votre mère vous a-t-elle raconté quelque conte à dormir debout faisant de votre nuit de noces un enfer ?

La sage-femme faisait de son mieux pour comprendre le dilemme qui l'agitait. Anne se sentit coupable de ne pas lui avouer la vérité. Elle n'osait faire confiance à personne, mais elle aurait voulu pouvoir s'y risquer...

— Non, répondit-elle. Je sais ce qui se passe entre mari et femme lors de la nuit de noces.

— Pourtant, insista Agnès, vous le redoutez visiblement. Craignez-vous de ne pas donner de fils au comte ? On m'a dit que votre mère n'a eu qu'une fille.

Anne avait peur de tomber tout simplement enceinte, mais Agnès lui fournissait une excuse rêvée.

— Bien sûr que je le crains ! s'exclama-t-elle. Le doute emplit mon cœur. Vous pouvez comprendre, étant donné les problèmes qu'a connus ma mère, pourquoi il serait préférable que vous informiez votre laird de l'erreur qu'il est en train de commettre. Mieux vaudrait pour lui qu'il épouse une femme ayant de nombreux frères.

L'argument ne parut pas convaincre Agnès. Les lèvres pincées, elle la fixa au fond des yeux.

— Je suis en désaccord avec vous. Vous êtes en parfaite santé et tout à fait apte à enfanter sans problème.

Elle prit une profonde inspiration et relâcha lentement son souffle avant d'ajouter :

— Vous êtes simplement nerveuse. Si je vous renvoyais chez vous, jamais vous n'affronteriez votre peur. Les Anglais devraient favoriser l'audace chez leurs filles. Elle n'est pas inutile.

La sage-femme hocha la tête, ferme dans sa décision.

— Une fille hérite également des caractères de son père, reprit-elle. Ne craignez pas les manques de votre mère.

Sur ce, Agnès s'inclina dignement et se dirigea vers la porte.

Anne la regarda sortir et sentit tout courage l'abandonner. Le plan de Philipa l'emprisonnait, et plus aucune idée ne lui venait pour le contrecarrer.

Brodick ne tenait pas en place. Jamais il n'aurait dû laisser Agnès s'approcher de Mary. Sa propre réaction l'inquiétait. Il avait entendu dire que cela arrivait parfois à certains hommes, mais il n'aurait pas imaginé en faire un jour partie...

— Je ne t'ai jamais vu faire les cent pas...

— Laisse-moi, Cullen ! maugréa-t-il. Je ne suis pas d'humeur à plaisanter.

Au lieu de s'en aller, son frère le rejoignit, mais son éternel sourire se fana sur ses lèvres.

— Moi non plus, assura-t-il. Ce mariage se révèle plus compliqué que je ne l'avais cru...

— De ce que va dire Agnès dépendent beaucoup de choses.

Et Brodick ne songeait pas qu'à la dot. Il voulait coûte que coûte Mary entre ses bras, dans son lit.

— Tu n'es pas obligé de la renvoyer chez elle si Agnès ne donne pas sa bénédiction, fit valoir Cullen.

Brodick acquiesça d'un signe de tête, mais se remit à tourner comme un lion en cage.

— La tradition le voudrait, objecta-t-il.

— Tu es le laird. Personne ne peut te l'enlever si tu ne le souhaites pas.

— Tout à fait exact, approuva-t-il. Mais ce serait cruel. Je n'ai pas envie de la faire souffrir.

Avec un ricanement moqueur, Cullen répliqua :

— Il est clair en effet que tes intentions vis-à-vis d'elle sont tout autres...

Brodick se figea.

— Est-ce si évident que ça ?

— Pour qui te connaît, oui.

Le sourire sarcastique de Cullen reparut brièvement sur ses lèvres, puis il enchaîna :

— Tu es tellement pathétique que je n'ai même pas le cœur de te taquiner. Je n'aurais jamais imaginé te voir un jour dans un tel état à cause d'une femme.

— C'est plus une famille qui me manque. Courir le jupon pour quelques heures de passion a cessé de me contenter. Quand je suis loin d'ici, je veux me réveiller le matin en sachant qu'une femme m'attend dans mon lit, et que peut-être même elle prie pour mon retour sain et sauf. Je veux la voir bercer notre bébé, le nourrir au sein, être heureuse d'être mon épouse et la mère de mes enfants.

Il adressa un sourire à son frère.

— J'espère que tu auras tout cela, Brodick.

Le visage de Cullen était grave, son expression pensive.

— Je ne peux pourtant m'empêcher de me poser des questions sur ton épouse, enchaîna-t-il. Il y a chez elle quelque chose qui n'est pas clair.

Brodick ne put qu'acquiescer.

— Peu importe, dit-il. Une fois qu'Agnès aura terminé son examen, j'achèverai d'accueillir ma femme dans notre famille. Ce qui lui est passé par la tête n'aura plus d'importance. Rien ne comptera plus que notre avenir. Elle se retrouve entourée d'étrangers, sur une terre qui lui est inconnue. Elle a besoin de s'adapter.

— Voilà qui est parler comme un McJames !

Brodick sentit son anxiété refluer. Il était le laird de son clan, et Mary finirait par s'accoutumer à sa nouvelle existence.

Mary avait raison sur un point : les hommes n'étaient pas aptes à juger de la fertilité d'une femme, obnubilés qu'ils étaient par ce que la nature avait créé pour capter leur attention. C'était pour cette raison qu'un mariage se négociait comme une affaire, et il valait mieux qu'il en soit ainsi. Laisser le désir guider son choix pouvait conduire un homme à une union catastrophique, tant sur le plan de la dot que sur celui de la descendance. Lui qui était un homme imposant pouvait condamner une femme à mort en la choisissant trop menue pour porter ses héritiers. L'examen intime visait à prévenir ces unions mal assorties. C'était logique, mais la passion avait tendance à occulter la raison.

D'un pas décidé, il rejoignit Agnès qui venait d'apparaître.

— Milord… dit-elle en inclinant la tête avec respect.

Elle attendit qu'il l'interroge, comme il était de coutume en présence du laird.

— Ma femme pourra-t-elle assumer ses devoirs ?

— Je le crois.

Un soulagement intense mêlé de joie se fit jour en lui. Dressant une main ridée devant elle, Agnès précisa :

— Mais elle est très inquiète du fait que sa mère n'ait donné naissance à aucun héritier mâle. Elle redoute de suivre le même chemin et de vous décevoir. Elle ne prend pas à la légère ses responsabilités.

— L'existence est pleine d'incertitudes, objecta Brodick. Ce qui ne veut pas dire qu'il faut passer sa vie à ne rien tenter. N'importe quelle femme que je pourrais épouser serait confrontée à ce risque.

Agnès plissa les lèvres et le toisa sévèrement. Le ton qu'il avait employé lui avait manifestement déplu. Il avait beau être adulte à présent, ce reproche muet atteignit de plein fouet le gamin en lui qui la craignait toujours. D'une voix sèche, elle poursuivit :

— Une femme qui redoute de décevoir son mari en ne lui donnant pas d'enfant est aussi admirable qu'une autre décidée à lui plaire en cédant à tous ses désirs… Je trouve personnellement votre nouvelle épouse sage et avisée.

— Tu as toute ma reconnaissance.

Agnès s'inclina légèrement.

— Puisse votre union être bénie par de beaux enfants vigoureux, conclut-elle. À l'automne, je me tiendrai prête à revenir ici pour la naissance de votre premier-né.

Brodick tira de sa poche une petite bourse qu'il lui tendit. La regardant sans la prendre, elle se contenta de caresser sa broche en argent.

— Difficile de trouver plus têtue que toi ! lança-t-il.

— Merci, milord.

Avec un petit sourire effronté, Agnès s'éloigna. Jamais elle n'acceptait la moindre rétribution de la part de la famille du laird. C'était pour contourner cette obstination que la mère de Brodick avait commandé cette broche et la lui avait offerte. Agnès n'avait pu refuser un présent offert par la châtelaine. Cela aurait été considéré comme un affront.

En la regardant sortir, Brodick se demanda quelles seraient ses relations avec Mary. Car une chose était certaine, à présent : sa femme resterait près de lui... Et si Dieu le voulait, à l'automne, Agnès reviendrait au château pour un heureux événement.

— Pourquoi vous habillez-vous ?

En découvrant Anne en train de s'habiller, de retour dans la chambre, Helen parut désappointée. Il ne lui restait plus qu'à la boutonner dans le dos.

— Je ne veux pas qu'on se donne la peine de me porter un plateau, répondit-elle. Je peux manger en bas.

— Décidément, se réjouit Helen en la rejoignant, vous êtes quelqu'un d'attentionné...

Elle serra le lacet et ajouta :

— Cela fera plaisir aux gens, soyez-en sûre. Chacun est curieux de découvrir la nouvelle châtelaine. Il a circulé quelques rumeurs à propos des ladies anglaises qui ont réussi à semer le trouble dans les esprits...

— Je ne veux être une charge pour personne.

— C'est un plaisir de voir l'un des deux frères se marier. Ce château a besoin de sang neuf, si vous voulez mon avis. À présent, venez. La cloche a sonné.

Anne avait faim, mais elle avait aussi un autre motif pour gagner la grande salle où étaient servis les repas : elle préférait ne pas s'attarder dans cette chambre où trônait le lit.

Au bas de l'escalier, Helen la précéda dans un long corridor. La lumière du soir leur parvenait par d'étroites meurtrières dans l'épaisseur de la muraille. Enfin, elles débouchèrent par une porte cintrée dans une autre tour du château. Un brouhaha de conversations s'élevait dans la grande salle, que chauffaient quatre cheminées réparties autour de la pièce. À part la rotondité de celle-ci, Anne ne voyait pas beaucoup de différence avec ce qu'elle avait connu à Warwick Castle. Une table imposante entourée de chaises était disposée sur une estrade couverte d'un tapis.

Les hommes du clan occupaient déjà la plupart des bancs et discutaient librement en se passant les plats de nourriture. Aussitôt que l'arrivée d'Anne eut été repérée, le silence se fit, et les servantes interrompirent leurs activités pour lui jeter des regards intrigués.

— Laissez-moi vous présenter Mary Spencer, fille du comte de Warwick, ma femme !

La voix de Brodick, répercutée par les murs de pierre, la surprit par son volume. Debout au bord de l'estrade, il avait posé un pied sur la dernière marche de celle-ci et prenait appui de son avant-bras replié sur son genou. Parfaitement dans son élément, il n'aurait pu paraître plus solide et sûr de lui. Des rangs de l'assemblée montèrent des acclamations enthousiastes, qui firent sursauter Anne. Tout sourire, Brodick tendit la main vers elle en guise de bienvenue.

En le rejoignant, elle se sentit écrasée par la culpabilité. Chaque pas qu'elle devait faire était pour elle un tourment. Les hommes sur son passage soulevaient leur bonnet ou levaient leur pinte en guise de vœux de bonheur. Jamais la trahison dont elle se rendait coupable ne lui avait autant sauté aux yeux.

Les vivats s'éteignirent dans la salle et le bruit des conversations reprit. Une satisfaction intense faisait briller les yeux bleu nuit de Brodick lorsqu'il prit ses mains dans les siennes. Anne sentit sa gorge s'assécher. Manifestement, il était convaincu qu'après la visite d'Agnès plus aucun obstacle ne se dressait entre eux. À cette idée, elle frissonna d'excitation. Du bout du pouce, Brodick caressa la chair tendre de son poignet. La sensation qui en résulta dans tout son bras la fit frissonner de plus belle et elle sentit ses jambes faiblir.

— Ça ne vous dérangerait pas d'attendre que le dîner soit terminé ? lança une voix féminine et caustique.

Anne sursauta. Depuis la table la plus proche, Fiona les observait. Elle battit des paupières d'un air innocent avant d'ajouter :

— Ces minauderies vont me faire perdre l'appétit.

— Inutile de vous présenter ma sœur, grogna Brodick. Son manque d'éducation fait jaser la moitié de l'Écosse, même si notre père a dépensé des fortunes en précepteurs pour y remédier...

— Mieux vaut ignorer les commérages, répliqua Fiona, malicieuse.

Sans plus se préoccuper d'eux, elle s'empara d'une miche de pain et se tailla une épaisse tartine. Laissant derrière lui l'estrade et sa table d'apparat, Brodick alla s'installer en face de sa sœur. Cullen était quant à lui assis à quelques pas de là et plaisantait avec de jeunes hommes. Contrairement à ce qui se passait à Warwick Castle, nobles et gens du commun partageaient les mêmes tables, mangeaient les mêmes plats.

— C'était la table de mon père.

Tirée de ses pensées, Anne tourna la tête vers Brodick qui indiquait l'estrade.

— Je n'y prendrai pas place tant que je ne l'aurai pas mérité, expliqua-t-il d'un air grave. Tout comme mon père l'avait fait. J'irai m'y asseoir quand j'aurai une famille à installer à mes côtés, pour que les McJames se perpétuent.

Un peu inquiet, il s'enquit :

— J'espère que ça ne vous dérange pas ?

— Pas du tout, assura-t-elle sincèrement. Cette table me convient parfaitement. Je suis honorée d'y prendre place.

Les odeurs de nourriture qui s'élevaient firent monter de son ventre un gargouillement. Brodick se rembrunit.

— Je n'ai pas été assez attentif à vous nourrir comme il faut. Ce sera un plaisir d'y remédier.

Sur ce, il se mit à empiler sur une assiette des quantités de nourriture bien trop importantes pour elle.

— Pas tant que ça, Brodick ! protesta-t-elle. Est-ce que je vous fais l'effet d'une ogresse ?

Il s'interrompit et tourna vivement la tête vers elle.

— C'est la première fois que vous m'appelez par mon prénom, constata-t-il.

Gênée, Anne mordit dans un quignon de pain pour ne pas avoir à répondre. Il se poussa contre elle, envahissant son espace personnel. L'intimité qui en résulta la troubla. Sous son corset, elle sentit une fois de plus durcir les pointes de ses seins.

Fiona laissa échapper un soupir mélodramatique. Brodick se tourna vers elle et la foudroya du regard.

Sa sœur arqua un sourcil, haussa les épaules et s'adressa à Anne en souriant.

— Les hommes sont si prévisibles... Ils n'ont plus qu'une chose en tête dès que le désir les prend.

— Surveille ton langage, Fiona... prévint Brodick en s'emparant d'une pinte. Donne-lui au moins quelques jours pour s'habituer à ton outrecuidance.

— Le temps que tu l'aies installée dans ton lit et que tu en aies fait ta femme avant qu'elle en ait appris davantage sur les Écossais ?

— Nous ne formerons bientôt plus qu'une seule nation ! Et ce n'est pas moi qui le regretterai. Toutes ces guerres ont versé beaucoup trop de notre sang.

C'était une ferme réprimande, pourtant Brodick ne paraissait pas en colère. Anne avait retenu son souffle. Elle était habituée à une ambiance tellement guindée et protocolaire qu'elle avait redouté sa réaction. Pourtant, le sourire revenait sur ses lèvres et ce fut d'un ton jovial qu'il ajouta :

— Mais tu n'as pas tout à fait tort. J'aimerais montrer à mon épouse les bons côtés de la vie à Sterling avant qu'elle ait pu découvrir quel dragon elle a pour belle-sœur...

Tous deux rirent de bon cœur, au grand soulagement d'Anne. Il régnait à cette table une camaraderie semblable à celle qui prévalait dans sa famille.

Elle ne tarda pas à découvrir que Sterling était vraiment une demeure accueillante. Les servantes ne restaient pas figées dans un coin comme à Warwick, dans l'attente qu'on les appelle. Elles n'inclinaient pas respectueusement la tête avant de présenter les plats. Il régnait une grande liberté de parole. Nul ne réfléchissait à ce qu'il allait dire de peur de froisser plus haut placé que soi.

Gagnée par cette ambiance et par le contentement général, Anne sentit son appétit revenir. Sa tristesse d'avoir été séparée des siens si brutalement ne l'avait pas quittée, mais elle apprécia de dîner en si joyeuse compagnie.

Il aurait été si simple de se glisser dans le rôle qu'on lui avait imposé.

Du coin de l'œil, elle observa Brodick. À présent rasé de près, son visage paraissait aussi ferme et dur que le reste de son corps. Le pourpoint qu'il avait revêtu pour voyager avait disparu. Il ne portait plus qu'une chemise et son tartan qui remontait sur ses jambes, exposant ses cuisses puissantes. Elle n'aurait pas dû y prêter attention, mais elle ne pouvait empêcher ses yeux de s'égarer dans cette direction.

Distraite par cette troublante vision, Anne ne le vit pas glisser la main sous la table. Si bien que lorsqu'il pressa gentiment son genou à travers sa robe, elle ne put se retenir de sursauter. Sous l'insistance de son regard, elle se sentit rougir brutalement.

— Peut-être, après tout, êtes-vous aussi innocente que vous le prétendez, murmura-t-il. Vous n'êtes, en tout cas, pas habituée à être touchée.

Ces paroles suffirent à éveiller en elle une colère noire. Sans réfléchir à ce qu'elle faisait, Anne donna un coup de genou vers le haut, écrasant brutalement la main de Brodick contre le plateau de la table. Le bruit qui en résulta masqua son gémissement de douleur.

— Après cela, s'emporta-t-elle, vous vous demanderez pourquoi j'insiste tant pour respecter les traditions qui protègent ma réputation.

Certains des hommes autour d'eux avaient cessé de parler et tendaient l'oreille. Se dressant d'un bond, Anne effectua une rapide révérence et quitta la table pour s'élancer à travers la salle. Sa réaction n'était sans doute pas des plus appropriées, mais peu lui importait. Elle en avait soupé de se plier à ce que tous attendaient d'elle. Et elle en avait plus qu'assez que sa chasteté soit contestée.

Elle s'engageait dans le corridor lorsqu'une main ferme lui emprisonna le coude. Sans ménagement, Brodick la fit pivoter sur ses talons.

— Vous avez raison, Mary, dit-il, le visage crispé de fureur. J'ignore totalement ce qui vous fait craindre de rejoindre mon lit.

— Votre lit, votre lit ! rétorqua-t-elle. Vous n'avez que ce mot à la bouche !

Le menton fièrement dressé, elle le défia du regard et ajouta d'un ton accusateur :

— Ce qui ne vous empêche pas de mettre ma chasteté en doute. Avoir fréquenté la cour ne suffit pas à faire d'une lady une catin !

— J'ai moi aussi mis les pieds à la cour anglaise, madame. Et j'y ai vu nombre de ladies titrées que rien n'arrêtait.

L'index pointé vers elle, il poursuivit avec véhémence :

— Elles ne se privaient pas de baiser à côté des appartements de la reine ! Comprenez que je me soucie de savoir si mon épouse était des leurs.

Choquée par la crudité de son langage, Anne se sentit néanmoins ébranlée. Son cœur battait plus fort. Le sang grondait dans ses veines.

— Puisque vous avez une si piètre opinion des ladies anglaises, objecta-t-elle, pourquoi être entré en négociation avec mon père pour en épouser une ?

Une fois de plus, l'odeur qui émanait de lui la troublait profondément. Le désir émoussait sa colère. Elle mourait d'envie de découvrir si ces muscles seraient aussi fermes qu'ils le paraissaient, et aussi doux sous ses caresses. Faute de pouvoir se reprendre, elle tenta de lui échapper, mais d'un bras passé autour de sa taille Brodick la retint. Anne se retrouva prisonnière, les doigts plaqués contre sa chemise.

— Nous ne sommes pas faits l'un pour…

La fin de sa phrase se perdit sous la main qu'il venait de poser sur ses lèvres afin de la faire taire.

— Ne dites pas ça ! protesta-t-il. Rien ne m'empêchera de vous faire mienne.

La serrant plus fort contre lui pour l'empêcher de se débattre, il ajouta, un ton plus bas :

— Dites-moi la vérité, Mary… Avez-vous succombé à un autre homme ?

Dès qu'il eut retiré sa main, elle répliqua :

— Vous vous êtes déjà fait une opinion sur moi. Rien de ce que je pourrai dire n'y changera quoi que ce soit.

— Vous vous trompez. Je peux vous faire confiance, mais vous devez vous montrer franche avec moi.

Dans son dos, Anne sentit la main de Brodick remonter et se perdre dans ses cheveux, qu'il empoigna de manière à l'obliger à le regarder dans les yeux. La suspicion qu'elle lut dans les siens, mêlée à un désir sans fard, la laissa sans voix. Soudain, elle oublia l'objet de leur querelle. Elle vit son regard dériver jusqu'à ses lèvres. Le cœur battant, elle se prépara à un baiser... qui ne vint pas.

Avec un grognement de frustration, il la lâcha et s'écarta d'elle.

— Je ne me laisserai pas distraire ! hurla-t-il. Vous me répondrez avant qu'un baiser me fasse tout oublier !

Brutalement privée de son soutien, Anne chancela.

— Vous doutez de moi, dit-elle en se frottant les bras pour s'empêcher de frissonner. Vous n'avez pas confiance. C'est pourquoi je vous demande de me rendre à mon père.

— Je vous ai déjà dit que je n'en ferai rien, rétorqua-t-il sèchement. Avez-vous connu un homme, oui ou non ?

— Non ! Et cela ne risque pas de changer cette nuit !

Elle n'avait aucun espoir de le convaincre. Seule la colère l'avait poussée à prononcer ces mots. Comme elle aurait aimé avoir ses règles et... Frappée par une soudaine inspiration, Anne écarquilla les yeux et reprit :

— Puisque vous doutez de mon innocence, il serait plus prudent d'attendre que mon cycle menstruel soit passé avant de consommer ce mariage. Ainsi, vous aurez la certitude que je ne suis pas enceinte.

Le visage de Brodick s'assombrit dangereusement, mais Anne ne lui laissa pas le temps de réagir.

— Oui ! s'exclama-t-elle vivement. C'est le meilleur moyen de régler cette querelle.

Prenant une profonde inspiration, elle esquissa une révérence et conclut afin de couper court :

— Bonne nuit, milord.

Elle tourna les talons et s'engagea dans le corridor. Les nerfs à fleur de peau, elle s'attendait à tout instant à sentir les mains de Brodick se poser sur elle, mais rien de tel ne se produisit. Loin d'en ressentir un quelconque soulagement, elle fut gagnée par la déception, ce qui lui fit comprendre à quel point elle appréciait le moindre de ses contacts. Elle entama l'ascension de l'escalier les larmes aux yeux, mais elle n'était même pas sûre de savoir pourquoi elle pleurait.

Après tout, n'avait-elle pas gagné son bras de fer avec lui en obtenant ce qu'elle souhaitait ? Elle n'avait aucune raison de s'attrister... Ses prochaines règles ne devaient survenir que quinze jours plus tard. L'astuce se révélait bien meilleure que d'avoir réclamé un examen prénuptial.

Dans ce cas, pourquoi n'en concevait-elle aucun soulagement ?

7

Helen désapprouvait l'attitude d'Anne. Elle n'en montrait rien, mais sa façon de plisser les lèvres tout en demeurant impassible en disait long. Combien de fois elle-même n'avait-elle eu d'autre moyen pour manifester sa réprobation quand elle servait Philipa ?

La servante s'acquittait de sa tâche avec efficacité, mais sans se livrer à son habituel badinage. Une fois qu'elle lui eut retiré sa robe et l'eut accrochée, il lui restait à passer un coup de brosse dans ses cheveux. Alors seulement, Helen se décida à lui adresser la parole, presque à regret.

— Le maître va adorer vos cheveux.

La brosse glissait en douceur dans sa longue chevelure. Anne les portait rarement dénoués. Seules les fillettes pouvaient se le permettre, et elle n'en était plus une depuis qu'elle avait commencé à gagner sa vie en travaillant aux cuisines. Il était plus pratique d'avoir les cheveux nattés et, à Warwick Castle, les servantes portaient aussi une coiffe.

— Le laird est un homme bon, reprit Helen.

Anne laissa fuser un soupir. Elle ne savait plus que penser. Cela faisait-il trois jours seulement qu'elle avait quitté sa famille ? Il lui semblait plutôt que cela faisait une éternité.

— Si votre mère était ici, insista Helen, elle vous expliquerait à quel point les hommes peuvent se montrer suspicieux en ce qui concerne leur épouse légitime.

Elle garda le silence un instant avant d'ajouter :

— Vous ne devriez pas le prendre trop à cœur. Cela prouve seulement qu'ils tiennent à leur réputation. Et comme ils n'attendent pas cela d'une maîtresse, il est même possible d'y voir un compliment.

Anne décida de sortir de son mutisme.

— Puis-je prendre le risque qu'il s'interroge sur la légitimité de notre premier enfant ? Il pourrait s'imaginer que je le portais déjà en arrivant ici.

— Le laird ne ferait jamais ça, assura Helen fermement. De toute façon, si vous étiez enceinte, Agnès l'aurait vu.

— Il met en doute ma chasteté...

Cessant de lui brosser les cheveux, Helen vint se camper devant elle et la dévisagea avec une autorité qui rappela à Anne celle de sa mère.

— Alors prouvez-lui dans le lit nuptial qu'il se trompe, conseilla-t-elle. L'orgueil est de piètre compagnie, une fois que les tentures ont été tirées pour la nuit...

Anne en mourait d'envie, mais luttait pour ne pas se laisser convaincre. Helen s'en rendit compte et renonça en soupirant.

— Bonne nuit, maîtresse, dit-elle en s'inclinant.

— Merci, Helen.

Sur le seuil, elle hésita un instant et lui adressa un dernier regard, avant de hocher la tête et de s'en aller. Les craquements du feu dans l'âtre se firent soudain plus audibles dans la pièce. Les cheveux dénoués d'Anne caressèrent ses épaules quand elle tourna la tête. Elle se sentait belle et ce n'était pas une sensation à laquelle elle était habituée. Jamais elle n'avait eu le loisir de céder à la coquetterie. Sa peau crémeuse, rendue plus douce par le bain, brillait à la lumière du feu. Elle se sentait aussi belle et séduisante qu'une jeune mariée doit l'être, et pourtant elle venait de congédier son époux.

Les tentures du lit à baldaquin étaient déjà tirées pour conserver la chaleur. Anne les ouvrit, se glissa à l'intérieur et tendit le bras pour palper entre ses doigts le riche tissu. Du plat de la main, elle éprouva ensuite la douceur des draps. À un tel luxe non plus, elle n'était pas habituée. Le sentiment de culpabilité qui l'assaillait l'empêchait d'y goûter pleinement. Ce n'était pas elle qui aurait dû en profiter.

— Me craignez-vous donc tant que ça ?

Anne sursauta. Dans la pénombre, Brodick lui parlait d'une voix douce, comme il aurait pu le faire à un enfant.

— À moins que ce ne soit un petit jeu, poursuivit-il. Pour me pousser à vous renvoyer chez votre père, comme vous semblez le souhaiter ardemment ?

Anne se sentit plus coupable encore. Cet homme méritait mieux qu'elle. Par fierté, elle ne supportait plus cependant qu'il la prenne pour une froussarde.

— Ce n'est pas la peur de vos caresses qui me motive, assura-t-elle. Vos insinuations sont insultantes.

Un bruit de pas se fit entendre sur le dallage de pierre, mais la pénombre qui régnait l'empêcha de distinguer le comte avant qu'il se retrouve devant elle. Il la toisa, ses yeux s'attardant sur ses cheveux qui cascadaient jusqu'à ses reins.

— J'ai au moins réussi à vous mettre en colère, dit-il. Sous ces airs sages se cache une vraie tigresse...

Brodick tendit le bras et enroula autour d'un doigt une mèche de ses cheveux. Une expression émerveillée passa sur son visage, qui la ravit.

Il paraissait s'amuser de la résistance qu'elle lui opposait, ce qui la laissait perplexe. Chaque homme, même le plus modeste palefrenier, pouvait légitimement s'estimer le maître incontesté dans sa propre famille.

— Vous ne pouvez tout de même pas être heureux de le constater, commenta-t-elle.

Cela le fit rire.

— Vous croyez ça ?

Anne nota alors qu'il ne portait plus la broche retenant son tartan à l'épaule. Seule sa chemise recouvrait son torse.

— Réfléchissez-y, ajouta-t-il. Ne vous ai-je pas dit que je n'ai aucun goût pour les couardes ?

— Je n'ai pas compris pour autant que vous appréciiez les mégères.

Les lèvres de Brodick se retroussèrent en un sourire lorsqu'il répliqua :

— Ne confondez pas la passion et l'aigreur.

Il aimait son comportement. Anne le percevait dans le ton de sa voix. Sentir son approbation lui procurait un plaisir qu'elle ne pouvait nier, et qui signifiait d'autant plus pour elle qu'elle commençait à l'admirer. Brodick n'avait rien d'une coquille vide parée d'un titre. Il vivait la même vie que ceux de son clan, dont il méritait le respect au jour le jour.

Elle vit son regard plonger vers sa poitrine, s'attarder sur ses seins que moulait la chemise. Elle prit soudainement conscience qu'ils étaient seuls dans la chambre.

— Vous ne devriez pas vous trouver ici, milord.

— Votre père vous a-t-il enseigné à dire à chacun ce qu'il doit faire ? s'enquit-il d'une voix doucereuse, qui trahissait son agacement. Vous le faites souvent avec moi. Je pense qu'il est temps à présent que vous appreniez ce que *moi*, j'attends de vous.

— Vous me voulez dans votre lit. Croyez-moi, vous me l'avez assez répété pour que je ne l'ignore pas.

Anne se mordilla la lèvre. Elle avait parlé sans réfléchir, laissant transparaître ses émotions. Brodick se rembrunit et répliqua sèchement :

— Et vous, vous voulez que je vous rende à votre père. Vous n'avez pas manqué de me le répéter non plus.

Précautionneusement, comme pour jauger sa réaction, il plaça un genou au bord du matelas. En se maudissant de réagir ainsi, Anne sentit la chair de poule hérisser ses bras.

— J'ai remarqué une chose, poursuivit-il. Ce n'est pas à votre mère que vous demandez à être rendue. Vous insistez pour retourner à la cour. Est-ce si étonnant que je cherche à savoir qui vous attend là-bas ?

Le col de sa chemise largement ouvert laissait voir une vaste étendue de chair. Comme enhardi par son absence de réaction, Brodick grimpa sur le lit. La structure de corde du sommier craqua sous son poids. Il se mouvait lentement, comme pour apprivoiser un animal craintif.

Anne devait admettre qu'il était excitant de voir ce grand corps d'homme la rejoindre dans un si petit espace. L'intimité des amants était quelque chose dont elle entendait parler depuis des années à mots couverts, dont on lui avait appris à se méfier pardessus tout. Si bien qu'avec le temps elle en était venue à penser qu'une telle chose ne lui arriverait jamais, sauf en rêve ou dans son imagination.

L'odeur de sa peau ralluma le désir en elle. Brodick était on ne peut plus réel et ne ressemblait en rien aux quelques garçons qui avaient bravé les ordres de Philipa pour tenter de flirter avec elle. Brodick, lui, n'avait nul besoin de fanfaronner. Il suffisait de le regarder pour comprendre que rien, jamais, ne le ferait trembler.

— Dites-moi ce qui vous attire à la cour, insista-t-il.

— Je vous l'ai dit et...

Anne s'interrompit en le voyant tendre le bras vers elle. La fascination la figea sur place. Elle attendit son contact avec un frisson d'excitation. Elle y aspirait.

Le besoin qu'il la touche s'épanouissait en elle comme les pétales d'une fleur aux rayons du soleil. Elle leva le visage pour mieux se prêter à sa caresse, soupirant doucement en sentant ses doigts effleurer sa joue. Elle battit des paupières, surprise qu'il s'en tienne là. Puis elle comprit qu'il attendait sa réponse.

— Je veux réellement voir mon père, assura-t-elle en le fixant droit dans les yeux. Rien que lui. Il n'y a personne d'autre.

Brodick posa de nouveau la main sur sa joue.

— *Aye*, dit-il. Je le lis dans vos yeux. Vous l'aimez beaucoup, n'est-ce pas ?

— Oui.

Brodick caressa les lèvres d'Anne du bout de son pouce, éveillant en elle un plaisir inédit. La sensation parcourut sa peau et descendit jusqu'à ses seins. Son cœur battait fort dans sa poitrine, mais elle se sentait étrangement calme.

— C'est pour cette raison que je ne vous rendrai pas à lui, confia-t-il. J'envie cette dévotion que vous lui portez. Je convoite cette place qu'il occupe dans votre cœur.

Sans lui laisser le temps de prononcer les paroles qui affluaient à ses lèvres, Brodick l'embrassa et l'incita à s'étendre sur le lit en la serrant dans ses bras. Il la maintenait allongée, mais en prenant appui sur les coudes il la soulageait de son poids. Anne frissonna en sentant sa langue titiller sa lèvre supérieure. Ce lit avait tout d'un endroit hors du monde, d'un paradis caché où ils pourraient se livrer sans crainte l'un à l'autre et se laisser aller à toutes leurs fantaisies.

Jamais elle n'aurait imaginé que l'étreinte d'un homme puisse être aussi agréable. Cette douceur lui semblait d'autant plus étonnante que ces bras qui la serraient étaient capables de déployer une force implacable. Anne se laissa griser par l'odeur de la peau de Brodick. Du bout des doigts, il orientait sa tête pour bénéficier du meilleur angle. Il prit possession de sa bouche, mêlant sa langue à la sienne jusqu'à ce que, n'y tenant plus, elle lui rende la pareille.

Le frottement de sa chemise contre les pointes de ses seins devenait insupportable. De même, celle de

Brodick lui semblait un obstacle gênant. Ses doigts impatients cherchaient à en écarter les pans afin d'atteindre cette chair satinée et chaude qui s'offrait à ses caresses.

Soudain, Brodick mit un terme à leur baiser et laissa ses lèvres s'égarer sur sa joue et le long de son menton. Il déposa deux tendres baisers au creux de son cou. Anne rejeta la tête en arrière pour mieux s'offrir et sentit qu'il glissait la main sous sa nuque. Alors, il mordit doucement la peau délicate de sa gorge, lui arrachant un petit râle de plaisir. Enfin, elle parvint à repousser sa chemise. Ses larges épaules, dont elle avait admiré le galbe, lui semblèrent plus affolantes encore.

Brodick avait les jambes nues. Et comme elle ne portait elle-même que sa chemise de nuit, leurs membres inférieurs pouvaient s'entremêler librement. Les mains placées de chaque côté de la tête d'Anne, Brodick se redressa pour la dévisager. Elle sentit son sexe dressé palpiter contre elle.

Un long frisson la secoua tandis qu'un désir impérieux plantait ses griffes en elle.

— J'aime notre façon de communiquer sans parler.

Anne perçut un soupçon d'impatience dans la voix rauque de son mari. Les lueurs du feu dans l'âtre illuminaient son visage. Il se redressa à genoux, laissant ses mains courir sur le corps d'Anne puis passer sous l'ourlet de sa chemise. Sans cesser de la dévisager, il explora sa peau nue.

— La sentez-vous aussi, *lass* ? s'enquit-il d'un ton pressant. La passion… La passion qui nous anime.

Ses mains caressèrent les cuisses d'Anne, remontant le tissu de sa chemise. Elle se moquait d'être ainsi dénudée sous ses yeux. Elle y aspirait même de tout son être. Les doigts de Brodick atteignirent ses hanches, entraînant la chemise avec eux. Elle sentit l'une des jambes musclées de Brodick se glisser entre les siennes tandis qu'il dénudait ses seins.

— Vous êtes vraiment magnifique, *lass*... susurra-t-il.

Comme il était en train de faire passer le vêtement par-dessus sa tête, Anne ne put voir son visage mais perçut la satisfaction que trahissait sa voix.

— Dire que vous auriez voulu me priver de ce plaisir...

Tout en parlant, il ne cessait de parcourir des yeux son corps nu.

— Il n'en était pas question, conclut-il.

Sur ce, il se débarrassa à son tour de sa chemise en un tournemain. Tirant dessus d'un coup sec, il déboucla sa ceinture et la jeta derrière lui. Son tartan ôté, il se rallongea sur elle avant qu'Anne ait pu apercevoir son sexe dressé.

— Je vais vous faire mienne, dit-il.

Anne sentit les mains de Brodick se poser sur ses seins et ses pouces titiller ses mamelons durcis. Le plaisir qui fulgura en elle la fit gémir.

— Et je crois que vous allez aimer ça, ajouta-t-il.

Sa bouche, en se plaquant sur la sienne, empêcha la jeune femme de répondre. Le baiser qu'il lui donna n'avait plus rien de tendre ou de précautionneux. C'était une invasion, une prise de contrôle, un assaut contre ses dernières défenses. Mais en sentant sa langue investir totalement sa bouche, il ne lui vint pas à l'esprit de protester. De chaque point de contact naissait un plaisir incroyable. Anne se laissait emporter par le courant, elle ne désirait rien d'autre que de découvrir quelles nouvelles surprises l'attendaient. Elle se prêta à ce baiser avec enthousiasme. Ses mains palpaient ses épaules et son torse, se repaissant de leurs reliefs sculptés.

— C'est bien, *lass*... l'encouragea-t-il. Caressez-moi...

Anne faisait frémir sous ses doigts les muscles de Brodick, effleurait la virile toison qui couvrait son torse. Sans lâcher ses seins, il déposa un baiser dans son cou. Les sensations qu'il faisait naître en elle convergeaient vers son entrejambe, mais ses mamelons ne cessaient de se rappeler à elle, car elle n'avait pas oublié la promesse qu'il lui avait faite d'y goûter. Elle sentit ses lèvres descendre et s'attarder sur ses clavicules. Ses mains continuaient de caresser doucement ses seins et, bientôt, son souffle taquina l'un d'eux.

— Voilà trop longtemps que j'ai envie de découvrir quel goût ils peuvent avoir, confia-t-il.

— Nous ne nous connaissons que depuis deux jours.

Un sourire apparut sur les lèvres de Brodick.

— Trop longtemps, répéta-t-il. C'est ce que je disais.

Ses cheveux longs, retombant de chaque côté de sa tête, caressaient la poitrine d'Anne. Elle laissa échapper un petit cri lorsque, ouvrant la bouche, il aspira la pointe d'un sein. Ses mains allèrent comme d'elles-mêmes agripper les cheveux de Brodick. Le plus suave des plaisirs irradiait en elle tel un chaud soleil.

Anne prit conscience du long gémissement qui sortait de ses lèvres en entendant Brodick s'en amuser en riant. Et quand, au bout d'un moment, il redressa la tête, elle poussa un nouveau gémissement – de frustration, cette fois. Les yeux plongés au fond des siens, il lança sourdement :

— Mienne !

Ce simple mot était une revendication, un cri de guerre.

Délaissant ses seins, Brodick fit courir ses mains le long du ventre d'Anne, puis entre ses jambes. Elle frémit de le sentir écarter ses cuisses, exposant son sexe. Sa main large et forte n'hésita qu'un instant avant de se poser de manière possessive sur son mont de Vénus.

— Brodick ! s'exclama-t-elle, éperdue.

Anne n'aurait su dire cependant si ce geste l'excitait ou la choquait. Jamais elle n'avait envisagé d'être un jour caressée ainsi.

— Je vous l'ai expliqué, dit-il d'un ton égal. En Écosse, nous nous faisons un devoir d'échauffer les sens de nos femmes. Et croyez-moi, vous êtes loin d'être aussi prête que je le souhaiterais...

D'un doigt habile, il caressait le sexe d'Anne qui semblait s'ouvrir pour lui. Elle sentit le petit bourgeon de chair caché au sommet se dresser, source d'un nouveau et intense plaisir. Un autre râle lui échappa tandis que Brodick s'attardait sur son clitoris.

— Voilà l'endroit qu'il me fallait trouver pour finir de vous échauffer, murmura-t-il, manifestement fier de lui.

Anne s'arc-bouta afin de mieux profiter de ses caresses. Elle roula des hanches, se pressant avec urgence contre sa main pour accentuer le plaisir qu'il lui offrait.

Ses fluides intimes lubrifiaient les doigts de Brodick, ce qui lui facilitait la tâche pour jouer avec son clitoris et dans les plis de son intimité. Un besoin inconnu et tyrannique la tenaillait. Elle s'accrocha à ses épaules, projeta son bassin en avant. Sous ses assauts, elle avait l'impression qu'une source de volupté infinie ne demandait qu'à jaillir en elle.

— Brodick... supplia-t-elle, éperdue.

Anne ne reconnut pas sa propre voix, blanche et éraillée.

Loin de répondre à sa supplique, il retira sa main, cessant ses caresses. De rage et de déception, elle le frappa à la poitrine, ce qui le fit rire. Aussitôt après, il introduisit lentement un doigt en elle. Surprise du plaisir que ce geste lui procurait, Anne joua des hanches pour l'accentuer et l'accueillir plus profondément en elle.

— Cela vous plaît-il, *lass* ? s'enquit-il doucement.

— *Oui !*

C'était peu dire. Elle mourait d'envie de le sentir la pénétrer totalement.

Un deuxième doigt rejoignit le premier dans le fourreau de son sexe. Habilement, Brodick les faisait aller et venir.

— Alors, rien n'empêche d'aller plus loin, à présent.

Il retira ses doigts et se positionna entre les cuisses d'Anne. Un froissement de tissu se fit entendre avant qu'elle ne sente l'extrémité de son membre viril buter contre son sexe. Brodick empoigna ses hanches. Il se raidit tandis que, précautionneusement, il pénétrait en elle. Comme il ne paraissait pas décidé à pousser plus loin, Anne s'agita. Tout son être était dans l'attente et réclamait davantage. Mais Brodick, en maintenant fermement ses hanches, s'y refusa.

— Vous êtes trop étroite, gémit-il, les dents serrées.

— Je m'en fiche !

Au comble de l'exaspération, Anne le frappa de plus belle. Il avait fait naître en elle un besoin irrépressible, qu'elle ne pouvait contenir plus longtemps.

— Finissez ce que vous avez commencé ! s'emporta-t-elle.

Cédant à sa demande, Brodick reprit sa progression, toujours aussi lentement. Il avait le visage contracté par l'effort. Un muscle jouait sur sa mâchoire. Anne roula des hanches, pressée d'en finir, gémissant tandis que son corps achevait de s'adapter. Peu lui importait de savoir si elle ressentirait du plaisir ou de la douleur. Seul comptait le fait d'apaiser la frénésie qui s'était emparée d'elle. Elle voulait l'accueillir en elle, totalement. Une sensation nouvelle de plénitude, d'accomplissement, l'envahissait. Un râle quitta ses lèvres quand, d'un violent roulement du bassin, elle se porta à sa rencontre.

— C'est bien… se réjouit-il. Avec moi…

Sa voix trahissait une ferme exigence, mais ce n'était pas pour déplaire à Anne. Brodick, en appui sur les avant-bras, amena son corps à la rencontre du sien. La toison de son torse effleurait les pointes hypersensibles de ses seins. Il immobilisa la tête d'Anne entre ses mains lorsque sa bouche prit possession de la sienne pour un baiser passionné. En jouant des reins, il ne cessait d'aller et venir en elle, son sexe ne quittant brièvement le sien que pour s'y reloger fermement. Soudain, après avoir suspendu un instant cette danse intime comme pour prendre son élan, il se rua en elle, sans aucune retenue cette fois.

Anne sentit son sexe s'embraser sous l'effet de la douleur. Terrassée, elle se figea puis tenta de le repousser en vain, emprisonnée qu'elle était sous le corps de Brodick. Ses doigts crispés dans la chair de ses épaules, elle fixait le ciel de lit en haletant. Elle avait, semblait-il, oublié de respirer et ses poumons se rappelaient à elle. En prenant une ample inspiration, elle s'efforça de se détendre et la douleur reflua peu à peu, jusqu'à ne plus être qu'un inconfort supportable.

Brodick déposa un tendre baiser sur ses lèvres. Sa langue se fraya un passage entre ses dents. Au-dessus d'elle, il joua du bassin pour se retirer avec douceur... avant de la pénétrer de plus belle, sans qu'aucun obstacle vienne l'en empêcher cette fois. Ses mains n'avaient pas lâché sa tête et il continuait de l'embrasser, comme pour lui enlever la faculté de reprendre ses esprits.

Le ballet intime reprit sur le lit. Anne sentait la hampe dure du sexe de Brodick frotter délicieusement contre son clitoris gonflé à chacun de ses assauts. Une vague de volupté se levait au creux de son ventre. La douleur initiale n'était plus qu'un mauvais souvenir. Son corps n'aspirait plus qu'à le recevoir au plus profond d'elle-même.

Renonçant à sa bouche, Brodick déposa un chapelet de baisers le long de sa joue. Anne se mit à gémir sous l'effet de la passion.

— Regardez-moi ! ordonna-t-il, les yeux brillants d'une lueur farouche. Et enroulez vos jambes autour de moi.

Anne s'exécuta sans hésiter. Elle écarquilla les yeux en constatant que, dans cette position, son clitoris était encore plus stimulé. Gémissant de plus belle, elle s'arc-bouta sur le lit pour mieux s'offrir à lui. Rester immobile lui était impossible. De lui-même, son corps se joignait à cette danse du plaisir.

— Encore ! ordonna-t-elle sourdement. Plus !

Elle n'était elle-même pas sûre de ce qui lui manquait, mais il lui paraissait évident que le compte n'y était pas.

Brodick laissa fuser un petit rire. Au-dessus d'elle, il se déchaîna avec plus de force encore.

— *Aye, lass*... Je serai heureux de vous donner tout ce que voulez...

Jamais son accent n'avait été si marqué. Ses paroles avaient quelque chose d'inquiétant, mais elle n'avait pas peur. Elle se fichait de savoir s'il l'entraînait dans quelque rituel païen qui l'inciterait à renoncer à son âme. Chaque coup de reins la plongeait dans une extase nouvelle. Pour rien au monde elle n'aurait voulu qu'il s'arrête.

Le rythme de leur union se fit plus violent, plus sauvage. Brodick émit un long gémissement quand Anne redoubla d'ardeur pour accompagner chacune de ses poussées. Son sexe dilaté et lubrifié accueillait à présent le sien sans effort.

— C'est exactement ça, *lass* ! gémit-il. Avec moi...

Il se dressa au-dessus d'elle en prenant appui sur ses mains, imprimant un rythme implacable, secouant rudement le matelas.

Anne se portait à sa rencontre avec constance et enthousiasme. Le plaisir l'enveloppait telle une brume opaque. Elle l'inhalait à chaque inspiration, le sentait sur chaque parcelle de sa peau nue. Ses seins tressautaient au rythme des coups de boutoir de son mari, dont les dents serrées laissaient échapper un grondement sourd.

Il s'abattit sur elle, sans ralentir pour autant le rythme de leur course au plaisir. Et quand ses dents mordillèrent la chair tendre de son cou, Anne comprit que le plaisir menaçait de tout emporter. Loin de refréner ses ardeurs, cette idée les décupla. Elle roulait désespérément des hanches pour ne rien rater des assauts de Brodick.

Agrippée à ses épaules, arc-boutée sur le lit, elle se figea lorsque l'extase vint enfin la cueillir, lui arrachant un long cri. La jouissance fut si aiguë et intense qu'elle se mit à trembler violemment. Elle eut la sensation que son corps s'éparpillait aux quatre vents. Quant à son esprit, l'orgasme l'avait soufflé telle une bougie. Tout ce qu'elle ressentait se polarisait sur cette hampe de chair dure qui se ruait en elle et que ses muscles internes serraient comme pour mieux la retenir.

Anne entendit Brodick pousser un grondement rauque. Il se raidit ensuite au-dessus d'elle avant de donner quelques derniers coups de reins, qui lui permirent de s'enfouir jusqu'à la garde. Elle sentit son sexe tressaillir en elle tandis que sa semence jaillissait en jets. Elle ouvrit les yeux. Il frissonnait de tout son corps contre le sien, en grognant sourdement contre son oreille.

Clouée au lit par le poids de son corps, Anne ne s'était pourtant jamais sentie aussi bien. Les ultimes spasmes de l'extase s'évaporaient.

Dans un grand soupir, il reprit son souffle et leva la tête pour la regarder. Dans ses yeux, Anne lut une émotion étrange qui l'incita à lui caresser les épaules. Elle ne s'expliquait pas ce besoin de l'apaiser qu'elle ressentait, mais elle savait n'avoir jamais vécu un moment aussi intime et aussi bouleversant.

Un sourire s'épanouit sur les lèvres de Brodick, qui se posèrent ensuite sur les siennes, où elles s'attardèrent un bref instant.

Aussitôt après, il se retira et roula habilement sur le côté. Ce fut une séparation si brutale qu'elle ne put s'empêcher de frissonner. Brodick passa un bras sous elle et l'attira vers lui. Comme elle résistait, peu sûre de ce qu'elle devait faire, il la força à se lover contre son flanc et à poser la tête sur son épaule.

Anne se laissa faire en s'efforçant de retrouver ses esprits. Il lui fallait reprendre le contrôle de ses sens, saturés par le plaisir qu'il avait si bien su lui prodiguer. Puis elle se redressa, choisissant de mettre un peu de distance entre eux – juste ce qu'il fallait pour refaire fonctionner son cerveau.

— Non, non, non, protesta-t-il. Pas de ça entre nous.

Il s'était exprimé avec une sorte d'indolence rêveuse.

— Pas de quoi ? s'étonna-t-elle.

Il soupira, trahissant cette fois son agacement.

— Allongez-vous, *lass*...

Sans laisser à Anne le temps de répondre, il la fit se coucher sur le côté, le dos vers lui. Puis, après avoir tiré sur eux la couverture repoussée au pied du lit, il se plaqua contre son dos.

— Milord... protesta-t-elle faiblement.

— Lorsque nous sommes dans le même lit, l'interrompit-il, il n'y a pas de « milord » qui vaille. Appelez-moi Brodick.

Sentir son sexe encore bandé se presser contre la raie de ses fesses empêcha Anne de répliquer. Du bout des doigts, il déposait de paresseuses caresses sur sa cuisse, ses hanches, jusque sur sa taille.

— Vous pouvez même m'appeler par le petit nom qui vous plaira, reprit-il, mais pas en me donnant mon titre. Un lit n'est pas un endroit pour ça. Nous ne sommes qu'un homme et une femme cherchant à partager les plaisirs que la nature nous a offerts.

— Mais nous ne pouvons prétendre être comme les autres. Notre union...

— Assez discuté, la coupa-t-il. Pourquoi perdre son temps à réfléchir ? Il n'y a rien de mal à apprécier quelque chose qui vous procure du plaisir. Ce que nous partageons est aussi vieux que le monde.

Après avoir remonté la couverture sur son épaule, il l'entoura d'un bras et prit un de ses seins en coupe au creux de sa main, la faisant sursauter.

— Vous ne... commença-t-elle, interloquée. Vous n'avez tout de même pas l'intention de dormir ici ?

Anne se souciait peu d'avoir laissé transparaître la panique qui la gagnait. Elle aspirait à redevenir elle-même. Ses caresses la rendaient folle.

— Cela ne fait pas un an que mon père est mort, déclara-t-il. Tout comme je ne prends pas place à la table d'honneur qu'il occupait dans la grande salle, je n'ai encore jamais dormi dans sa chambre. Celle-ci est plus confortable. Je l'ai fait meubler à votre intention. Ce lit a été fabriqué pour que notre premier enfant y soit conçu.

Brodick se pressa plus fortement contre elle et soupira dans ses cheveux avant d'ajouter :

— J'espère que vous l'apprécierez autant que moi.

Même si elle appréciait effectivement de partager ce lit avec lui, Anne éprouva un certain malaise. Elle n'aurait pas dû aimer autant sentir son grand corps si étroitement lové contre le sien.

— Cessez de gigoter, femme, maugréa-t-il. Si vous me tenez éveillé, il faudra me divertir.

Il y avait à présent une nuance de taquinerie dans le ton de sa voix. Son pouce titillait le mamelon d'Anne tandis que ses autres doigts caressaient son sein. Contre ses fesses, elle sentit son sexe tressaillir. Elle était de nouveau au bord d'un abîme de désir.

— Mais assez de divertissements pour cette nuit, annonça Brodick. Je serais une brute égoïste en exigeant davantage de vous, alors que je viens de prendre votre virginité.

Anne n'était pas certaine qu'il ait « pris » quoi que ce soit. Certes, il s'était montré autoritaire en la rejoignant dans sa chambre malgré son refus, mais pour ce qui s'était passé ensuite, elle lui avait sûrement donné plus qu'il ne lui avait pris. En se rappelant à quel point elle s'était montrée audacieuse, Anne sentit son visage s'empourprer.

— Vous ne mettez donc plus en cause ma moralité ?

Elle n'avait pu réprimer une légère amertume. En la serrant plus fort contre lui, Brodick répondit :

— Non. Ce débat a été tranché d'une très agréable façon...

Il avait dit cela avec une certaine douceur, mais aussi d'un ton satisfait qu'elle aurait dû détester.

Pourtant, elle se surprit à sourire. Répondre à ses exigences lui plaisait, et mériter son approbation lui mettait du baume au cœur. Il devenait tentant de ne plus résister et de rester là, allongée près de lui, à savourer le moment présent.

Ses paupières se firent lourdes. L'engourdissement du sommeil commençait à la gagner. Anne se laissa aller, apaisée et heureuse.

Réveillée par une main chaude sur son épaule, Anne marmonna dans un demi-sommeil et ouvrit les yeux pour découvrir qui la caressait ainsi.

Elle retrouva instantanément ses esprits en constatant qu'il s'agissait de son mari. Il avait les cheveux emmêlés et ne portait rien pour masquer sa nudité. La lumière du petit matin cascadait sur son torse musclé, son ventre plat et le long de ses cuisses. Anne aurait voulu détourner le regard, mais cette vision aimantait ses yeux.

Après s'être levé, il s'étira longuement comme un chat, faisant jouer ses muscles sous sa peau. L'Église aurait sûrement condamné la fascination qu'exerçait sur elle ce corps magnifique, mais elle ne pouvait s'empêcher de le contempler.

Brodick se retourna et fixa les yeux sur elle. Même en plein jour, ceux-ci paraissaient taillés dans un morceau de nuit.

— Vous découvrir au matin tout ensommeillée dans mon lit, voilà une vision dont je ne suis pas près de me lasser...

Son regard se porta sur ses seins et il ajouta :

— *Aye*, je pense que je vais m'arranger pour que cela m'arrive le plus souvent possible.

Anne s'empara des couvertures et les remonta vivement sur sa poitrine, ce qui le fit rire. Elle s'attendit qu'il la taquine de plus belle, mais il se contenta de ramasser sa chemise à terre. Son tartan, au pied du lit, avait à moitié glissé à terre. Quant à son ceinturon en cuir, il ondoyait sur le sol à quelques pas de là. Tandis qu'il enfilait sa chemise, Anne ne put s'empêcher de jeter un coup d'œil à son sexe qui pointait à son entrejambe. Elle détourna bien vite les yeux lorsqu'elle l'entendit rire de plus belle.

— Vous aurez l'occasion de m'observer tout à votre aise, dit-il.

Brodick laissa retomber sa chemise avant de préciser :

— Mais pas maintenant.

Puis il alla récupérer son tartan, l'étala au pied du lit au-dessus de son ceinturon et entreprit de le plisser soigneusement. L'assurance avec laquelle il agissait prouvait que l'exercice lui était familier et qu'il n'était pas homme à se faire servir. En le regardant s'emparer des deux extrémités du ceinturon pour le boucler autour de sa taille, Anne aurait presque pu oublier qu'elle avait affaire à un noble. Quand il se redressa, le kilt tombait parfaitement sur ses jambes.

Il émanait de lui une assurance que la jeune femme trouvait admirable. Elle se sentait de plus en plus attachée à lui, et cela l'effrayait. En contemplant cet homme qui s'était déjà fait une place dans son cœur, elle eut peur de ses propres sentiments. Tout aurait été tellement plus simple si elle avait pu le détester.

— Bien le bonjour, maîtresse...

La voix forte de Helen venait de résonner entre les murs de pierre. Dans son sillage, une file de servantes pénétra dans la chambre. Helen marcha droit jusqu'au lit, dont elle écarta les tentures. Sitôt après, elle empoigna la couverture et la rejeta d'un grand geste sur le sol.

Anne roula sur le ventre et écarquilla les yeux en sentant l'air frais du matin caresser ses fesses nues.

— Inutile d'être timide, ajouta Helen en étudiant le lit avec un sourire satisfait. Levez-vous, maintenant.

Sans attendre qu'elle s'exécute et sans ménager sa pudeur, elle lui saisit le poignet et la tira d'autorité hors du lit. Les servantes s'inclinèrent respectueusement devant elle. Un bruit d'étoffe froissée se fit entendre dans son dos, mais Anne n'avait d'yeux que pour Brodick qui l'observait, une expression indéchiffrable sur le visage.

— Et voilà ! s'exclama Helen en exhibant le drap de dessous qu'elle venait d'ôter.

Elle brandit triomphalement le drap taché de sang sous les yeux des servantes, qui toutes s'inclinèrent de plus belle avant de se mettre à rassembler les vêtements d'Anne. Brodick avait enfilé ses bottes et était redevenu le laird admiré et obéi de tous. L'homme près de qui elle s'était réveillée se cachait sous une façade soigneusement contrôlée.

— Cela servira d'exemple à toutes de voir ceci flotter à la fenêtre ! reprit Helen. La tentation est grande dans la jeunesse de fauter avant le mariage.

En observant les servantes s'agiter autour d'Anne, Helen s'accrochait au drap comme s'il s'agissait d'une relique. D'une voix forte, elle poursuivit :

— Et vous pourrez toutes témoigner que notre maîtresse n'avait pas ses règles.

Les regards se portèrent sur l'entrejambe d'Anne qui gémit sourdement, plus embarrassée qu'elle ne l'avait jamais été. Manifestement, elle ne devait attendre aucune pitié de la part de l'aînée des servantes. Prenant entre ses doigts un coin du drap non souillé, celle-ci vint essuyer l'intérieur de ses cuisses et le montra en s'exclamant :

— Vous voyez ? Blanc comme neige !

— Helen… protesta Anne faiblement.

L'intéressée ne parut nullement repentante. Une intense satisfaction faisait briller ses yeux.

— Vous devriez me remercier, dit-elle. Je fais en sorte que nul ne puisse mettre en doute votre moralité.

Son regard se durcit en se portant sur les servantes.

— Aucun ragot ne pourra courir sur vous, enchaîna-t-elle sèchement.

Les servantes baissèrent les yeux et acquiescèrent toutes d'un signe de tête en rougissant.

On se fit ensuite un devoir d'habiller Anne en prenant un luxe de précautions pour lui enfiler chaque vêtement. Brodick assistait à la scène avec attention.

— La gouvernante de votre mère devrait être sanctionnée, commenta Helen. Aucun de vos corsets n'est à vos mesures… Une telle négligence est honteuse.

Une servante achevait de boutonner le corsage d'Anne lorsqu'on frappa à la porte.

— Entrez ! lança Brodick.

Cullen et Druce firent leur apparition, suivis de trois hommes qu'Anne ne connaissait pas.

— Merci de votre visite, messieurs…

Brodick paraissait plus sérieux qu'un bourreau à l'heure d'une exécution publique. L'index pointé, il désigna Helen.

Avec une fierté manifeste, celle-ci plaça le drap souillé entre ses deux bras tendus. En voyant chacun des visiteurs aller l'examiner de plus près, Anne se sentit rougir. Aucun d'eux ne fit le moindre commentaire. Ils se contentèrent de se tourner vers elle et de s'incliner à leur tour.

— L'affaire est donc entendue ? demanda Brodick.

Impérieux, il balaya la pièce d'un regard circulaire, cherchant d'abord l'approbation des servantes, puis celle des cinq hommes. Lorsque tous eurent acquiescé, il rejoignit Anne et ajouta :

— Certaines traditions valent effectivement d'être respectées. Désormais, plus aucun doute n'est possible.

Avec un regard empli de tendresse, il caressa la joue d'Anne, avant de se ressaisir et de redevenir le laird des McJames. Puis il la salua en s'inclinant cérémonieusement et quitta la pièce sans un mot de plus.

— Les hommes… soupira Helen quand les visiteurs furent sortis à sa suite. Ils sont les premiers à douter, mais ne savent plus quoi faire lorsqu'on leur prouve leur erreur. Ne craignez rien, maîtresse. Le laird est très satisfait de vous. Ses hommes ont eu la preuve de la consommation de votre mariage.

— Il leur en faut beaucoup pour être convaincus.

Helen lui tapota gentiment l'épaule.

— Je suppose que vous ignorez tout de nos coutumes écossaises, dit-elle. Savoir que le laird vous a faite sienne dissuadera quiconque de vous enlever.

Incrédule, Anne la dévisagea tandis que s'élevaient parmi les servantes quelques rires étouffés. Désignant l'une d'elles du regard, Helen expliqua :

— Vanora, que vous voyez là, est née dans le clan des McAllister. Et comme ils n'aiment pas que leurs filles épousent des McJames, son amoureux a dû aller l'enlever chez eux, lors de la fête de la moisson.

L'intéressée paraissait satisfaite de son sort. Comme elle s'avançait pour débarrasser Helen du drap ensanglanté, celle-ci le pressa contre elle.

— Non, c'est à moi de l'accrocher à la fenêtre, dit-elle. Soyez sans crainte, maîtresse, aucun commérage ne circulera sur votre compte. S'il le faut, j'irai moi-même attester de votre innocence, la main sur l'autel. Et vous pouvez avoir confiance en toutes ces filles. Leurs familles servent cette maison depuis des générations. Je les choisis avec soin.

La fierté que trahissait sa voix se lisait aussi sur les visages de toutes les servantes. Il en allait de même à Warwick Castle, en dépit de la détestable personnalité de Philipa. Servir une famille de génération en génération était un honneur qu'une maîtresse acariâtre ne pouvait remettre en cause.

On ouvrit grandes les fenêtres pour aérer la chambre. Un vent frais, charriant les premières senteurs du printemps, chassa les odeurs de cire brûlée. Il débarrassa également la pièce du parfum de Brodick. En le constatant, Anne prit conscience de l'importance que celui-ci avait prise pour elle. La douleur sourde, à peine perceptible, qui se manifestait à son entrejambe le rappelait également à sa mémoire. L'éducation qu'elle avait reçue la poussait à considérer comme un péché ce qui s'était passé entre eux.

Pourtant, Anne n'y trouvait rien à redire. Elle avait l'impression que rien n'était plus normal, tant elle se sentait faite pour lui.

— Je vous avais dit que vous regretteriez d'avoir à quitter son lit...

Helen lui souriait, protectrice et bienveillante comme la mère d'Anne savait l'être quand il s'agissait de prévenir ses enfants de certaines réalités de l'existence.

— Je vais accrocher le drap, conclut-elle d'un ton réjoui. J'attends ce moment depuis si longtemps !

Helen fit un nœud solide pour fixer le coin du drap à l'un des volets, renouvela l'opération de l'autre côté et passa l'extrémité par la fenêtre ouverte.

Quelques instants plus tard, une cloche se mit à sonner le long des remparts. Une autre plus éloignée l'imita bientôt, puis une autre encore, jusqu'à ce que leurs appels se mêlent joyeusement, annonçant à tout le clan que le laird avait pris femme.

Anne se sentit rougir, mais son cœur se gonflait de fierté et de joie. Elle n'avait pas fait honte à Brodick. Il méritait cette innocence qu'elle lui avait offerte.

L'émotion la prit par surprise. Les yeux brillants de larmes contenues, elle posa la main sur sa bouche afin d'empêcher ses lèvres de trembler. Elle l'aimait déjà beaucoup trop. Elle n'aurait pas dû autant apprécier d'être sa femme.

Être soudain rappelée à la machination dans laquelle Philipa l'avait impliquée malgré elle fit se lever en elle une colère noire. Pour un peu, elle avait failli l'oublier !

— À présent, suivez-moi, lança Helen en se dirigeant vers la porte. Un bon repas vous aidera à reprendre des forces. Vous en aurez besoin quand l'enfant du laird commencera à grandir dans votre ventre.

Anne se sentit pâlir. L'enfant du laird. Et le sien... Bonnie lui avait prédit sa naissance à l'automne.

Se méprenant sur l'origine de son trouble, Helen passa le bras autour de ses épaules et poursuivit :

— Vous n'avez pas à vous en faire pour ça. Vous avez entendu Agnès : vous êtes faite pour avoir des enfants.

Anne se laissa entraîner vers la sortie. Les servantes les suivirent tandis qu'à l'extérieur les cloches une à une se taisaient.

Si seulement cela avait pu être aussi simple de faire taire les alarmes qui retentissaient sous son crâne...

8

Anne supportait mal l'inactivité.

Avant midi, elle se retrouva condamnée à faire les cent pas dans sa chambre. Chaque servante de Sterling semblait avoir l'intention de la nourrir jusqu'à l'indigestion. Toutes très attentionnées, elles lui apportaient de lourds plateaux soigneusement préparés pour réjouir l'œil autant que le palais. Il lui était difficile de renvoyer tout cela sans y avoir touché. Mary était assez égoïste et gâtée pour se moquer des efforts des autres, mais Anne savait ce qu'il en coûtait de faire chauffer un fer dans les braises pour repasser un napperon destiné à garnir le plateau de la châtelaine. Plus d'une fois, elle s'y était brûlé les doigts.

Mais elle avait beau rechigner à rejeter de telles offrandes, à force de manger, viendrait un moment où elle commencerait à se sentir à l'étroit dans ses dessous...

Alors que s'inclinait respectueusement devant elle une énième servante porteuse d'un plateau, elle décida qu'il était temps de prendre les choses en main.

— Je vais devoir faire connaissance avec la cuisinière, dit-elle.

La jeune fille s'inclina de plus belle et répondit :

— Je vais l'appeler tout de suite, maîtresse.

— Inutile. Je suppose qu'elle a autre chose à faire, avec le repas de midi sur le point d'être servi. Montre-moi le chemin de la cuisine, je te suis.

La jeune servante, surprise, se mordilla la lèvre, ne sachant que faire. Anne n'était pas déterminée à céder. Elle en avait assez de jouer les paresseuses. Elle n'était pas Mary.

— Comment t'appelles-tu ? s'enquit-elle.

— Ginny, maîtresse. J'étais à votre lever, ce matin.

— Je me souviens de toi. Sois gentille de me montrer le chemin des cuisines. À présent que toutes les traditions ont été respectées, le temps est venu que je me mette au travail.

Le visage de Ginny s'illumina. Manifestement, cette idée n'était pas pour lui déplaire.

— Vous comprenez, expliqua-t-elle, nous ne savions pas exactement à quoi vous...

Mal à l'aise, elle ne finit pas sa phrase, qu'Anne acheva pour elle.

— À quoi je m'attendais, en tant qu'Anglaise ?

Une telle méfiance était compréhensible. L'union prochaine entre les deux royaumes mettrait un terme à tous ces malentendus.

Anne suivit Ginny dans la grande salle ronde où elle avait dîné la veille. Une odeur de viande grillée flottait dans l'air depuis la cuisine installée dans une dépendance adjacente. Cinq foyers ouverts s'alignaient contre le mur du fond, séparés par de grands fours fermés par des portes en métal. Contre le mur opposé se trouvaient les tables de travail aux plateaux de bois creusés par l'usage. À l'extrémité de l'une d'elles, saupoudrée de farine, deux femmes, les manches relevées jusqu'aux coudes, pétrissaient de grosses boules de pâte. En voyant Anne et Ginny arriver, elles levèrent les yeux de leur tâche mais sans cesser de pétrir pour autant.

— Voici Bythe, annonça Ginny. La cuisinière.

La femme en question était impressionnante. Si l'âge n'avait pas marqué ses traits, l'autorité naturelle qui émanait d'elle l'avait fait. Seules quelques mèches de ses cheveux noirs dépassaient du foulard noué sur sa tête. Un voile de sueur poissait son front, et elle avait le nez rougi par la chaleur des fours. Un tablier, épinglé à son corsage en laine, était aussi noué autour de sa taille. Une bande de tartan, aux motifs et aux couleurs identiques à ceux des hommes, lui couvrait le dos et une épaule. Toutes celles qui se trouvaient là portaient d'ailleurs la même tenue.

— Bienvenue, maîtresse ! s'exclama-t-elle.

Bythe ne savait visiblement que penser de sa visite. Anne lui sourit gentiment, avant de poser les yeux sur une table. Il s'y trouvait, outre des poissons aux écailles encore luisantes, tout le nécessaire pour les vider et les préparer à la cuisson.

— Je constate que vous occupez parfaitement votre fonction, Bythe. Votre cuisine est impeccable.

L'intéressée se détendit visiblement. Anne déboutonna l'une de ses manches, qu'elle roula soigneusement sur son avant-bras.

— Pourtant, reprit-elle, je sais que dans n'importe quelle cuisine, on a toujours besoin d'une paire de mains supplémentaire.

Autour d'elle, un grand silence tomba. Celles qui se trouvaient là firent une pause dans leurs activités pour regarder la nouvelle châtelaine saisir un couteau d'une main, un poisson de l'autre, et entreprendre de le vider. Anne sentait le poids de tous les regards sur elle, mais ce fut d'une main sûre qu'elle s'acquitta de sa tâche. Au moins y avait-il une chose dont elle pouvait remercier Philipa : sous la pression, elle ne craquait pas.

Après avoir achevé de nettoyer le poisson et l'avoir déposé sur un plateau, sans relever les yeux, elle en prit un autre et recommença l'opération.

— Je constate que votre mère vous a appris à vous débrouiller dans une cuisine, maîtresse.

Bythe se joignit à elle et, en moins de temps qu'il n'en faut pour le dire, un autre poisson fut prêt à passer au four.

— J'avais entendu dire que vous étiez restée quelques années à la cour anglaise, ajouta-t-elle. Ravie de constater que cela ne vous a pas fait perdre la main…

Anne poursuivit son travail comme si de rien n'était. Elle ne voulait pas mentir, mais il lui fallait répondre.

— Dès ma onzième année, on m'a envoyée aider en cuisine, expliqua-t-elle.

Ce qui avait le mérite d'être vrai.

Bythe acquiesça avec enthousiasme.

— Ma propre mère a travaillé à cette table toute sa vie, révéla-t-elle. J'y ai préparé de la pâtisserie alors qu'il me fallait encore un tabouret pour atteindre le plateau…

Le travail avait repris, mais pas les conversations. On ne perdait rien de ce qui se disait. L'occasion était trop belle pour chacune de ces femmes de jauger le caractère d'Anne. Après tout, elle était la nouvelle maîtresse du château. Et c'était une Anglaise. Ils étaient encore nombreux, de chaque côté de la frontière, à estimer que les deux peuples ne pourraient s'entendre. D'ailleurs, songea Anne, sa demi-sœur n'aurait jamais pu s'adapter et aurait été malheureuse à Sterling.

« Mais toi, tu pourrais être heureuse... » lui chuchota une petite voix intérieure.

Anne se raidit et faillit se couper. Elle se laissait de plus en plus souvent surprendre par ce genre de pensées dont elle devait se méfier. En se promettant d'y faire attention, elle entreprit d'assaisonner le poisson.

Il y avait beaucoup à faire, et elle fut heureuse de pouvoir s'absorber entièrement dans les tâches qu'on lui confiait. Elle trouvait une sorte de réconfort à faire ce qu'elle aurait fait si elle était restée à Warwick Castle. Cela l'aidait à oublier qu'elle avait dormi dans le lit de la châtelaine.

Son corps lui rappelait cependant qu'elle avait passé la nuit dans les bras de Brodick. Aux moments les plus incongrus, des bouffées de chaleur enflammaient son épiderme. Cette nouvelle sensualité lui faisait prendre conscience d'endroits de son corps qu'elle aurait négligés quelques jours plus tôt. L'intérieur de ses cuisses, par exemple... Il lui suffisait de penser aux caresses que Brodick y avait déposées pour avoir aussitôt la chair de poule.

En songeant aux mains larges et chaudes qui l'avaient si bien caressée, elle sentit son sang s'échauffer dans ses veines, son cœur s'affoler. Encore endolori, son sexe n'en réclamait pas moins un autre aperçu du paradis qui lui avait été offert... Elle ne parvenait pas à comprendre pour quelle raison il pouvait être si délicieux de se retrouver empalée sur un pieu de chair, mais elle ne pouvait nier qu'elle y avait pris du plaisir. Beaucoup de plaisir...

C'était véritablement une boîte de Pandore que l'éveil de ses sens avait ouverte, car il lui semblait qu'elle ne pourrait plus s'en passer désormais. Les pensées les plus extravagantes lui traversaient l'esprit. Elle mourait d'envie d'être de nouveau déshabillée par Brodick, de ne rien sentir d'autre que sa peau nue contre la sienne. Et tout comme le premier fou venu enfermé à Bedlam, elle se sentait heureuse dans sa folie. Son désir ne lui faisait plus peur. Il était le bienvenu, car elle savait à présent sur quoi il débouchait.

Anne aurait adoré avoir un enfant.

Cette prise de conscience suffit à la dégriser, à éteindre la fièvre qui l'avait gagnée. Le désir d'avoir un enfant était le secret le plus précieux qu'elle gardait dans son cœur. Vivre sous la coupe de Philipa l'avait privée de ce rêve. Elle l'avait enfoui tout au fond d'elle-même pour ne pas souffrir en voyant ses amies, l'une après l'autre, caresser leur ventre arrondi par la grossesse.

« Brodick, lui, veut te faire un enfant... »

Il était tentant de saisir la chance qui s'offrait à elle, de concevoir ce bébé qu'on attendait d'elle et de ne pas se soucier du reste. Elle savait pourtant que les choses n'étaient pas si simples. Ce besoin d'enfant, il lui fallait l'enfouir de nouveau tout au fond d'elle-même. Elle ne pourrait trouver le bonheur à Sterling. La trahison dont elle se rendait coupable ferait bientôt tout voler en éclats.

Ce qui ne l'empêcherait en rien de le regretter...

— J'ai entendu une rumeur des plus intéressantes...

Manifestement, Cullen se sentait d'humeur taquine. Assis près de lui dans la grande salle, Brodick leva les yeux au plafond. Lui ne l'était pas et aurait préféré savoir où se trouvait sa femme, même si pareille curiosité n'était pas sans l'agacer. C'était une chose, pour un homme, de se sentir attiré par son épouse, mais c'en était une autre de se laisser obséder par elle.

Avec un petit sourire, son frère ajouta :

— Figure-toi que ta femme a passé la journée dans les cuisines...

— Pour y faire quoi ?

— Tu te montres bien suspicieux, pour un homme dont tous les doutes concernant la pureté de son épouse viennent d'être balayés.

— Ne joue pas avec mes nerfs, frère, ou il pourrait t'en cuire... Un de ces jours, tu te marieras, toi aussi, et j'ai une bonne mémoire.

Cullen fit mine d'être contrit.

— C'est vrai... dit-il. J'oubliais que tu ne supportes plus la plaisanterie.

— *Cullen*...

Son frère leva la main en signe d'apaisement.

— Ta femme t'a préparé ton dîner. J'espère pour toi que ton estomac est plus solide que ton sens de l'humour...

Brodick reporta son attention sur ce qui se trouvait sur la table devant lui. En tant que maîtresse de maison, son épouse était en droit de faire ce qui lui plaisait, dans les cuisines comme ailleurs.

Aucun domestique ne se serait avisé de lui faire une remarque. Mais apprenait-on la cuisine à la cour ?

— Qu'est-ce qui t'arrive ? s'étonna Cullen. Je ne t'ai pas vu aussi pâle depuis que père t'a surpris au lit avec ton premier béguin…

Son frère éclata de rire en le voyant examiner d'un œil suspicieux les mets qui leur étaient présentés. Ceux-ci paraissaient parfaitement normaux, mais c'était le goût qui importait.

— Arrête, maugréa-t-il. Tu feras moins le malin si elle a parfumé notre dîner à la digitale…

— Toujours prêt à me dire que vous ne mettez plus en doute ma bonne foi, milord ?

Brodick se figea. La voix de Mary, dans son dos, était glaciale. Elle le remettait à sa place bien mieux qu'une gifle n'aurait pu le faire. Sans l'ombre d'un doute, il n'était qu'une brute, même s'il avait parlé sans réfléchir en cherchant à river son clou à son frère.

— Cette réflexion s'adressait à Cullen, se justifia-t-il. Pas à vous.

Mary contourna la table et prit le temps de laisser son regard balayer les convives.

— Je vois, *milord*.

Un peu plus vigoureusement qu'il n'était nécessaire, elle posa sur la table l'odorante tourte à la viande qu'elle portait, puis s'empara d'un couteau. Les autres convives avaient fait silence et les observaient attentivement. La jeune femme découpa habilement une large part, qu'elle plaça sur une assiette et présenta à son époux. Un fumet épicé flotta jusqu'aux narines de Brodick.

Elle le défiait du regard, et il n'en fallut pas davantage pour ranimer les braises de son désir. Comme doté d'une vie autonome, son sexe se dressa sous son kilt.

Mary arqua un sourcil.

— Me soupçonneriez-vous de vouloir vous empoisonner, milord ?

À ces mots, les hommes de Brodick échangèrent des regards inquiets.

Mary prit un morceau de la tourte, qu'elle porta à sa bouche, avant de le mâcher et de l'avaler.

Le visage rouge de colère, elle fixa son mari.

— Vous voilà rassuré. Quant à moi, je n'ai pas d'appétit pour les repas qu'empoisonnent les soupçons.

Sur ce, elle s'inclina rapidement et disparut dans un froissement de jupons. Mais elle le fit de manière discrète, comme si elle était habituée à ne pas montrer son déplaisir. Ce fut cela, plus que tout le reste, qui laissa Brodick songeur.

Un homme n'aurait pas dû parvenir à la blesser ainsi…

En se frayant un chemin entre les tables, Anne lutta pour contenir ses larmes. La colère le disputait en elle à l'humiliation. En pénétrant dans le corridor, elle laissa fuser un soupir de frustration. Elle n'aurait pas dû réagir ainsi. Cela n'avait aucun sens. Son mari mettait en doute ses talents de cuisinière ? Grand bien lui fasse, et que lui et ses hommes aillent se coucher le ventre vide !

Pourtant, ses soupçons l'avaient blessée. Elle lui avait offert son innocence, présent qu'elle ne pouvait donner qu'à un seul homme. Cela ne suffisait-il pas à lui valoir sa confiance ?

Parvenue au pied de l'escalier, elle décida de ne pas monter dans sa chambre. Elle n'avait pas envie de se retrouver dans cette pièce où l'attendaient les souvenirs de leurs ébats, et il lui fallait trouver un défouloir à la rage qui l'animait.

Passant les portes de la tour, elle sortit dans la cour. La majeure partie de Sterling demeurait un mystère pour elle. Après l'avoir traversée, elle s'arrêta près d'un bâtiment qui devait être l'écurie. Elle entendait les chevaux hennir et l'odeur du foin flottait dans l'air. La lune n'était qu'un quartier dans le ciel et n'éclairait que fort peu la nuit. Heureusement, tout le long de la muraille étaient disposées des torchères, à bonne distance de l'écurie afin d'éviter tout risque d'incendie. Les chevaux avaient beaucoup de valeur. Nul ne voulait risquer de les perdre à cause d'une saute de vent.

En pénétrant dans l'écurie, Anne s'émerveilla du nombre de bêtes qu'elle abritait. Il y en avait des centaines, alignées dans leurs stalles. Tendant le bras, elle flatta longuement la tête toute douce d'une jument.

— Je n'ai pas prétendu que vous vouliez m'empoisonner à dessein.

Derrière elle, Brodick s'était exprimé à voix basse, mais son exaspération était palpable.

— Pourtant, vous n'auriez pas osé toucher à votre assiette, répliqua-t-elle sans se retourner.

La colère qui l'animait n'avait plus grand sens pour elle, mais elle ne parvenait pas à la contenir.

— Qu'attendez-vous de moi ? reprit-elle d'un ton cinglant. Que je me tourne les pouces toute la journée en attendant votre retour ?

Anne fit volte-face et pointa un index vengeur sur sa poitrine avant d'ajouter :

— Pour que je puisse être à votre service, toute prête à écarter les cuisses quand vous rentrez ?

— Voilà une idée qui ne manque pas d'attraits...

Brodick lui saisit le poignet et l'attira d'une brusque traction contre lui. Pour mieux la retenir prisonnière, il verrouilla le bras autour de sa taille et précisa :

— Puisque nous semblons nous entendre uniquement quand nous sommes au lit.

Son timbre s'était fait plus rauque. Il plaqua la main sur ses fesses. Contre son ventre, Anne perçut la dure éminence de son sexe.

— Voilà ce qui m'a empêché de vous répondre, ajouta-t-il. En vous voyant me défier, je me suis senti soudain aussi raide qu'un jeune garçon d'écurie qui se retrouve pour la première fois devant une fille nue...

Sans lui laisser le temps de réagir, il lui donna un baiser fougueux, qui réclamait une reddition qu'elle n'était pas prête à lui offrir si vite. En butte à sa résistance, il gronda sourdement et lui emprisonna la nuque entre ses doigts. Il s'efforçait de lui faire entrouvrir les lèvres, et lorsqu'elle s'y risqua, elle sentit sa langue envahir brutalement sa bouche.

La jeune femme ne put réprimer un petit gémissement de plaisir. Le désir qu'elle avait tenté de juguler durant la journée flambait librement en elle. L'odeur mâle et envoûtante qui émanait de lui était irrésistible. Comme d'elles-mêmes, ses mains partirent à la recherche du premier bouton de sa chemise. Elle avait besoin de toucher sa peau, de se lover contre lui.

— J'ai passé la moitié de la journée à m'imaginer de retour entre vos cuisses, confia-t-il d'une voix rauque.

Cela ne paraissait pas lui faire plaisir, mais Anne était ravie d'entendre ces mots.

— Moi aussi, je n'ai fait que penser à vous.

Elle n'avait pu retenir cette confession en retour. Sur sa nuque, les doigts de Brodick relâchèrent leur emprise.

— *Och, lass*... gémit-il. On peut dire que nous avons hérité plus que notre part de passion !

La main qu'il avait posée sur ses fesses commença à la caresser. Anne sentit les pointes de ses seins se dresser sous son corset et une chaleur intense se diffuser dans son bas-ventre. Le dur relief du sexe de Brodick contre son pubis était une torture. Elle frissonna et sentit son clitoris se rappeler à elle, affamé de caresses.

— Autant vous faire une raison, reprit-il tout bas. Jamais je ne vous rendrai à votre père.

Sa voix avait quelque chose d'implacable qui lui fit chaud au cœur. Sa possessivité lui donnait l'impression d'être précieuse.

Sans effort, il la souleva de terre, comme si elle ne pesait pas plus lourd qu'une enfant.

— Vous êtes à moi, et peu m'importe s'il me faut vous le répéter encore et encore.

Sans la reposer au sol, il l'entraîna vers une stalle vide où de la paille fraîche venait d'être étalée.

Brodick l'y coucha en s'agenouillant près d'elle et en l'embrassant. Quand ce baiser prit fin, il demanda d'un air espiègle :

— Puisque vous étiez vierge, je suppose que vous n'avez jamais eu l'occasion de faire des galipettes dans le foin ?

En appui sur ses avant-bras, il s'allongea au-dessus d'elle et poursuivit :

— Je vais me faire un plaisir de vous initier aux rendez-vous galants...

— Les rendez-vous galants sont pour les amoureux, objecta-t-elle.

Mais cette perspective lui coupait le souffle court, et c'était d'une voix peu assurée qu'elle s'était exprimée.

— Et vous vous imaginez qu'un époux ne peut pas aussi être un amoureux ? feignit-il de s'étonner.

Il défit les premiers boutons du corsage d'Anne avant d'ajouter :

— Je vous assure que je suis à la hauteur de cette tâche.

Soudain intrépide, Anne glissa la main entre eux et empoigna le sexe dressé de Brodick. Lorsqu'elle se mit à le caresser à travers son tartan, elle eut la satisfaction de l'entendre s'étrangler sous l'effet de la surprise.

— Voilà une prétention que je me vois dans l'obligation de vérifier... susurra-t-elle.

Agrippant ses épaules, elle le repoussa sans savoir s'il allait se prêter à son petit jeu. La pénombre l'empêchait de distinguer son visage. Sans résister, Brodick se laissa tomber sur le dos dans le foin.

— J'ai entendu raconter d'étranges histoires, reprit Anne en s'asseyant à côté de lui. À propos de ces rendez-vous galants et des jeux auxquels se livrent les amants...

— D'étranges histoires ?

Anne déboutonna les premiers boutons de sa chemise et immisça la main sous le tissu.

— L'Église enseigne qu'une femme doit obéir en tout à son mari, poursuivit-elle en laissant ses doigts s'égarer dans la toison qui lui couvrait la poitrine. N'est-ce pas ?

— C'est... C'est tout à fait juste.

Brodick semblait avoir cessé de respirer. Les caresses d'Anne paraissaient lui faire grand effet. Il était excitant pour elle de constater qu'elle l'avait à sa merci, qu'il se tenait parfaitement tranquille sous ses doigts alors qu'il était tellement plus fort qu'elle. Une fragile confiance s'établissait entre eux.

— J'ai entendu dire qu'il n'existe pas qu'une sorte de baiser. On parle aussi d'une... rencontre entre les lèvres féminines et le mâle attribut, que les belles dames de France utilisent pour subjuguer leurs amants.

— Qui vous a parlé de ça ?

Dans un haussement d'épaules, Anne caressa du bout des doigts le ceinturon de Brodick. Elle ne pouvait lui avouer que, sur un vaste domaine, les serviteurs sont au courant d'absolument tout ce qui se passe. Lorsque des nobles de haut rang étaient de passage à Warwick Castle, leurs escapades nocturnes offraient matière à commérage. Et ce n'était pas parce qu'elle devait rester vierge qu'elle n'avait pas compris dans le moindre détail de quelle façon hommes et femmes s'accouplaient.

En suspendant ses caresses au-dessus de la bosse formée par le sexe de Brodick sous son kilt, Anne soupira.

— Tant pis, minauda-t-elle. Puisque vous n'êtes pas intéressé, je suppose que je pourrai me sortir ça de la tête.

Une main ferme se glissa dans ses cheveux et agrippa la natte épaisse dans son dos.

— Soulevez mon kilt et essayez donc, *lass* ! lança-t-il. Je vous mets au défi !

Anne laissa sa main descendre au bord du tartan, dont elle palpa le tissu entre ses doigts.

— Cela signifie-t-il que vous n'avez pas peur que je vous subjugue ? J'ai entendu dire que, pour les puritains, les plaisirs de la chair sont l'œuvre du démon destinée à nous vouer, pauvres mortels, à la damnation éternelle…

Brodick se redressa d'un bond et la repoussa sur le foin. Prise au dépourvu, Anne émit un petit cri. Il avait une force impressionnante qui aurait pu lui faire peur, mais elle avait confiance en lui.

— Vous ne me laissez pas le choix, dit-il.

D'un coup, il remonta les jupons d'Anne jusqu'à ses hanches. Elle frissonna, mais l'air frais qui lui caressait les cuisses n'y était pour rien. Son cœur s'était mis à battre plus vite.

— N'est-ce pas vous qui parliez d'écarter les cuisses pour fêter nos retrouvailles ? reprit-il. Il me tarde que vous passiez à l'acte.

Anne retint son souffle en sentant les doigts de Brodick se poser sur son sexe. Après s'être frayé un passage entre les plis de son intimité, il commença à titiller son clitoris du bout de l'index. Elle se retint de s'arc-bouter afin de mieux s'offrir à cette affolante caresse. Elle n'en revenait pas de constater qu'un organe aussi minuscule puisse procurer autant de plaisir.

— Comment avez-vous appris l'existence de ce fameux baiser à la française ? l'interrogea-t-il.

Anne se sentit rougir dans le noir.

— Conversations secrètes entre femmes, répondit-elle.

— Était-ce pure curiosité de votre part, ou étiez-vous en train de vous renseigner sur le meilleur moyen de me contenter ?

— *Brodick !*

Il eut un rire bas et rauque qui fit frissonner Anne de plus belle. Il n'avait pas cessé de caresser son sexe. Un doux plaisir l'envahissait, mais bientôt cela ne lui suffit plus. Un vide immense semblait s'être creusé au plus intime d'elle-même, qui aspirait à être rempli.

— Vous sentez bon ! se réjouit-il en lui écartant les genoux. Vous sentez l'amour, exactement ce que j'aime chez une femme.

Anne se mit à gémir sans retenue lorsque les lèvres de Brodick se posèrent sur sa fente offerte. La pointe de sa langue s'attarda sur le bourgeon de chair hypersensible. Un flot de sensations, plus affolantes les unes que les autres, la submergea. Le plaisir, le désir, la frénésie des sens : tout cela se bousculait en elle. Enivrée par les caresses de sa langue, elle s'arc-bouta, les poings serrés dans le foin. Avec la langue comme avec les lèvres, son amant ne lui laissait aucun répit et ne négligeait aucune partie de son anatomie intime.

— Un nectar... murmura-t-il. Délicieux...

Écartant les plis de sa vulve du bout des doigts, il fit saillir son clitoris et le prit entre ses lèvres, amenant Anne au bord de l'orgasme, mais sans lui permettre d'y glisser tout à fait. Par un raffinement diabolique, Brodick la maintenait dans un état d'excitation extrême.

Son doigt plongeant profondément en elle, il lui arracha un cri d'extase.

— Voilà qui fait plaisir à entendre, se réjouit-il.

Il se retira brièvement... pour mieux repartir à l'assaut en joignant cette fois un deuxième doigt au premier. Ce faisant, il embrassa de plus belle le clitoris d'Anne, pendant que ses doigts allaient et venaient en elle.

— *Brodick !*

Tout le corps de la jeune femme pulsait d'un plaisir intense. Elle n'aspirait plus qu'à jouir, désormais. Elle en était si proche qu'il aurait suffi qu'il la pénètre pour que l'extase l'emporte. Une fois de plus, elle était à sa merci.

Sans doute est-ce ce qui finit par la mettre en colère. Avec un grondement de rage, elle se libéra et le repoussa sans ménagement. Elle en avait assez de se laisser faire. Elle voulait s'accomplir en tant que femme.

Agenouillée à califourchon au-dessus des jambes de Brodick, elle releva vivement son kilt et dévoila son sexe. Son membre dressé pulsait du même désir que celui qui se déchaînait en elle. Sans hésiter, elle l'empoigna et éprouva la douceur satinée de sa peau entre ses doigts. Une douceur qui n'avait d'égale que la dureté de cette hampe qu'il lui tardait de sentir en elle. Mais, pour l'heure, elle avait d'autres plans.

— Qu'attendez-vous, *lass* ?

La voix tendue de Brodick trahissait son impatience. Il plaisait à Anne de lui rendre la monnaie de sa pièce, et elle prit tout son temps pour goûter à son gland du bout de la langue. Autant que la sensation étrange qui en résulta, elle aimait le pouvoir que cet acte intime lui donnait sur lui.

Un long gémissement monta des lèvres de son mari lorsque la langue d'Anne cueillit au sommet de son gland la goutte de liquide légèrement salé qui y perlait. Enfin, ouvrant grande la bouche, elle referma ses lèvres autour du membre. Brodick réagit aussitôt en faisant décoller ses hanches du sol. Ses mains s'accrochèrent à sa natte tandis qu'un râle sourd montait de sa gorge. Anne enroulait sa langue autour de son sexe, qu'à petits coups de reins il faisait aller et venir. Elle entendit sa respiration devenir rauque, sentit ses doigts se crisper dans ses cheveux, ce qui ne fit qu'attiser son excitation.

— Assez ! l'entendit-elle décréter au bout d'un moment.

Il se retira de sa bouche, son gland quittant ses lèvres avec un bruit mouillé.

— On peut dire que vous êtes douée pour appliquer ce dont vous n'avez fait qu'entendre parler.

Ce n'était pas un reproche. Il paraissait s'en féliciter.

— Vous ne désiriez pas, j'imagine, épouser une idiote ? rétorqua-t-elle.

Cela le fit rire.

— Je suis agréablement surpris de découvrir la femme que le sort m'a donnée, et la dot apportée par votre père n'y est pour rien.

D'une main posée sur la nuque d'Anne, il l'incita à remonter le long de son corps, jusqu'à ce qu'ils se retrouvent face à face. En la serrant fortement contre lui, il roula sur elle, inversant leurs positions. Comme d'elles-mêmes, les jambes d'Anne se refermèrent autour de ses hanches. Elle ne put supporter de sentir ses jupons s'interposer entre eux et tendit le bras pour les écarter.

— En fait, je me fiche de savoir si vous êtes pauvre ou riche, reprit-il en la fixant droit dans les yeux. Qui que vous soyez, j'ai bien l'intention de vous faire l'amour à en perdre la tête.

Passant la main entre eux, il tira sur son tartan qui le gênait. Anne sentit l'extrémité de son sexe se présenter contre l'ouverture du sien.

— Je vais faire attention, assura-t-il en effectuant une lente poussée. Vous devez encore être sensible à cause de la nuit dernière.

Son corps tremblait, tant il faisait d'efforts pour se contrôler, et l'impatience que trahissait le ton de sa voix contredisait ses paroles. Cependant, Anne sentit la douleur se manifester dès qu'il l'eut pénétrée. Mais cela dura bien moins longtemps que la veille. Presque aussitôt, la souffrance se réduisit à une vague gêne.

— Prenez-moi !

Anne se sentait intrépide. Elle l'entendit inspirer fortement, puis il se retira lentement, avant de s'engouffrer une nouvelle fois dans son corps d'une brusque poussée des reins. Une flèche de plaisir la transperça. Instinctivement, elle bascula le bassin de manière à mieux se prêter à cette invasion.

— *Aye, lass,* dit-il d'une voix étranglée. C'est bien ce que j'ai l'intention de faire.

Son corps se mit en mouvement, imprimant à leur union un rythme rapide et énergique dont le claquement de leurs épidermes l'un contre l'autre marquait la cadence.

Anne s'offrait librement à ses coups de boutoir. Chacun d'eux faisait se lever en elle une vague de plaisir plus puissante que la précédente, jusqu'à ce qu'un raz de marée de sensations finisse par la submerger. Elle sentit son sexe se crisper sur le pieu de chair qui le dilatait. Tandis qu'un long cri de jouissance quittait ses lèvres, elle serra son mari contre elle avec passion. Une joie sauvage l'envahissait qui l'arrachait à toute pensée, à toute contingence terrestre. Plus rien n'existait pour elle que le bonheur qu'elle ressentait et le corps ferme de Brodick contre le sien. Elle l'entendit gronder tout contre son oreille, juste avant que sa semence ne se répande en brèves saccades. Son sexe palpitait en elle, et le sien simultanément se resserrait comme pour ne rien perdre de son offrande.

Au bout d'un moment, elle prit conscience du bruit de leurs respirations précipitées qui troublait le silence nocturne. En sueur, Anne était heureuse de sentir un souffle d'air rafraîchir ses jambes nues. Le corps de son époux tout contre elle l'empêchait d'avoir froid. En appui sur les coudes, il la soulageait d'une partie de son poids. À bout de souffle, il avait du mal à reprendre sa respiration. La main sur sa poitrine, elle perçut contre ses doigts les battements précipités de son cœur.

— Vous ai-je fait mal ? s'enquit-il après avoir déposé un tendre baiser sur son front.

Il embrassa une de ses joues, puis sa bouche, avant de la dévisager, vaguement inquiet.

— Seulement quand vous avez douté de moi, dit-elle.

Le fragile lien de confiance qui s'était établi entre eux n'était toujours pas rompu. Dans l'intimité de leur étreinte, c'était sans crainte qu'elle lui confessait ses sentiments.

Brodick poussa un profond soupir.

— J'étais obnubilé par l'envie de vous faire l'amour, confessa-t-il. Rien d'autre n'avait d'importance, et surtout pas le dîner. Si je m'étais écouté, je vous aurais juchée sur mon épaule pour vous entraîner à l'écart et abuser de vous comme un barbare.

— Votre frère...

— Il me taquinait. Alors j'ai cherché à avoir le dessus en répliquant plus fort encore.

Anne ne demandait pas mieux que de se laisser convaincre. Au fond de son cœur, elle avait besoin de croire qu'il lui faisait confiance.

— Puisque vous êtes fille unique, reprit-il, vous ignorez combien on aime se lancer des piques entre frères et sœurs. C'est un moyen de montrer son affection.

Brodick se redressa et s'assit sur ses talons. Gentiment, il recouvrit ses jambes de ses jupons.

Avec un pincement au cœur, Anne se rendit compte à quel point il disait vrai. Elle ne se privait pas quant à elle de taquiner Bonnie, qui le lui rendait bien, et leurs frères se déchaînaient quand il s'agissait de se défier l'un l'autre. Seule leur mère parvenait à les calmer.

Face à son silence, Brodick soupira.

— Je suppose qu'il faut me montrer patient, dit-il. Je ne dois pas m'attendre que vous m'accordiez votre confiance d'emblée.

Il paraissait évident que cela le décevait.

— Venez, *lass*, enchaîna-t-il, la main tendue vers elle. Je ferais mieux de vous raccompagner avant que vous n'attrapiez froid.

Lorsqu'ils se relevèrent, une averse de brindilles tomba de leurs vêtements et de leurs cheveux. Anne laissa fuser un petit rire espiègle, qui la surprit elle-même. Cela faisait des années qu'elle n'avait pas réagi avec autant de spontanéité et d'insouciance.

Brodick fit de son mieux pour l'aider à s'épousseter. Il la prit ensuite par la main, et elle se sentit étrangement touchée par ce simple geste.

— Helen va me tuer si vous tombez malade à cause de moi, marmonna-t-il en l'entraînant vers la sortie.

— Prenez-vous vraiment toutes les femmes pour des mauviettes ? s'impatienta-t-elle. Ou est-ce uniquement parce que je suis anglaise ?

Tournant la tête vers elle, il lui sourit.

— Je vois bien que vous êtes robuste et que vous vous portez bien. Peut-être ai-je tendance à trop vous protéger.

Ce constat paraissait lui plaire, et Anne s'en réjouit.

— Il n'en demeure pas moins qu'un lit confortable nous attend au château, reprit-il. Même si je n'ai rien contre le foin, laissons-le plutôt aux chevaux et aux servantes.

L'allusion la fit rire.

— Vous me paraissez vous-même bien connaître l'endroit, le taquina-t-elle.

— Vous plaisantez ? fit-il mine de s'insurger. Je suis un homme marié ! Ne vous l'ai-je pas prouvé en m'acquittant fidèlement du devoir conjugal ?

— *Brodick !* protesta-t-elle à mi-voix en jetant un coup d'œil au chemin de ronde. Vos hommes vont entendre...

Il se pencha vers elle, et son souffle sur son oreille la fit frissonner quand il lui confia tout bas :

— J'espère surtout qu'ils vous ont entendue crier de plaisir.

Sous le coup de l'indignation, Anne se redressa et lui assena une claque sur la poitrine, ce qui eut pour effet de le faire éclater de rire.

— Venez ! lança-t-il. Il me tarde que nous nous retrouvions au lit.

Il avait élevé la voix. Anne piqua un fard, ce qui ne l'empêcha pas de ressentir une certaine fierté. Il ne lui déplaisait pas que son mari fasse savoir à tous ses hommes à quel point il appréciait de l'avoir dans son lit. Nombre de nobles épouses n'étaient pas aussi désirées. Et si cela la rendait coupable du péché d'orgueil, peu lui importait.

Brodick lui fit traverser la cour au pas de course. Au passage, Anne remarqua les sentinelles qui, sur le chemin de ronde, les observaient. Elle tenta d'ôter sa main de la sienne, en vain.

Il ne fit aucun bruit en gravissant l'escalier. Pour un homme de sa stature, il se déplaçait avec une discrétion remarquable. Son père avait dû l'entraîner dès le plus jeune âge. Aucun homme ne parvenait à une telle maîtrise de ses déplacements sans avoir subi un entraînement intensif. Les garçons débutaient dès l'âge de cinq ans, au même âge où les filles commençaient à accompagner leurs mères dans leurs tâches quotidiennes. Lady Mary, elle, avait suivi pendant des années des leçons de danse, de maintien et d'étiquette, avant d'être placée à la cour.

Brodick la conduisit jusqu'à la chambre qu'ils avaient partagée la nuit précédente. Des changements y avaient été apportés durant la journée. Trois tapisseries décoraient les murs près de la cheminée. Une table garnie d'une paire de chandeliers assortis, en argent ciselé de savants motifs, avait aussi été installée. Leurs bougies baignaient la pièce d'une belle lumière dorée.

Mais sur cette table se trouvait également un miroir. Anne retint son souffle. Elle ne se rappelait plus la dernière fois où elle avait pu jeter un coup d'œil dans celui de Philipa. Un tel trésor devait coûter plus cher encore que la jument qu'elle avait montée pour venir à Sterling. Il était fascinant d'observer les flammes des bougies danser à sa surface polie. Même dans la demeure d'un comte, il s'agissait d'un objet précieux.

Anne tendit le bras pour caresser le cadre en argent sculpté. Son reflet se joignit à celui des bougies. Émerveillée, elle put observer son visage. Ses lèvres qui portaient encore la trace des baisers qu'ils venaient d'échanger lui parurent plus sensuelles qu'elle ne l'aurait imaginé. Elle savait avoir les cheveux châtains, mais dans le miroir, à la lumière des bougies, elle y découvrit des reflets roux. Quant à son teint, il était aussi pâle et crémeux que le lait de printemps, lorsque les troupeaux se nourrissent de l'herbe la plus verte.

— Vous avez gagné l'approbation de Helen, cela ne fait aucun doute, commenta Brodick en apparaissant derrière elle. De même que la mienne...

Il entoura Anne de ses bras. Elle était bien ainsi, à l'abri. Contre son dos, elle sentait battre son cœur. En cherchant son regard dans le miroir, il esquissa un sourire. Une de ses mains quitta sa hanche pour s'aventurer sur le renflement de ses seins, qu'il couvrit du bout des doigts en une lente caresse circulaire. Elle frissonna à ce contact.

— Heureux de constater que votre cadeau de mariage vous plaît, dit-il.

— Un cadeau ? s'étonna-t-elle. Pour moi ?

Le souffle court, Anne le vit dans le miroir porter la main à sa gorge. Le contraste entre sa main puissante et la fragile colonne de son cou était troublant.

— *Aye*, répondit-il. Ce miroir est un présent. Un excellent ami à moi l'a rapporté de son dernier voyage en France.

— C'est très, très gentil de votre part.

Il se pencha et Anne le regarda, fascinée, poser ses lèvres sur son cou. Le voir faire cela avait quelque chose de terriblement érotique. Elle vit sa bouche épouser la courbe de sa chair. Simultanément, la délicieuse sensation procurée par ce baiser vibra en elle.

— Je n'ai aucun mal à imaginer l'usage qu'il serait possible d'en faire, assura-t-il en se redressant.

Sa main vint se plaquer sous son menton, lui soulevant doucement la tête. Habilement, il entreprit de défaire à son encolure un bouton, puis un autre, et un troisième encore. Anne ne put réprimer un hoquet de surprise en le voyant glisser deux doigts sous le vêtement et caresser sa peau nue.

— Un usage auquel je n'avais pas pensé en l'achetant, précisa-t-il d'un ton amusé, mais qui justifie amplement l'or que j'ai dépensé.

Un autre bouton céda à la pression de ses doigts, tout comme le suivant. Anne le regardait faire avec un trouble grandissant. Des deux mains, il écarta les pans du vêtement, révélant la naissance de ses seins.

— À présent, voilà qui vaut vraiment le coup d'œil, se réjouit-il d'une voix rauque.

Avec un luxe de précautions, Brodick fit glisser le corsage d'Anne le long de ses épaules et de ses bras. Un bref instant, il dut s'écarter d'elle pour l'en débarrasser totalement. Cette courte séparation la fit frissonner. Elle soupira de soulagement en le sentant venir de nouveau se placer derrière elle. Son attention fut attirée par le contraste entre leurs morphologies respectives. Ses larges épaules, qui apparaissaient de part et d'autre des siennes. Son visage plus rude, sa mâchoire plus carrée. Et puis ses yeux, qui n'étaient pas comme les siens encadrés de longs cils qui la faisaient paraître plus coquette qu'elle ne l'était en réalité.

— Nous formons un beau couple, vous ne trouvez pas ? s'enquit-il. Personnellement, je préfère que votre jolie poitrine soit visible.

— Nous ne devrions pas, objecta-t-elle faiblement.

Les doigts de Brodick s'égarèrent du côté de ses seins. Anne les fixait intensément.

— Pourquoi cela ? s'étonna-t-il.

Sa voix avait pris les inflexions rauques de l'excitation sexuelle. Elle ne put s'empêcher de se demander s'il était en érection sous son kilt.

Dans le miroir, Anne se vit rougir violemment. Elle détourna les yeux, gênée, et battit des paupières. Une lueur inquiétante flamba dans ceux de Brodick, à qui sa réaction n'avait pas échappé. Devinant qu'elle s'apprêtait à lui fausser compagnie, il resserra ses bras autour d'elle afin de l'en empêcher. Puis elle le regarda pencher la tête sur le côté, entrouvrir les lèvres et suçoter le lobe de son oreille.

— *Brodick...*

— Oui ?

Il verrouilla son regard au sien dans le miroir et ajouta :

— Qu'y a-t-il de mal à apprécier votre cadeau ? Je vous l'ai offert pour vous faire plaisir. Et vous ne pouvez prétendre que ces frissons traduisent votre déplaisir.

Anne ouvrit la bouche pour répliquer, mais aucun mot n'en sortit. Contre son oreille, elle l'entendit rire tout bas. Toute cette scène lui donnait l'impression de sombrer dans la décadence. Les sensations qu'elle ressentait formaient un mélange enivrant.

Brodick s'empara du lacet qui maintenait fermé le devant de son corset. En tirant d'un coup sec, il le dénoua, puis s'employa à le desserrer jusqu'à ce que les seins d'Anne soient libérés.

— Je pense que nous sommes parfaitement en droit de faire ce que nous faisons, assura-t-il.

Après avoir défait le corset, il le laissa choir sur le sol. Anne retint son souffle en voyant ses aréoles sombres pointer sous le fin tissu de sa chemise. Dans son dos, elle entendit Brodick réagir. Il prit ses seins en coupe, caressant les mamelons du bout des pouces. Anne frissonna longuement. Dans le miroir, elle constata que la chair de poule hérissait ses avant-bras.

— Voilà une vision que je n'aurais voulu manquer pour rien au monde, susurra Brodick. Vos seins sont magnifiques, comme le reste de votre personne.

L'étaient-ils vraiment ? Anne l'ignorait. Elle reporta son attention sur le visage de Brodick. Le désir figeait ses traits.

— Je pourrais prendre goût à vous déshabiller soir après soir de mes propres mains, poursuivit-il.

— Attendez ! le supplia-t-elle.

Mais déjà, ses jupons formaient une flaque de tissu à ses pieds. Le petit rembourrage à ses hanches ne resta lui non plus pas longtemps en place. Sans la moindre hésitation, Brodick le dénoua prestement.

— Que faites-vous ? Nous avons déjà... euh...

— ... fait l'amour ? acheva-t-il. Certes. Je m'en souviens très bien.

— Alors qu'avez-vous l'intention de faire ? Pourquoi vous livrer à ces petits jeux avec moi ?

Sa chemise tombait à présent librement autour d'elle. La lumière des bougies soulignait ses formes et la faisait ressembler à une idole païenne. Une pulsion sourde vrillait le creux de son ventre. Ce n'était pas la même brûlure du désir qui l'avait submergée dans l'écurie, mais un besoin plus sourd, primitif.

— Qui vous a dit qu'il n'est possible pour un homme et une femme de faire l'amour qu'une fois par nuit ? répliqua Brodick en posant les mains sur ses hanches. À présent, je veux le faire en prenant le temps de vous séduire.

Ses mains descendirent le long de ses cuisses, jusqu'à l'ourlet de la chemise, puis se glissèrent dessous. Anne le regarda avec fascination remonter lentement le vêtement, dénudant la chair crémeuse de ses cuisses. Plus haut encore, le triangle sombre de son pubis apparut. Et plus il la dénudait, plus il devenait difficile à la jeune femme de respirer. Elle s'agrippa au tartan de Brodick lorsqu'elle sentit ses doigts effleurer ses seins.

Elle perdit de vue son reflet dans la glace quand il fit passer la chemise par-dessus sa tête. Puis elle battit des paupières et laissa fuser un gémissement étouffé. Les flammes dansantes des bougies illuminaient son corps nu. Ses seins, globes de chair couronnés des pointes durcies et roses de ses mamelons, ressemblaient à deux larmes sur sa poitrine.

— Vous évoquez une apparition, *lass*, l'entendit-elle commenter d'une voix rauque. Une de ces sirènes de l'Antiquité qui menaient les marins à leur perte. Je vous suivrais sans hésiter jusqu'aux récifs.

— Vous ne devriez pas dire des choses pareilles.

Brodick entreprit d'ôter son épée, dont la poignée était toujours visible au-dessus de son épaule droite. Après avoir débouclé son fourreau, il alla le déposer contre le mur, juste à côté de la table. Anne sentit son tartan effleurer ses cuisses nues lorsqu'il vint se placer à côté d'elle en répliquant :

— Et vous, chère épouse, vous ne devriez pas être si prompte à tracer des interdits autour de notre union.

Sa main se posa sur son ceinturon.

— Puisque cela vous excite autant que moi, poursuivit-il, que peut-il y avoir de mal à utiliser ce miroir ?

— Je… je ne sais pas, dut-elle avouer.

Et en réalité, peu lui importait, car Brodick venait de tirer d'un geste sec sur l'extrémité de son ceinturon pour le déboucler. Anne ne pouvait détacher son regard de son entrejambe. Était-il possible qu'il la désire une seconde fois en si peu de temps ? Le ceinturon tomba à terre, et à sa suite le tartan, mais sa longue chemise l'empêcha de pouvoir le vérifier.

Un petit rire échappa à Brodick, qui la fit rougir.

— Ne soyez pas si désappointée, *lass* ! Ne vous a-t-on pas enseigné que la patience est une vertu ?

— Vos taquineries sont déplacées ! s'insurgea-t-elle en le foudroyant du regard.

— Ah oui, vraiment ? s'amusa-t-il.

Les lèvres pincées, elle haussa les épaules.

— Je pourrais très bien me montrer froide et détachée, mentit-elle. Je pourrais me désintéresser totalement de ce que vous cachez sous votre kilt...

D'un geste décidé, elle plaqua la main contre son membre dressé sous sa chemise. Du bout des doigts, elle en dessina la forme, s'amusant de voir dans le miroir un muscle jouer sur la mâchoire de Brodick et ses yeux s'agrandir démesurément.

— Réfléchissez-y, milord, reprit-elle d'un ton espiègle. Je pourrais me contenter de rester allongée sur votre lit, les yeux fermés, aussi raide qu'une effigie.

Anne se tourna vers lui, sans lâcher son sexe. Ce petit jeu avec le miroir ne lui suffisait plus. Le désir la tenaillait. Elle voulait à présent caresser, palper, empoigner. Elle se sentait également devenir intrépide, comme s'il lui fallait rattraper son retard pour considérer les choses du sexe avec autant de liberté que lui. Elle voulait s'amuser tout comme lui, et ne plus frémir à chaque contact comme une vierge innocente.

— Vous avez pourtant cherché à m'éloigner, souligna Brodick.

Sans cesser de le caresser à travers la chemise, elle eut un haussement d'épaules et répliqua :

— Vraiment ? Vous croyez ça ?

Il poussa un gémissement.

— J'ai une bonne mémoire. Je n'ai pas oublié.

Anne enjamba ses jupons et s'éloigna de lui. Elle sentit son regard se poser sur ses fesses nues, ce qui eut pour effet de l'exciter un peu plus. Les tentures du lit étaient tirées sur le côté. Le feu dans l'âtre dispensait à l'intérieur une chaude lueur. En jetant un coup d'œil par-dessus son épaule, elle posa un genou au bord du matelas.

— Prenez garde à vos paroles, dit-elle. Je pourrais décider d'en revenir à une attitude plus sage et plus conforme à la morale...

Sur ce, elle s'allongea sur le lit, faisant légèrement craquer le sommier de corde.

— Dans ce cas, répondit-il, il ne me resterait qu'à faire en sorte de vous échauffer les sens une nouvelle fois.

Brodick la rejoignit sans donner l'impression de se presser. Il marqua une halte sur un tabouret pour se déchausser, et Anne vit la toile de sa chemise mouler nettement son sexe bandé. Son regard insistant ne lui avait pas échappé et le fit sourire. Elle ne détourna pas les yeux pour autant.

Mais quand il se débarrassa de la chemise et se retrouva nu devant elle, une bonne part de sa bravoure la déserta. Son corps athlétique, que la lumière changeante des bougies creusait d'ombres, était à couper le souffle. Une telle démonstration de force chez un animal pouvait susciter l'admiration. Mais de la part de l'homme qui s'apprêtait à la rejoindre, elle avait de quoi impressionner.

— Maintenant, écartez les jambes, ordonna-t-il.

Tout au contraire, Anne serra les cuisses.

— Faites-le ! insista-t-il d'un ton impérieux. Je veux voir si votre fente est gorgée de sève, prête à m'accueillir.

Anne n'avait pas besoin de le vérifier pour savoir qu'elle l'était. Sans pouvoir s'en empêcher, elle laissa son regard dériver jusqu'au membre vigoureux qui pulsait au bas de son ventre.

— À moins que vous ne soyez trop timide ?

Agacée, la jeune femme répondit à sa provocation en desserrant légèrement les genoux. Sans se moquer de sa pruderie, il la rejoignit et les empoigna afin de les séparer davantage. Un frisson d'excitation la parcourut lorsqu'elle sentit s'épanouir les lèvres de sa vulve, révélant au regard de son amant son intimité la plus secrète.

— À présent, fermez les yeux et ne les rouvrez pas tant que je ne vous l'aurai pas ordonné.

La dureté de sa voix allait de pair avec celle des muscles qui bardaient son corps de guerrier. La fermeté de son corps s'opposait à la douceur du sien. Anne songea qu'ils avaient été modelés l'un et l'autre pour se compléter.

Le sommier de corde gémit plus fortement quand Brodick vint s'allonger à côté d'elle. Ne pas ouvrir les yeux alors qu'il se trouvait si près mettait sa volonté à rude épreuve. La moindre parcelle de sa peau parut soudain acquérir une sensibilité accrue. Elle entendait battre son cœur de façon assourdissante à ses tympans. Ses bras et son torse se couvraient de chair de poule. Son sexe semblait être en feu. Privée de vision, elle avait l'impression que le temps avait suspendu son cours. Elle guettait le moindre bruit susceptible de lui apprendre où se trouvait Brodick et quelles étaient ses intentions.

Elle n'était plus qu'attente, et cette attente avait tout d'un tourment. Son clitoris affamé de caresses l'élançait. Son vagin aspirait à être comblé.

Enfin, une brève caresse sur la fente de son sexe lui arracha un cri et la fit se redresser.

Une main ferme la plaqua de nouveau sur le lit.

— Intéressant, n'est-ce pas ? susurra Brodick à son oreille. Faute d'y voir, le corps compense en augmentant la sensibilité des autres sens.

Anne avala sa salive, incapable de lui répondre. Le souffle court et inégal, elle devait consacrer toute son attention à garder les yeux clos. Elle perdait peu à peu la maîtrise de ses émotions. Les multiples signaux qui depuis son épiderme remontaient son échine la plongeaient dans la confusion. Quelque chose en elle la poussait à ouvrir les yeux afin de restaurer son équilibre. Un long frisson la secoua, qui s'acheva sur une plainte inarticulée.

— Assez, *lass*.

Anne sentit le lit bouger. Brodick la prit dans ses bras. Sa peau nue contre la sienne fut comme un baume pour ses sens malmenés. Elle le serra fort tandis qu'il la faisait rouler sous lui.

— Assez joué pour ce soir, décréta-t-il. Finissons-en.

Anne croisa les chevilles dans son dos, emprisonnant sa taille entre ses jambes. Brodick chercha ses lèvres et lui donna un baiser brûlant. Leurs langues se mêlèrent. Son sexe se pressa avec urgence à l'ouverture du sien et s'y glissa sans effort. Il n'y eut aucune douleur, cette fois. Son membre se logea en elle sur toute sa longueur, alors que sa langue, dans sa bouche, faisait de même.

Brodick commença à se mouvoir entre ses cuisses à un rythme lancinant. Il semblait prendre tout son temps. À chaque inspiration, Anne s'enivrait de son odeur. Et à chacun de ses coups de reins, son torse venait comprimer délicieusement ses seins. Un plaisir intense irradiait en elle depuis l'endroit où leurs corps se joignaient jusqu'à la plus lointaine fibre nerveuse. Elle avait une conscience aiguë de son membre qui glissait en elle.

Pour reprendre son souffle, elle dut mettre un terme à leur baiser. Une tension insupportable faisait le siège de son corps. Les lèvres entrouvertes, elle se mit à gémir sans retenue. Jamais elle n'avait entendu de tels sons sortir de sa bouche. Le plaisir la soulevait et elle ne pouvait faire autrement que se laisser porter par le courant.

— *Aye, lass*… l'encouragea Brodick. C'est bien…

Le rythme qu'il imprimait à leur danse se fit plus rapide, plus vigoureux. Alors que son souffle devenait rauque, il lui ordonna :

— Regardez-moi !

Ses paupières lui semblaient trop lourdes. Il était impossible à Anne de les ouvrir.

— *Ouvrez les yeux !*

Elle cligna difficilement des paupières pour lui obéir. Un regard affamé plongea au fond du sien. Les yeux brillants d'une détermination farouche, il redoubla d'ardeur dans ses assauts et gémit tout bas :

— Ne me quittez jamais. J'irai vous chercher, où que vous soyez. Je vous en donne ma parole...

Les dents serrées, il jouit en elle. Un grondement franchit le seuil de ses lèvres tandis qu'en quelques derniers coups de reins il se vidait de sa semence. Puis ses épaules frémirent un instant et il reprit bruyamment son souffle.

— Vous êtes mienne ! lança-t-il. Mienne !

Aussitôt après, Brodick roula sur le dos, la serrant dans ses bras pour l'entraîner avec lui. Ses dernières paroles résonnèrent dans l'esprit d'Anne comme un écho, touchantes et effrayantes à la fois. Il lui caressa l'échine et elle le sentit frissonner. C'était à peine si elle avait perçu ce frémissement, infime aveu de vulnérabilité de la part de ce corps invincible.

La main posée sur sa poitrine, elle laissa ses doigts se mêler à sa toison. Sous son apparence de roc, Brodick abritait les mêmes doutes que ceux qui la hantaient.

Avec un soupir de bien-être, Anne laissa le sommeil l'emporter, lovée contre le corps chaud de son époux, leurs battements de cœur à l'unisson.

Le paradis sur terre...

Une sonnerie de cloche les réveilla. Une autre s'y joignit bientôt, puis une autre encore. Anne sentit Brodick, à côté d'elle, se redresser d'un bond dans le lit. Il faisait tout à fait noir dans la chambre à présent, les bougies ayant achevé de se consumer. Le jour n'était pas levé, pourtant les cloches d'alarme sonnaient à la volée.

— Qu'est-ce que c'est ? s'inquiéta-t-elle.

— Des ennuis, maugréa Brodick.

Il s'était assis au bord du lit. Elle l'entendit chausser une de ses bottes, puis l'autre.

Définitivement tirée du sommeil, Anne se leva à son tour. Quelle que soit la nature du danger, elle y était soumise comme tous les autres habitants du château. Aux yeux des ennemis de Brodick, elle était sa femme, et une cible à travers laquelle on pouvait l'atteindre.

Dans le noir, elle s'employa à chercher leurs vêtements à tâtons. Elle découvrit la chemise de Brodick roulée en boule sur le sol et la remit soigneusement à l'endroit avant de la lui apporter. Son cœur battait vite, au rythme des cloches qui continuaient leur vacarme.

Brodick, qui arrangeait les plis de son tartan, parut surpris de la voir l'aider. Anne se hissa sur la pointe des pieds et lui passa l'encolure par-dessus la tête. Elle se fichait elle-même d'être nue. Que les hommes puissent répondre à l'alerte au plus vite constituait la seule priorité. Pendant que son mari glissait ses bras dans les manches, elle s'employa à boutonner sa chemise.

— Merci, *lass*, dit-il.

Son initiative semblait lui plaire, mais le temps leur manquait pour les effusions. Sans attendre, Brodick boucla son ceinturon. Quand il se redressa, Anne lui tendit son épée. La lourdeur de l'arme la surprit, cependant ce n'était pas ce qui la faisait trembler.

Combien de femmes avaient-elles, en accomplissant ce geste, envoyé leur époux à la mort ? Impossible de savoir ce que signifiait cette alarme, mais, au cœur de la nuit, elle ne pouvait rien augurer de bon. Elle se garda cependant de manifester son inquiétude. Cela, également, relevait du devoir d'une épouse.

Brodick saisit l'épée et ordonna :

— Habillez-vous et rejoignez les femmes dans l'abri fortifié.

Anne acquiesça d'un signe de tête. Elle s'apprêtait à partir à la recherche de ses vêtements lorsqu'il la retint en lui passant le bras autour de la taille.

— Et d'abord donnez-moi un baiser d'adieu.

De ce devoir-là, Anne s'acquitta volontiers en posant les mains sur ses épaules. La bouche de Brodick s'empara de la sienne en un baiser passionné. Ils n'avaient hélas pas le loisir de le prolonger.

— Ne perdez pas de temps, *lass*, lui conseilla-t-il avant de s'éclipser.

À peine était-il parti qu'Anne se sentit gagnée par un froid glacial. À tâtons, elle finit par trouver sa chemise. Les cloches se turent l'une après l'autre et firent place à un silence effrayant. Dans le noir, elle n'arrivait pas à mettre la main sur le cordon qui maintenait en place son corset. Elle finit par le retrouver sur l'un des tapis.

Anne alla se poster devant la cheminée et profita de la lueur dispensée par les braises pour l'enfiler dans les œillets.

Beaucoup dormaient dans leurs dessous pour s'éviter la corvée d'avoir à les passer au matin. De fait, elle perdit un temps précieux avant d'en avoir terminé. En achevant rapidement de s'habiller, elle se précipita hors de la chambre. Elle ne connaissait pas encore parfaitement les lieux. Il lui fallait intégrer la file des femmes et des enfants courant se réfugier dans l'abri le plus sûr de la forteresse, qui serait défendu jusqu'au dernier homme vivant.

L'Écosse était un royaume plus violent que l'Angleterre. Pourtant, même Warwick Castle redoutait les pillards et les envahisseurs. La vigilance s'était renforcée dans toutes les places fortes édifiées en bord de mer depuis que l'Espagne avait lancé son Invincible Armada avec l'intention de remettre l'Angleterre dans le droit chemin de la foi catholique.

Au rez-de-chaussée, Anne trouva ouverte la porte qui donnait sur la cour chichement éclairée. Toute source de lumière fournissait un avantage à l'ennemi. Elle se posta sur le seuil et observa le chaos d'hommes et de chevaux qui s'y pressait. De jeunes garçons, les bras chargés d'armes, se frayaient difficilement un passage dans la cohue. Les naseaux des chevaux laissaient échapper des panaches de buée. Chaque combattant portait son épée attachée dans le dos, alors qu'en Angleterre les hommes la portaient à la hanche.

Les archers postés sur la muraille gardaient une flèche encochée, prêts à faire face à toute attaque. Brodick, protégé par une cuirasse, s'était déjà mis en selle. Anne se rencogna dans l'embrasure de la porte pour éviter qu'il ne l'aperçoive. Il n'avait pas besoin d'être distrait par sa présence.

— Tous en selle !

Sa voix forte couvrit tous les autres bruits. Les hommes lui obéirent dans un bel ensemble. La porte principale fut ouverte dans un grincement. Hommes et chevaux s'y engouffrèrent dans un tourbillon de tartans aux couleurs des McJames.

Le martèlement des sabots faisait trembler le sol. Par la porte ouverte, Anne aperçut les feux d'alerte qui trouaient la nuit dans la vallée, et vers lesquels la troupe à cheval se dirigeait.

Un silence effrayant retomba dans la cour de la forteresse. Quelques garçons d'écurie, trop jeunes pour tenir une épée, ramassaient des pièces d'équipement éparses. Les archers demeuraient postés sur le chemin de ronde et continuaient de faire bonne garde.

Le bruit assourdissant des chaînes actionnées pour refermer la porte fit sursauter Anne. Dès que celle-ci fut en place, deux hommes la barricadèrent en insérant dans leurs encoches d'épais madriers. À présent, il ne restait plus rien d'autre à faire qu'attendre.

Et prier...

La moitié des hommes revinrent à l'aube. Anne courut les accueillir dans la cour avec les autres habitants du château, mais Brodick n'était pas parmi eux.

— Occupez-vous des blessés !

On se fit aussitôt un devoir de les aider à descendre de cheval. Le soleil à peine levé éclairait crûment le sang de leurs blessures, mais tous paraissaient d'humeur légère. La plupart des femmes furent soulagées de le constater. Anne, quant à elle, ne put se détendre. Elle ne pourrait se réjouir que lorsque Brodick serait rentré.

Pour une raison qui lui échappait, elle se sentait mise à l'écart par ceux qui l'entouraient. Elle trouvait moins chaleureux que la veille les regards qu'on lui adressait.

Les hommes passèrent à table et il fallut leur servir leur petit déjeuner. Chaque paire de mains disponible fut réquisitionnée pour apporter leur nourriture, remplir leurs chopes et faire en sorte qu'ils soient récompensés de s'être mis en danger pour le bien de tous.

Ginny s'arrêta non loin d'Anne quand le repas toucha à sa fin. La jeune fille la considéra à distance avec une certaine froideur, comme si elle hésitait à l'aborder. Puis elle se décida à la rejoindre et lui annonça :

— La fille de Helen a ressenti les premières contractions la nuit passée. Helen est allée à Perth pour l'aider à accoucher. Elle ne sera donc pas de retour tant que nos hommes n'auront pas repoussé ces bandits de McQuade dans leur tanière.

— Je vois...

Ginny ne s'attarda pas. Sans un hochement de tête pour la saluer, elle tourna abruptement les talons. Les autres servantes la suivirent en l'ignorant de même.

La gorge serrée par l'émotion, Anne en eut le souffle coupé. Après l'accueil qu'elle avait reçu, il était dur de se voir ainsi rejetée. À présent que le laird n'était plus là, nul ne se sentait plus obligé de la traiter avec gentillesse. Ce n'était pas un sort inhabituel. Un comte pouvait ordonner à ses gens de traiter avec respect son épouse d'origine étrangère, mais on ne pouvait forcer un serviteur à aimer qui que ce soit. D'ailleurs, Anne préférait connaître les véritables sentiments qu'elle inspirait autour d'elle plutôt que vivre dans le mensonge.

Cela ne faisait pas moins mal de le constater.

Anne quitta la grande salle sans savoir où aller. Une fois de plus, elle se retrouvait livrée à elle-même. Le désespoir qui s'était emparé d'elle lorsque Philipa lui avait fait part de son plan était de retour. Il s'imposait à elle avec plus de force encore, après qu'elle eut réussi à y échapper quelque temps.

Les paroles de Philipa lui revinrent en mémoire, annihilant le bonheur qu'elle avait pu connaître.

Il va te culbuter deux ou trois fois, le temps que tu tombes enceinte, et ensuite il retournera livrer bataille.

Parvenue devant les quelques marches menant à sa chambre, Anne poursuivit son chemin, préférant éviter le lit qui l'y attendait et n'était plus pour elle qu'un objet de tourment. Mais où pouvait-elle aller ? L'autorité de Helen avait suffi à masquer l'hostilité des habitants du château. À présent qu'elle n'était plus là, elle non plus, rien ne les obligeait à l'accepter parmi eux.

De toute façon, mieux valait qu'il en soit ainsi. Levant fièrement le menton, elle laissa derrière elle la tour où se trouvait sa chambre et décida de longer un corridor qu'elle ne connaissait pas.

Bientôt, il lui sembla entendre une douce voix chanter. À l'oreille, Anne se laissa guider jusqu'à une grande pièce dans laquelle une jeune fille installée devant un rouet se trouvait seule. Son pied actionnait la pédale tandis que ses doigts tiraient sur la laine brute qu'elle tenait dans ses mains. Elle alimentait ainsi habilement et sans à-coups le rouet dont la pédale actionnait le mécanisme. Au-dessus de la roue, le fil s'accumulait sur un fuseau.

Un gros tas de laine cardée se trouvait à côté d'elle. Le temps de se réapprovisionner, elle suspendit son travail et s'étonna, l'oreille dressée :

— Qui est là ?

N'obtenant pas de réponse, elle se remit à l'ouvrage. Anne fut surprise de ne pas la voir regarder dans sa direction. En fait, la jeune fille semblait ne rien regarder du tout. Ses yeux demeuraient étrangement lointains.

— Si vous avez quelques minutes à perdre, ajouta-t-elle, j'aurais besoin d'une paire d'yeux pour m'aider.

Elle était donc aveugle, ce qui ne l'empêchait pas d'avoir acquis une parfaite maîtrise de l'art du filage.

— Comment puis-je t'aider ? s'enquit Anne.

Le pied sur la pédale marqua une nouvelle pause, et le sourire qui s'attardait sur les lèvres de la jeune fille se figea. Anne sentit le poids de l'hostilité collective retomber sur ses épaules. Mais le visage de la fileuse s'illumina soudain et retrouva l'expression avenante qu'elle avait eue avant de reconnaître son accent anglais.

— Bonjour, maîtresse, dit-elle. Je m'appelle Enys.

— Bonjours, Enys. En quoi puis-je t'être utile ?

Enys marqua une pause pour se réapprovisionner en laine cardée et répondit, penaude :

— J'ignorais que c'était vous, maîtresse, lorsque j'ai demandé de l'aide.

Elle s'adressait à elle de manière aimable, sans cette froideur à peine polie que Ginny lui avait témoignée.

— Je serai ravie de pouvoir t'aider, assura Anne. Veux-tu que je carde la laine pour toi ?

Anne s'avança dans la pièce. Les cardes en bois et leurs dents métalliques destinées à peigner la fibre se trouvaient un peu à l'écart, près d'une montagne de laine brute.

— Il faudrait changer le fuseau, expliqua Enys. J'ignore où Tully les range, et la pièce est un peu grande pour que je cherche à tâtons.

Sans cesser d'actionner sa pédale, elle ponctua sa requête d'un joli sourire.

— C'est avec plaisir que je te donnerai un coup de main pour ça, annonça Anne. Je ne suis pas habituée à rester sans rien faire.

Enys acquiesça d'un hochement de tête.

— Je vous en suis reconnaissante. Depuis que j'ai perdu la vue, je dois passer outre à ma fierté pour demander de l'aide.

Anne parcourut la pièce et finit par trouver dans un coin une caisse de bobines vides.

— Tu n'es pas aveugle de naissance ? s'étonna-t-elle.

— *Naye.* Savoir ce que je rate est pour moi une source de tourment supplémentaire. Mes souvenirs sont aussi clairs que ma vision l'était autrefois…

Enys poussa un soupir, le visage empreint de nostalgie. Elle pencha la tête sur le côté quand Anne, saisissant un fuseau vide, fit cliqueter les autres dans la caisse. Son pied se figea, immobilisant la roue.

— Je me trouvais dans la cour et je ne prêtais pas assez attention aux chevaux, révéla-t-elle. L'un d'eux m'a décoché une ruade, plantant son sabot au beau milieu de mon front. D'après ce qu'on m'a raconté, j'ai volé comme un oiseau à travers la cour. Lorsque je me suis réveillée, je n'y voyais plus rien.

Avec une paire de petits ciseaux accrochés à sa jupe, Enys coupa son fil. Puis, d'une main assurée, elle décrocha la bobine pleine et la tendit à Anne, qui fit remarquer :

— Tu sembles avoir développé ton ouïe de manière très efficace, pour quelqu'un qui n'est pas aveugle de naissance.

Elles échangèrent les bobines. Enys attacha rapidement son fil au fuseau vide. Anne constata, sur celui qu'elle venait de récupérer, la finesse et la régularité de son travail.

— Tu files remarquablement bien, la complimenta-t-elle.

Le visage d'Enys s'éclaira.

— Merci ! J'aime savoir que je peux encore être utile. Ma mère était désespérée quand ma vue n'est pas revenue.

Avec une grimace, elle ajouta :

— L'homme que je devais épouser a choisi ma cousine.

Anne secoua la tête.

— Manifestement, il ne t'a pas vue filer.

Les marchands étaient prêts à payer un bon prix pour un fil aussi fin et régulier. La qualité d'une étoffe dépendait avant tout de la matière première utilisée. À Londres, les fileuses les plus douées étaient convoitées. Elles n'avaient pas besoin de dot, leur talent suffisait. Le vent de modernité qui soufflait sur le monde rendait possible une telle ascension. Certaines familles d'artisans ou de commerçants amassaient des fortunes comparables à celles de la noblesse.

Prenant place sur le banc de cardage, Anne se mit au travail. L'ambiance amicale qui régnait ici la changeait des regards hostiles qu'elle s'attirait partout ailleurs dans le château. En l'entendant carder la laine, Enys pencha de nouveau la tête. Elle s'étonnait que la châtelaine se joigne ainsi à elle.

— Ne t'inquiète pas, lança Anne d'un ton morose. Un jour ou l'autre, le mariage finit toujours par tomber sur chacune de nous.

— À vous entendre, commenta Enys, il semble vous avoir prise au dépourvu.

Anne soupira en se coulant dans le rythme familier et apaisant de la besogne à accomplir.

— Oui, reconnut-elle. Je dois l'admettre.

Il était stupéfiant de constater à quel point elle avait changé en une semaine. La jeune fille qui chaque matin assistait au réveil de Philipa lui semblait une étrangère à présent.

Enys se remit à chanter, entonnant une douce ballade qui parlait de printemps. Tandis que ses bras s'activaient à carder la laine, Anne se surprit à battre du pied la mesure.

Dans les profondeurs sauvages de l'Écosse

— Maudits soient ces raids punitifs ! maugréa Brodick. J'en ai assez !

— Dis plutôt que tu es pressé de rejoindre ta femme.

Brodick tourna la tête vers son frère. Dès qu'il eut aperçu l'expression de son visage, Cullen se rembrunit et décocha un coup de pied dans une pierre.

— Bon sang ! marmonna-t-il. Pourquoi a-t-il fallu que tu tombes amoureux ? Ce n'est même plus drôle de t'asticoter avec ça... Comment vais-je m'amuser, moi, maintenant ? Je pensais qu'il s'agissait juste de te marier, pas d'offrir ton cœur à une femme...

— Je ne suis pas amoureux, protesta Brodick.

— À d'autres.

Cullen assortit sa réplique d'un juron en gaélique et ajouta, les mains sur les hanches :

— Veux-tu que je te répète ce que tu as braillé pour que la moitié de la garnison l'entende, hier soir ? Si ce n'est pas tomber amoureux, je ne sais pas ce que c'est.

Brodick contint sa colère. Il ne servait à rien de nier. Il avait effectivement élevé la voix afin que nul ne puisse ignorer dans le château ce à quoi il avait été occupé avec Mary dans l'écurie. En fait, c'était la frustration de devoir rester loin d'elle, bien plus que la remarque de Cullen, qui le mettait en colère. En laissant son regard s'attarder sur les carcasses noircies de trois masures incendiées, il se mit à jurer de plus belle.

— Ils se cachent dans les collines, intervint Druce, le visage sombre. Aucun doute là-dessus.

— Aucun doute, approuva Brodick.

Ce qui signifiait qu'il allait devoir se lancer dans une traque incertaine qui pouvait durer longtemps. Une chose était sûre : ils ne pouvaient rentrer à Sterling tout de suite. Les maisons d'autres malheureux seraient détruites s'il ne faisait rien pour y mettre bon ordre. Le premier devoir d'un laird était de protéger les siens. Chacun de ses hommes acceptait de le servir en échange de cette assurance. En tant que chef des McJames, il lui revenait de défendre coûte que coûte les terres du clan.

En dépit de la frustration qu'il ressentait, Brodick marcha vers sa monture avec un regain de courage.

La raison en était simple : une femme magnifique l'attendait à Sterling. Son épée ne tremblerait pas.

— Allons faire payer ces scélérats ! hurla-t-il.

Des hourras enthousiastes s'élevèrent. À sa suite, les hommes se mirent en selle. Une détermination inébranlable se lisait sur leurs visages.

Brodick éperonna son étalon.

9

Sterling

Le printemps finit par éclater dans toute sa gloire. D'un coup, l'hiver desserra son emprise et les membres du clan McJames redoublèrent d'activité. La saison des labours et des semailles avait commencé. Tous les bras disponibles étaient mis à contribution. Avec le beau temps revenu, il ne restait plus qu'Enys dans la salle de cardage et de filage.

Les jours s'ajoutèrent aux jours, les semaines aux semaines, sans que le retour du laird soit annoncé. Anne s'occupait aux côtés d'Enys, heureuse d'échapper ainsi aux autres habitants du château. Helen, toujours retenue chez sa fille à Perth, lui manquait terriblement.

« Un peu d'honnêteté, se morigéna Anne. C'est Brodick qui te manque. »

À n'en pas douter, il devait y avoir un fond de luxure en elle. Comment expliquer autrement que tous ses rêves soient hantés par le souvenir de leurs nuits d'amour passionnées ? Dans son sommeil, Anne voyait le visage de Brodick, entendait sa voix, et sentait même parfois ses mains sur son corps. Tout s'écroulait au réveil lorsqu'elle s'apercevait, brûlante de désir, qu'elle était seule dans son lit. Une telle obsession ne pouvait être que le fruit du péché.

Les ombres s'allongèrent tandis qu'un autre jour tirait à sa fin. Anne prit une profonde inspiration afin de calmer ses nerfs. Elle en était arrivée à détester la nuit. Manger dans la grande salle avec les autres était devenu si pénible qu'elle avait fini par y renoncer. Elle passait en fin de repas, après tous les autres, et récupérait sur les tables ce qu'elle pouvait. Les servantes se comportaient avec elle avec plus d'effronterie encore.

En tant que châtelaine, elle aurait dû y mettre bon ordre, mais le courage lui manquait de leur imposer sa volonté. Elle n'avait aucune légitimité. Peut-être même les servantes percevaient-elles sa culpabilité. Les nobles étaient placés au-dessus du commun des mortels. Dieu le voulait ainsi, et ceux qui bénéficiaient de cette préséance entendaient bien la faire respecter. Mais elle ? Valait-elle mieux que les servantes qui lui battaient froid ?

Alors, elle acceptait la situation sans broncher. Certains jours, elle allait rejoindre Enys pour carder et filer la laine. Le reste du temps, elle s'appliquait à rectifier à ses mesures la garde-robe de Mary, que l'on avait fini par déposer dans sa chambre sans y avoir touché. Ce travail humble et tranquille s'accordait à son humeur.

Hélas, les heures passées en solitaire encourageaient son esprit à se focaliser sur Brodick. Alors qu'elle maniait l'aiguille, tenter de bannir de telles pensées se révélait impossible. La solitude pesait sur ses épaules tel un lourd manteau. Anne pensait également souvent à sa famille. Bonnie aurait quinze ans cet été-là, et serait assez vieille pour subir ce mariage dont Philipa l'avait menacée. En y songeant, Anne frissonna et sentit la nausée lui soulever l'estomac.

Le feu s'était depuis longtemps éteint dans sa chambre, et nul ne s'était donné la peine de le rallumer. Anne enfila sa cape pour ne pas attraper froid. Elle n'avait jamais bénéficié, à Warwick Castle, d'un feu allumé juste pour son bon plaisir. Et puisqu'elle était destinée à y retourner, autant ne pas s'habituer à un confort qu'elle devrait laisser derrière elle.

La réaction de Brodick lorsqu'il découvrirait qu'elle n'était pas Mary l'inquiétait. La gorge serrée par l'angoisse, elle tourna le dos au lit et ferma les yeux. À n'en pas douter, il serait furieux.

Chaque moment de tendresse qu'ils avaient partagé s'envolerait comme poussière au vent dès qu'il apprendrait la vérité. Elle redoutait cet instant, mais ne voyait aucun moyen d'y échapper. Contrairement à Philipa, Anne n'imaginait pas une seconde que Brodick ne se rendrait compte de rien, une fois que Mary reprendrait sa place. La seule chose qui demeurait incertaine, c'était de savoir qui de Mary ou d'elle se trouverait en sa présence pour subir sa colère quand la conspiration serait dévoilée.

Une nouvelle semaine passa. Et plus d'un jour s'écoula sans qu'elle ait parlé à quiconque. Elle aurait fort bien pu n'être qu'un fantôme se glissant dans les corridors du château à l'insu de tous.

Elle en arrivait presque à bénir le fait que Philipa l'ait cantonnée au rôle de domestique. Ainsi, étant donné que nul ne voulait plus la servir, il ne lui était pas difficile de veiller elle-même aux détails de la vie quotidienne. Qui plus est, demeurer occupée constituait une bénédiction. Au moins, lorsqu'il lui fallait laver ses draps et ses vêtements, elle ne se faisait pas un sang d'encre en songeant à ce qui avait pu arriver à sa famille.

Sa mère était-elle même encore de ce monde ?

Cette question la taraudait. Philipa détestait Ivy. Après tant d'années passées à cultiver sa haine, son âme devait être noire de pourriture. Ayant eu le culot de mettre sur pied une telle machination, la châtelaine de Warwick pouvait fort bien aussi tenter de se débarrasser de sa rivale. Peut-être même s'y était-elle employée dès l'instant où Anne avait quitté le château. Elle n'avait aucun moyen de le savoir. Enfermée à Sterling, il lui était impossible de contacter son père.

Même le temps printanier ne parvenait pas à dissiper son humeur sombre. Le soleil avait beau briller alors qu'elle tirait de l'eau à la rivière pour faire sa lessive, elle se sentait tremblante et glacée. Elle avait toujours l'estomac barbouillé et ne pouvait rien digérer d'autre qu'un peu de pain, et même ces maigres repas avaient du mal à passer.

Anne finit par s'installer dans une routine bien établie. Elle se levait avec le soleil et se couchait avec lui. Les bougies dans sa chambre avaient fondu depuis longtemps, et elle ne voyait pas l'utilité de chercher à s'en procurer d'autres. Cela aurait été du gaspillage, et il ne lui fallait pas prendre une telle habitude. Qui pouvait prédire où elle se trouverait et quelle serait sa condition au printemps suivant ?

À n'en pas douter, Brodick se débarrasserait d'elle aussitôt qu'il aurait découvert le pot aux roses. Une larme déborda de ses paupières, qu'elle essuya d'une main rageuse. Pleurer ne servait à rien.

Pourtant, elle ne pouvait endiguer le flot de regrets qui la submergeait. Brodick était un homme bon, qui traitait sa femme avec gentillesse et respect, et avec plus de tendresse que beaucoup d'hommes. Même si les servantes l'avaient prise en grippe pour une raison qui lui échappait, la vie à Sterling offrait de nombreux attraits. Si elle s'y était sentie chez elle, elle aurait fait en sorte de reprendre en main la domesticité. Hélas, elle savait ne pas être la véritable châtelaine. Au mieux, elle pouvait se considérer comme la maîtresse du laird, mais cela prendrait fin dès que celui-ci aurait connaissance de la duperie imaginée par Philipa.

Dans sa chambre glaciale, Anne dormait souvent dans sa cape. Une fois au lit, sa toile épaisse lui offrait une chaleur suffisante. Si seulement son cœur avait pu lui aussi profiter de ce réconfort... Mais c'était sans doute beaucoup trop demander.

Brodick se fichait que son frère puisse se moquer de lui. Il était heureux de rentrer à Sterling et ne craignait pas de le montrer. Ce n'était pas la première fois qu'il passait un mois en expédition, et ce ne serait sans doute pas la dernière. Mais ce soir-là, chevaucher en suivant la lune pour rentrer chez lui prenait une saveur particulière. Songer à la femme qui attendait son retour suffisait à enflammer son esprit et à lui faire battre le cœur.

Du coin de l'œil, il vit que Cullen l'observait.

— Pas de pique assassine ? s'étonna-t-il. Tu es sûr de ne pas être malade ?

Cela ne fit même pas sourire son frère.

— Je dois avouer que je t'envie, maugréa-t-il.

Druce, qui avait surpris leur conversation, se porta à leur hauteur et plaisanta :

— Ai-je bien entendu ? Était-ce Cullen McJames, le bourreau des cœurs, qui admettait voir quelque utilité dans le mariage ?

Cullen foudroya leur cousin du regard et répliqua :

— J'ai toujours vu l'utilité de la dot, mais je n'avais pas songé à celle d'avoir une femme qui attend à la maison le retour de son mari. C'est cela que je lui envie. Moque-toi si tu veux, mais tu n'as toi non plus personne qui t'attend chez toi en priant pour que tu reviennes.

Druce se rembrunit.

— Peut-être, admit-il de mauvaise grâce. Je pourrais finir par voir l'intérêt pour un homme de se marier, en effet.

Brodick, lui, était en train de se demander si Mary lui avait consacré ses prières. Jusqu'à présent, seule sa mère avait fait cela pour lui.

Son visage s'empourpra tandis qu'une certaine partie de son anatomie se dressait sous son kilt. Savoir si Mary avait rêvé de lui la nuit, dans son lit vide, l'intéressait bien davantage. Quant à lui, il ne s'était pas écoulé une nuit sans qu'il pense à elle.

— Eh bien, je serai reconnaissant à celui de vous deux qui attrapera la fille de McQuade et l'apprivoisera, lança-t-il. Ainsi, je n'aurai plus besoin de faire la chasse à ses hommes à travers nos terres.

— Bronwyn McQuade ? s'exclamèrent Cullen et Druce dans un bel ensemble.

Cullen afficha une moue dégoûtée.

— Tu es dur avec nous, frère ! Bronwyn est une mégère. Elle doit être moins commode qu'un serpent !

Druce eut un petit rire et renchérit :

— J'ai entendu dire que son joli minois est un leurre qu'elle agite devant les hommes avant de leur infliger son tempérament de furie...

— Aucun de nous ne s'est jamais trouvé dans la même pièce qu'elle, tempéra Brodick. Ce pourrait n'être qu'une fable.

— Je n'ai quant à moi aucune intention de le vérifier.

Druce paraissait ferme dans son opinion.

— Je veux une douce épouse qui m'attende sagement dans mon lit, enchaîna-t-il. Je n'ai pas envie d'avoir à livrer chaque nuit une bataille épique.

Brodick haussa les épaules.

— Nombreux sont ceux à m'avoir mis en garde contre ma propre femme, dit-il. En prétendant que les Anglais élèvent leurs filles pour en faire de faibles et capricieuses créatures.

Ses yeux se posèrent sur la première des tours de Sterling qui venait d'apparaître à l'horizon, puis il conclut :

— Je suis humblement reconnaissant à mon épouse de m'avoir prouvé le contraire.

Sur ce, Brodick éperonna sa monture et bondit en avant.

Pensifs, Cullen et Druce le regardèrent s'éloigner au galop.

— Un tel enthousiasme n'est pas normal chez un homme marié.

Cullen n'était pas aussi sûr de lui qu'il aurait aimé le paraître.

— C'est peut-être nous qui sommes à plaindre, suggéra Druce. De n'avoir personne pour nous rendre si impatients de rentrer chez nous.

Cullen arqua un sourcil.

— Cela signifie-t-il que tu envisages d'enlever la fille McQuade ?

— *Naye !*

Cette dénégation parut à Cullen trop rapide et trop véhémente.

— « *Naye* » ? répéta-t-il d'un air amusé. Tu ne m'ôteras pas de la tête que l'idée t'a séduit.

Druce eut un rire moqueur et répondit :

— Je te laisserai prendre les devants. Je veux être sûr que le monstre a été nourri avant de m'aventurer à portée de ses griffes.

— C'est vrai, se rengorgea Cullen. J'oubliais que tout le monde n'est pas doté d'un courage aussi phénoménal que le mien.

Deux hommes, qui chevauchaient non loin d'eux et n'avaient rien perdu de leur échange, se mirent à rire aux dépens de Druce. Vexé, celui-ci pointa l'index vers la poitrine de son cousin :

— Il me tarde de te voir t'y casser les dents ! Tu ne seras pas le premier homme qu'elle renverra dans ses pénates, tout penaud, la queue entre les jambes.

Cullen se rembrunit. Tout sourire, Druce profita de son avantage.

— Ton courage n'est peut-être plus aussi phénoménal qu'il l'était ?

D'autres rires s'élevèrent, plus nombreux, attisant la colère de Cullen.

— Nous verrons, marmonna-t-il.

— « Nous verrons » ? triompha Druce. Il me tarde en effet de voir ça !

Sans lui répondre, Cullen éperonna sa monture et prit les devants. Son frère avait raison : épouser Bronwyn suffirait à régler nombre de problèmes.

Sous les airs désinvoltes de Cullen se cachait un homme fidèle à son clan, qui avait été élevé dans le même sens du devoir que Brodick. Prendre femme pour le bien des McJames, tel était son destin, et dans cette perspective, Bronwyn McQuade constituait un choix judicieux...

Du moins, s'il parvenait à l'approcher sans se retrouver aussitôt pendu à une branche par son père et ses frères. Tel était le véritable danger. La courtiser et gagner ses faveurs ne serait qu'une formalité.

Elle n'était pas encore née, la femme capable de résister à son charme...

Les cloches n'annoncèrent pas son retour.

Brodick avait ordonné que cette coutume soit suspendue à la mort de son père. Il ne se sentirait digne de cet honneur que lorsqu'il aurait fait ses preuves en tant que laird.

Ce fut avec une certaine fierté qu'il passa les portes de la forteresse. La fatigue et l'inconfort des cinq semaines qui venaient de s'écouler s'effacèrent quand il put goûter à l'ordre et au calme qui régnaient dans la cour de Sterling. Les sentinelles veillaient sur le chemin de ronde, les torches maintenaient une clarté suffisante le long des murailles, et les habitants du château dormaient en paix.

Garantir cette paix, tel était le devoir des McJames.

Après avoir mis pied à terre, il flatta l'encolure de son étalon avant de le laisser à un garçon d'écurie. Celui-ci parut étonné, car le laird prenait habituellement soin de sa monture lui-même.

— Occupe-toi bien de lui et tu auras droit à une récompense, promit Brodick.

Un grand sourire illumina le visage du gamin.

— Je serai comme une mère pour lui, assura-t-il.

Les hommes de Brodick s'engouffrèrent dans la cour en poussant des cris de joie. Des lumières s'allumèrent aux fenêtres de la tour tandis que les familles s'éveillaient. Brodick leva les yeux vers celles de la chambre dans laquelle dormait sa femme, qui demeuraient obscures. Loin de le décourager, cela ne fit au contraire que lui donner l'envie de la réveiller.

Mais alors qu'il allait s'engager dans l'escalier, il se figea en percevant l'odeur de lavande dégagée par les chandelles. Lui-même ne sentait pas la rose, ce qui le fit changer de direction pour se diriger vers la salle d'eau. L'érection qui ne le laissait pas en paix sous son kilt devrait attendre qu'il se soit débarrassé de la puanteur du voyage. Sa femme avait un joli petit nez qu'il ne voulait pas voir se froncer de déplaisir par sa faute.

À la cuisine, où l'on s'activait déjà, Bythe et ses aides l'accueillirent en souriant. Plusieurs de ses hommes avaient déjà rejoint leurs familles et la joie se répandait comme une onde dans les recoins les plus reculés du château.

— Bythe ! lança-t-il gaiement. J'ai grand besoin d'un bain, et je me fiche qu'il soit glacé comme une vieille fille.

— *Aye*, milord. L'eau ne sera pas chaude. Les feux n'ont pas été ranimés.

Elle se tordait les mains en jetant des regards gênés autour d'elle.

— Peu m'importe, assura-t-il. Aucune raison de t'en faire pour ça. Envoie l'eau telle qu'elle est.

L'une des servantes l'accompagna dans la salle d'eau avec une chandelle et alluma celles qui éclairaient la pièce. Elle se hâta ensuite de s'éclipser après une brève révérence.

L'eau du bain se mit à couler dans le conduit et jusque dans la cuve dans un bruit réjouissant. Brodick se défit de ses vêtements, ravi d'avoir retrouvé les conforts de la civilisation. À trente-quatre ans, il ne lui déplaisait pas de laisser aux plus jeunes les rudes plaisirs de la vie au grand air. Quant à lui, il préférait désormais la chaleur du foyer.

En s'installant dans la cuve, il saisit un pain de savon fabriqué sur ses terres. Aucune senteur fleurie ne s'en dégageait, juste une agréable odeur de cire d'abeille. Sans s'attarder, il commença à se savonner, pressé de rejoindre sa femme au lit.

Il était un peu déçu qu'elle ne soit pas venue l'accueillir, mais il chassa résolument cette pensée. Sa chambre était à l'écart, dans les hauteurs. Puisque son arrivée n'avait pas été annoncée, il ne devait pas s'étonner qu'elle ne se soit pas réveillée. Il comprit soudain pourquoi son père avait institué cette tradition de faire sonner les cloches à son retour…

— Votre linge, milord.

Ginny venait d'apparaître sur le seuil. Mal à l'aise, elle gardait les yeux fixés sur le sol. Elle ne les releva pas en allant déposer sur un tabouret un linge et une chemise.

— Si ma femme se réveille, ordonna-t-il en se rinçant, dites-lui de venir me voir.

En voyant la jeune fille avaler sa salive à grand-peine et fuir la pièce comme s'il était le diable en personne, Brodick haussa les épaules. Peu lui importait de savoir ce qui motivait cet étrange comportement. La seule femme qu'il se devait de chercher à comprendre était la sienne, et il allait s'en faire un devoir autant qu'un plaisir.

Il faisait froid dans la chambre quand il la rejoignit enfin. Aucune source de lumière n'y brillait. En jetant un coup d'œil à l'âtre, il le découvrit vide et fut assailli par une vive inquiétude. Il manquait même dans la pièce l'odeur de la fumée, ce qui laissait à penser qu'aucun feu n'y avait été allumé depuis des jours. Les rideaux n'avaient pas été tirés comme ils auraient dû l'être pour garder la chaleur, permettant au clair de lune et aux veilleuses de la cour d'éclairer chichement les lieux. Il n'en aurait pas été autrement si la chambre avait été inoccupée.

En constatant tout cela, Brodick sentit son cœur se glacer. Avec une appréhension grandissante, il gagna le lit dont les tentures étaient tirées, sauf au pied où elles étaient entrouvertes et ne laissaient voir que ténèbres. Mary s'était-elle enfuie pour retourner chez son père ?

Brodick écarta vivement les tentures et poussa un soupir de soulagement en découvrant une forme allongée sous les couvertures. Ses jambes le trahirent soudain et il dut s'asseoir au bord du lit, ce qui eut pour effet de réveiller sa femme.

— La maîtresse veut-elle encore quelque chose ?

À demi redressée dans son lit, Mary semblait en proie à la confusion. Ses paroles n'avaient aucun sens.

— Vous voulez parler de la reine ? s'étonna-t-il. Quand je me suis rendu à la cour, il ne m'a pourtant pas semblé que ses suivantes l'appelaient ainsi...

— Milord ?

Anne plissa les yeux pour distinguer la forme massive assise au bord de son lit, que quelques lueurs éclairaient à contre-jour. Elle tendit le bras pour s'assurer qu'il s'agissait bien de Brodick. Elle avait besoin de le toucher, de sentir sa chair ferme et chaude sous ses doigts. Elle avait l'impression que cela faisait une éternité qu'il était parti.

— Je croyais vous avoir demandé de m'appeler par mon prénom quand nous sommes au lit, lui reprocha-t-il gentiment. Vous deviez être en train de rêver.

Brodick vint s'allonger près d'elle. Le lit tangua et les tentures s'agitèrent telles les voiles d'un navire en mer. Sa silhouette était impressionnante dans le noir, mais il s'était exprimé d'une voix pleine de tendresse.

Anne soupira de plaisir en sentant ses bras se refermer autour d'elle en une solide étreinte qui la fit frissonner. Cette nuit encore, elle en avait rêvé.

— Brodick… murmura-t-elle en lui caressant les épaules.

— Encore ! ordonna-t-il d'une voix rauque.

Anne fit remonter ses doigts le long de son cou, jusqu'à ses cheveux bouclés et humides avec lesquels elle joua.

— Bienvenue à la maison, Brodick.

Il captura sa bouche pour un ferme baiser. Anne s'agrippa à ses épaules. Ses lèvres incitaient les siennes à s'offrir, à s'ouvrir. Il semblait s'en abreuver comme d'un enivrant nectar.

— Dans quoi dormez-vous donc ? s'enquit-il soudain en mettant un terme au baiser.

Anne tenta de l'attirer à elle, mais il la repoussa.

— Vous gardez votre cape pour dormir ? s'exclama-t-il.

— Elle me tient chaud quand vous êtes loin de moi.

Ses mains cessèrent de palper le vêtement et vinrent se presser autour du visage d'Anne. De nouveau, il se pencha lentement vers elle. Elle sentit son souffle sur ses lèvres.

— Ah, *lass* ! soupira-t-il. Vous me faites tourner la tête avec vos flatteries.

Il entreprit de lui enlever la cape. Puis il la souleva pour attraper l'ourlet de sa chemise.

— Vous n'en avez plus besoin, assura-t-il. Je promets de vous tenir chaud.

Un nouveau baiser la réduisit au silence. Elle tendit les bras, pressée de le sentir contre elle. La solitude qui avait été sienne durant le mois écoulé lui avait paru durer une éternité. Le corps de Brodick était chaud, rassurant, solide : tout ce qui lui avait manqué.

Elle répondit avec urgence à son baiser. La langue de Brodick cherchait effrontément la sienne, plongeait au fond de sa bouche. Anne agrippa à pleines mains ses cheveux, peigna avec ses doigts ses mèches mouillées. Rien que cela suffisait à lui procurer de douces sensations. À chaque inspiration, son odeur exquise s'insinuait un peu plus en elle, achevant de lui confirmer qu'elle n'était plus seule – et qu'elle n'aurait plus froid.

Anne sentait son sang s'échauffer dans ses veines et chasser l'engourdissement qui avait gagné jusqu'à son cœur. Son épiderme semblait s'éveiller comme la campagne au printemps sous les rayons bienfaisants du soleil. Leurs jambes se mêlèrent et elle caressa ses mollets avec la plante de ses pieds. La vague de chaleur qui déferlait en elle convergea vers son ventre. Une main ferme et chaude emprisonna l'un de ses seins.

— Comme vous m'avez manqué !

Rauque et impatiente, la voix de Brodick était un pur délice à ses oreilles. Du bout de son pouce, il caressa le mamelon dressé, lui arrachant un gémissement.

— Vous ai-je manqué aussi ?

C'était d'une voix sourde, comme s'il redoutait sa réponse, qu'il lui avait posé la question.

— Oui ! répondit-elle sans hésiter. Énormément.

Brodick pencha la tête et aspira le mamelon entre ses lèvres. De la pointe de la langue, il commença à le titiller sans merci. Elle laissa fuser un gémissement et s'arc-bouta sur le lit afin de mieux s'offrir.

Au bout d'un moment, il délaissa sa proie et souffla doucement sur la peau humide, la faisant frissonner.

— Appelez-moi par mon prénom, *lass*, la pressa-t-il. Si vous saviez combien j'en ai rêvé !

Anne était prête à faire tout ce qu'il voulait, du moment qu'il ne renonçait pas à embrasser ses seins.

— Brodick, dit-elle dans un souffle.

Le sien se fit court et il répéta :

— Encore !

Les doigts qui caressaient son sein l'abandonnèrent pour plonger vers son entrejambe.

— Bienvenue à la maison, Brodick.

— *Aye*... murmura-t-il, satisfait. C'est bien ce que vous êtes. Une femme aimante pour m'accueillir dans mon lit à mon retour.

Du bout des doigts, il effleura les boucles de son pubis. Anne cambra les reins de plus belle, les muscles tendus dans l'anticipation de ce qui allait suivre.

— Je me demande cependant encore une chose, reprit-il. Jusqu'à quel point vous sentez-vous accueillante ?

L'un de ses doigts se lova dans sa fente, l'ouvrant à ses caresses et titillant son clitoris. Un râle de plaisir fusa de ses lèvres tandis qu'un flot de sensations déferlait en elle, libre et sauvage, creusant au plus secret de son corps un vide insupportable.

— Très accueillante, oui, approuva-t-il. Mais pas aussi déchaînée que je vous sais pouvoir l'être.

Brodick la taquinait, mais Anne s'en fichait. Du bout de l'index, il encerclait son clitoris en une caresse aussi insistante qu'irrésistible. N'y tenant plus, elle écarta largement les cuisses, découvrant les plis de son intimité. Il en profita pour laisser descendre son doigt le long de ses lèvres gonflées, jusqu'à l'ouverture de son sexe, sans cesser de la caresser. Le sentir s'insinuer brièvement en elle lui arracha un cri de plaisir.

— Voilà qui est mieux, se réjouit-il. Je dois avoir trouvé votre feu secret. Reste à l'attiser.

Il immisça son doigt profondément en elle. Anne roula des hanches pour mieux le recevoir. Son corps était prêt à l'accueillir, il n'avait opposé aucune résistance à cette pénétration.

— Un homme ne peut rêver femme plus accueillante, renchérit-il dans un grondement sourd.

Ses taquineries la rendaient folle. Il se tenait trop loin d'elle. Elle voulait sentir son corps peser lourdement sur le sien, sa peau réchauffer la sienne.

— Venez à moi, mon amour.

Cette voix sensuelle, implorante, était-ce la sienne ? Elle ne l'avait pas reconnue.

— *Aye !*

Son doigt se retira, et aussitôt après il la couvrit de son corps. Comme d'elles-mêmes, les jambes d'Anne se verrouillèrent autour de sa taille. Elle s'ouvrait grand à lui et il la pénétra sans attendre, dilatant le fourreau lubrifié de son sexe. Elle souleva les hanches pour mieux s'offrir en gémissant de plaisir. Ses muscles intimes enserraient la hampe de chair durcie. Son clitoris vibrant implorait le moindre contact.

— Je ne pourrais me sentir mieux accueilli, susurra-t-il.

Ses paroles attisaient le feu qui couvait entre eux, la rendaient plus impatiente encore.

Avec une éprouvante lenteur, Brodick se retira, ne laissant en elle que son gland. Et lorsque, d'un puissant coup de reins, il la pénétra de plus belle, elle l'accompagna en se projetant à sa rencontre.

Anne poussa un cri de plaisir. Un long frisson parcourut tout son corps, sur lequel perlait un voile de sueur. Elle se sentait à cran, brûlante. C'était presque trop. De tout son être, elle aspirait à cette étreinte. Désespérément, elle agrippa les biceps de Brodick. Ses doigts s'enfoncèrent dans les muscles saillants.

— C'est bien, *lass*, l'encouragea-t-il. Accrochez-vous à moi. Jamais je ne vous laisserai tomber.

Il se fit aussitôt un devoir d'honorer cette promesse. Sur un rythme soutenu qui ébranla le sommier de corde, il se mit à aller et venir en elle. Les cris d'Anne s'envolaient vers le ciel tandis que le plaisir la submergeait. Au-dessus d'elle, dressé sur ses avant-bras, Brodick grondait sourdement entre ses dents serrées.

Le rythme se fit plus rapide encore. À chaque assaut, son sexe plongeait jusqu'à la garde dans le sien. Le plaisir d'Anne se focalisait autour de ce lien de chair qui les unissait. Elle le sentit se cabrer en elle dans un dernier coup de boutoir qui lui ôta le souffle, et la jouissance les emporta tous les deux.

Quand Anne finit par reprendre ses esprits, Brodick la serrait tout contre lui.

— J'ai bien envie, à l'avenir, de m'absenter un peu chaque jour, murmura-t-il. Juste pour pouvoir rentrer et avoir le plaisir d'être accueilli par vous ainsi.

Anne s'abstint de s'appesantir sur le fait que ce bonheur serait bien plus court qu'il ne l'imaginait. Amoureusement, elle se lova contre lui, ferma les yeux et soupira de bien-être. Alors que la nuit engloutissait le reste du monde, elle se sentait le droit d'apprécier ce qui s'offrait à elle.

Pour l'instant c'était elle, et nulle autre, que Brodick désirait.

La chambre n'était pas chauffée.

Brodick s'accroupit devant l'âtre et passa la main sur les cendres froides, le visage renfrogné. Il était facile de deviner qu'aucun feu n'avait brûlé dans cette cheminée depuis une semaine, voire plus. Son regard se porta sur le lit, dans lequel Mary dormait encore, blottie dans les couvertures. Un doute s'insinuait en lui.

En se redressant, il alla examiner un candélabre, puis l'autre. Des bougies qui les avaient garnis, il ne restait qu'une mèche noircie et rabougrie dans un peu de cire.

Rapidement, sa consternation fit place à la fureur lorsqu'il constata, en faisant le tour de la chambre, que d'autres tâches avaient été négligées en son absence. Savoir que Mary en avait été réduite à dormir dans sa cape pour ne pas périr de froid ne faisait qu'attiser sa rage. Il était un McJames, et tant qu'il lui resterait un souffle de vie, il ne permettrait pas que sa femme manque de quoi que ce soit.

Par une fenêtre, il remarqua que l'horizon se colorait de rose. L'aube était proche. Alors qu'il reportait son attention sur le lit, il vit que Mary s'éveillait. Elle s'étira, partit à tâtons à sa recherche sous les draps, se figea en ne le trouvant pas.

Brodick sentit sa gorge se serrer.

La jeune femme battit un instant des paupières, avant d'ouvrir les yeux. Elle redressa la tête et laissa son regard balayer la pièce. Sur son visage, il découvrit alors l'expression la plus étonnante qu'il eût jamais vue : une expression de… manque. C'était bien là ce qu'il avait convoité en prenant femme, mais la réalité était plus précieuse qu'il ne l'avait imaginé.

Puis leurs regards se croisèrent.

Anne tenta sans y parvenir de réprimer un gémissement. En découvrant que Brodick l'observait, elle se redressa en position assise dans le lit. Son soulagement de le voir était tel qu'elle ne tenta même pas de le lui dissimuler. Mais, en réponse au sourire qu'elle lui adressa, il la fixa de ses yeux sombres et demanda :

— Pourquoi n'y a-t-il pas de chandelles ici ?

Incapable de soutenir son regard plus longtemps, Anne détourna les yeux. Pour rien au monde elle n'aurait voulu causer du tort à qui que ce soit. Elle avait espéré qu'il s'en irait à l'aube, donnant ainsi une chance aux servantes de remettre les choses en ordre dans la chambre. Hélas, la chance ne semblait pas de leur côté ce matin-là.

— Ce n'est rien, répondit-elle faiblement.

Anne se leva et entreprit de s'habiller en luttant contre la nausée qui l'assaillait, mais son inquiétude était si grande que celle-ci ne fit qu'empirer. Sans réfléchir à ce qu'elle faisait, elle tira d'un linge le reste d'un quignon de pain qu'elle grignota sans appétit, uniquement pour ne pas vomir.

Brodick la regarda faire en écarquillant les yeux.

— Vous mangez ici également ? s'étonna-t-il d'une voix blanche. Avec du pain sec pour calmer votre faim ? Pas étonnant que vous ayez maigri.

Son visage figé par la colère faisait peur à voir.

— Où se trouve Helen ? reprit-il. J'ai quelques questions à lui poser.

D'un pas décidé, il gagna la porte et l'ouvrit à la volée.

— Helen ! cria-t-il.

Sa voix forte alla rebondir dans l'escalier.

— Elle n'est pas ici, s'empressa d'expliquer Anne. Sa fille a accouché la nuit où vous êtes parti. Elle est à Perth.

En se retournant vers elle, Brodick répliqua vivement :

— Alors, qu'a fabriqué Ginny ? Il ne manque pas de servantes, à Sterling. Helen ne se serait pas absentée sans veiller à ce que quelqu'un la remplace. Elle sert ici depuis trop longtemps pour commettre une telle erreur.

— Je n'ai pas besoin de me faire dorloter.

— De vous faire « dorloter » ? répéta-t-il, sidéré. Même les garçons d'écurie dans ce château ont le droit d'avoir chaud et d'y voir clair ! Est-ce vous qui avez demandé à Ginny de ne plus s'occuper de vous ?

Brodick n'attendit pas qu'elle lui réponde. Anne n'avait pas fini de boutonner son corsage qu'il secouait déjà la tête d'un air désapprobateur.

— Au fond, peu importe ! reprit-il. De toute façon, elle n'aurait pas dû vous obéir si vous lui aviez donné un ordre aussi insensé. Il ne fait pas assez chaud à cette époque de l'année pour se passer de feu dans les étages. Ginny connaît Sterling mieux que vous. Une telle négligence est impardonnable.

Avant qu'elle ait pu le retenir, il sortit en trombe de la chambre. Anne se lança à sa poursuite en cherchant un moyen de désamorcer sa colère. Réprimander celles qui l'avaient ignorée en son absence n'allait pas les rendre mieux disposées à son égard. Elle refusait de recevoir, comme Philipa, une allégeance de façade pendant que les ragots se déchaînaient en cuisine.

— Milord, plaida-t-elle derrière lui, il faut du temps pour se faire accepter. Vous devez vous calmer.

Au bas de l'escalier, Brodick se figea et fit volte-face, atterré par ses paroles.

— Que dites-vous ? s'insurgea-t-il. Il n'est pas question de vous « accepter » ou pas. Vous êtes ma femme !

Il marqua une pause pour se reprendre, avant d'ajouter :

— Ce n'est pas que votre opinion m'importe peu, mais il y va de votre santé. Je ne peux faire comme si de rien n'était. Ma réaction serait la même si je découvrais que mes garçons d'écurie ont subi un tel traitement. Sauf que découvrir mon épouse obligée de dormir dans sa cape pour ne pas périr de froid décuple ma colère.

— N'oubliez pas que je ne suis pas en sucre et que je suis anglaise. La cape m'a tenu chaud, je n'étais pas dans l'inconfort. Et il existe entre nos deux peuples des siècles de méfiance.

Brodick se raidit, comme s'il luttait pour ne pas exploser de rage. Un muscle se contracta sur sa mâchoire.

— C'est vous qui ne comprenez pas, répliqua-t-il. C'est vous, ma douce épouse, qui ne devriez pas défendre celles qui me couvrent de honte pendant que je suis au loin pour protéger notre clan et ce château.

Il lui prit la main et l'entraîna derrière lui, marchant si vite qu'elle dut presser le pas pour le suivre. À l'entrée de la grande salle, son cousin Druce les regarda approcher, une expression inquiète sur le visage.

— Milord ! s'écria-t-elle en désespoir de cause. Bien d'autres sujets ont plus d'importance.

Sans lui répondre, Brodick s'arrêta devant Druce et lui ordonna :

— Retiens ma femme, veux-tu ? J'ai quelques comptes à régler en cuisine hors de sa présence.

— Brodick...

Sans lui laisser le temps de poursuivre, il la poussa dans les bras de son cousin. Une rage implacable déformait ses traits : cette même rage à laquelle Anne redoutait d'être confrontée lorsqu'il découvrirait sa véritable identité.

— Vous êtes trop bonne, dit-il. Je ne tolérerai un tel comportement d'aucun des habitants de ce château. Et je ne vous laisserai pas m'appeler par mon prénom pour tenter de m'amadouer, quand j'ai toutes les raisons de réclamer des comptes !

— Le pardon est une qualité qui vaut bien des récompenses. Ne l'oubliez pas.

Comme s'il ne l'avait pas entendue, Brodick s'adressa à Druce :

— Fais en sorte qu'elle reste ici. Je m'occuperai d'elle quand j'en aurai terminé avec mes gens.

Sans attendre de réponse, il s'éloigna d'un pas souple de félin, appelant Ginny à tue-tête.

Anne voulut le suivre, mais Druce la retint fermement par le bras. Pour darder sur lui un regard noir, il lui fallut lever la tête, tant l'homme était grand.

— Lâchez-moi, sir !

— Inutile de le prendre comme ça, marmonna-t-il. Vous avez entendu votre mari.

Ce disant, l'imposant Écossais la toisait sévèrement, mais elle découvrit qu'il était loin de l'impressionner autant que Brodick.

— J'ai dit : « Lâchez-moi. »

Les lèvres pincées, Druce répliqua :

— Vous allez rester ici, et ne m'obligez pas à vous y contraindre. Je n'ai pas envie de me battre avec mon cousin qui me reprocherait de vous avoir traitée trop durement.

Pour la première fois de son existence, Anne poussa un grondement sourd. Toute prudence la déserta quand elle entendit quelque chose se briser à grand fracas dans la cuisine.

— Je n'ai pas l'intention de me disputer avec vous pendant que Brodick s'obstine à me compliquer la vie. Je suis seule juge de ce qui est bon pour moi.

L'argument était audacieux, même à ses propres oreilles. Les sourcils froncés, Druce la dévisagea comme si elle était subitement devenue folle.

— Vous oubliez qu'il est votre mari.

— De fraîche date. Il ne sait pas à quel point je suis solide, et il ne risque pas de le découvrir s'il exige des servantes de ce château qu'elles me dorlotent.

Anne donna une brusque secousse pour tenter de se libérer. Druce ne lâcha pas prise.

— Je vous préviens, sir, lâchez-moi immédiatement, ou il vous en cuira.

— Pas question.

Anne plissa les yeux d'un air menaçant.

Brodick parvenait à se contenir même si ce n'était pas chose aisée. Ginny, nullement repentante, soutenait son regard d'un air de défi. Les servantes, alignées à côté d'elle, se montraient manifestement solidaires. Il s'y attendait, mais il était frappé de l'animosité qui se lisait sur leurs traits. Si son épouse avait été une femme méchante, il aurait pu les comprendre, mais ce n'était pas le cas.

Il préféra réserver sa première flèche à la cuisinière, qui elle aussi le défiait du regard.

— Je n'aurais jamais imaginé que tu puisses avoir le cœur si dur, lui reprocha-t-il. Tu as toi-même des filles, qui devront bientôt se marier…

Bythe accusa le coup, non parce qu'il avait élevé la voix, mais tout au contraire parce qu'il s'était exprimé d'un ton posé. La plupart des servantes paraissaient également ébranlées dans leur détermination. Certaines baissèrent le menton.

— Vous devriez, toutes autant que vous êtes, réfléchir à ce que représente pour une femme le fait de se marier dans un pays qui n'est pas le sien, reprit-il. Sans aucun visage familier en vue. Ma femme n'a pas voulu emmener de servante avec elle. Je constate que c'était une erreur. J'aurais dû l'y inciter. J'imaginais que vous seriez suffisamment dignes de confiance pour accomplir votre devoir envers la maîtresse de ce château, sans avoir une gouvernante anglaise pour vous surveiller.

Plus d'un visage blêmit à cette éventualité, mais Brodick n'était pas décidé à montrer la moindre pitié.

— Me direz-vous enfin ce qui a pu motiver une telle attitude ? Ma femme s'est-elle montrée difficile ?

Les plus jeunes observaient du coin de l'œil Bythe et Ginny, guettant leur réaction, mais toutes deux semblaient avoir avalé leur langue.

— Je découvrirai la vérité, insista Brodick en haussant le ton. Et je la découvrirai aujourd'hui !

Passant en revue les servantes dont les gages étaient tirés de ses coffres, il pointa le doigt vers l'une d'elles.

— Mogen ! lança-t-il sévèrement. Dis-moi ce qui s'est passé. Si c'est sur ordre de ma femme que vous avez cessé de vous occuper d'elle, tu dois me le dire.

— Cela ne servira à rien, milord ! intervint depuis le seuil une voix déterminée.

Mary entra dans la cuisine, le menton fièrement pointé en avant.

— Je t'avais demandé de la retenir ! s'impatienta-t-il en s'adressant à Druce, qui la suivait.

Son cousin se rembrunit en voyant Mary lui adresser un sourire. En grimaçant piteusement, il répondit :

— Elle m'a mordu !

— Bon sang ! s'exclama Brodick, atterré. Il n'y a donc plus personne ici pour se souvenir que c'est moi le laird ?

— Je ne l'ai pas oublié, assura Anne. Mais réprimander vos servantes ne suffira pas à changer leurs sentiments à mon égard. S'il ne s'agissait que de cela, j'aurais pu le faire moi-même.

Brodick la considéra d'un air méfiant.

— Dans ce cas, pourquoi ne l'avez-vous pas fait ?

Anne écarta les bras et secoua la tête.

— Ce n'est pas dans mes habitudes d'ordonner que l'on m'aime, milord. Je préfère être jugée en fonction de mes mérites. Je vous assure que je suis suffisamment forte pour survivre sans chandelles et sans feu dans la cheminée. Le soleil printanier me réchauffe dans la journée et je ne suis pas assez stupide pour me priver de ma cape quand la nuit tombe.

Une certaine admiration se lisait dans le regard qu'il posa sur elle, ce qui renforça encore sa détermination.

— Inutile de vous en faire autant pour moi, ajouta-t-elle. Comme Agnès vous l'a confirmé, je suis en pleine santé.

Brodick reporta son attention sur Bythe.

— Tu peux m'expliquer cette antipathie ? demanda-t-il.

La cuisinière se raidit. Les yeux plissés par la méfiance, elle répondit :

— Elle a essayé de vous empoisonner. Vous l'avez dit vous-même, à votre table. Nombreux sont ceux qui l'ont entendu. Qu'elle soit votre femme ou pas, c'est vous le laird, et c'est à vous que va ma loyauté.

— Es-tu complètement folle ?

Sidéré, Brodick semblait prêt à conduire Bythe à l'asile lui-même.

— Elle a beau être anglaise, poursuivit-il, je n'ai pu découvrir en elle la moindre trace de duplicité ou d'intentions mauvaises.

— Elle a mordu votre cousin !

Druce éclata d'un rire énorme.

— Cela ne fait pas d'elle une meurtrière, s'amusa-t-il. Et cela fait de mon cousin un homme heureux d'avoir épousé une femme qui a du chien.

Il avait déclaré cela avec tant de flamme que Brodick lui adressa un regard soupçonneux.

— Il aurait fallu ne pas être un homme pour ne pas le remarquer, précisa Druce en haussant les épaules. C'est toi-même qui me l'as fourrée dans les bras.

Brodick reporta son attention sur Anne. À sa mâchoire crispée, elle devina qu'il n'avait pas renoncé à traiter le problème à sa façon.

— Tranquillisez-vous, milord... lui conseilla-t-elle d'une voix apaisante. Certaines choses ne peuvent être obtenues sous la contrainte. Je préfère gagner leur loyauté en la méritant. Je préfère attendre plus longtemps et savoir que chaque témoignage de respect qui me sera adressé sera sincère.

Du rang des servantes montèrent quelques exclamations étouffées. Bythe paraissait ne plus savoir à quoi s'en tenir.

— Vous l'avez dit devant tous, milord ! protesta-t-elle. Vous avez refusé de manger. Je l'ai entendu raconter par au moins vingt personnes différentes, hommes et femmes.

— Elle n'a pas cherché à m'empoisonner, maugréa Brodick. Mais il est possible qu'elle veuille me rendre fou !

Il secoua la tête et fixa la cuisinière d'un regard noir, avant de poursuivre sèchement :

— Elle a cuisiné sous ton nez. Es-tu en train de me dire que tu ignores ce qui se passe dans ta propre cuisine ?

En pointant du doigt le trousseau qu'elle portait à la ceinture, il ajouta :

— Es-tu si négligente avec ces clés que le premier venu puisse aller prendre des herbes sans ta permission ?

Bythe s'empourpra violemment et couvrit le trousseau de clés d'une main tremblante. En tant que cuisinière, elle avait la charge de veiller sur la réserve d'épices aussi bien que sur les herbes médicinales. Personne ne pouvait avoir accès à ces biens rares ou potentiellement dangereux, sans qu'elle ait préalablement déverrouillé l'armoire où ceux-ci étaient conservés. Ce trousseau était le symbole du poste qu'elle occupait à Sterling, et il ne la quittait jamais.

Elle ouvrit la bouche pour répondre, mais aucun son ne voulut sortir.

Anne préféra tourner les talons et s'éclipser. Elle ne méritait pas que Brodick la défende ainsi. Il ne faisait aucun doute pour elle qu'en jouant le jeu de Philipa elle lui causait du tort, et elle se demandait si l'attitude des servantes de Sterling à son égard n'était pas un moyen pour le Seigneur de la forcer à tout lui avouer.

À cette idée, elle sentit son estomac se soulever. La culpabilité la rendait malade. En courant, elle eut tout juste le temps de sortir de la grande salle avant de vomir le peu qu'elle avait dans le ventre.

— La maîtresse s'est montrée très gentille avec moi.

Brodick se tourna vers la seule voix qui s'élevait pour prendre la défense de sa femme. En se guidant d'une main qui tâtonnait contre le mur, la jeune Enys fit son entrée dans la cuisine.

— Pourquoi dis-tu cela ? s'enquit-il.

Enys pivota vers lui et s'inclina respectueusement, exactement comme si elle avait pu le voir.

— La maîtresse a passé de nombreuses journées à mes côtés, dans la salle de filage. Elle faisait pour moi ce que mes yeux ne me permettaient pas de faire, et c'est une très bonne cardeuse, qui ne ménage pas sa peine et ne quitte pas l'ouvrage tant qu'il n'est pas terminé.

Brodick se sentit soudain très fatigué. Le mur de méfiance et de haine qui séparait Anglais et Écossais semblait impossible à abattre. Au lieu de remplir son rôle et de prendre en main cette maison, sa femme avait passé ses journées à carder de la laine aux côtés d'une jeune aveugle. Pour autant, elle ne s'était pas montrée inactive. De tout cela, il ne savait que penser.

Être le laird de son clan ne lui donnait aucun poids dans cette bataille. Cela le mettait en colère, mais ce qui l'avait poussé à se précipiter dans les cuisines, c'était une profonde révolte contre l'injustice faite à sa femme. L'espoir d'une union profitable aux deux peuples qui l'avait conduit à négocier avec son père pesait très peu face à une telle animosité.

— Nul d'entre nous ne choisit ses parents, dit-il d'une voix chargée d'amertume. Je suis très déçu de votre attitude. Je n'aurais jamais imaginé que la méchanceté, la bêtise et l'injustice puissent un jour régner sans partage à Sterling.

Sur ce, il tourna les talons, laissant les servantes médusées.

Druce lui emboîta le pas. Il semblait aussi désorienté que son laird.

— Nul homme ne peut comprendre ce qui se passe dans l'esprit d'une femme, dit-il dans un soupir.

Mais Brodick n'était pas prêt à se satisfaire d'une explication aussi simpliste.

— Pourquoi a-t-elle passé son temps à carder de la laine ? s'étonna-t-il. Au lieu de prendre la place qui lui revient à Sterling ?

Druce se rembrunit.

— Es-tu sûr d'avoir envie de te montrer de nouveau suspicieux vis-à-vis d'elle, cousin ? Cela ne t'a pas réussi, la première fois.

— N'empêche... Cela n'a aucun sens.

Et même si Druce avait raison, Brodick ne pouvait empêcher le doute de le tenailler.

Mary lui cachait quelque chose. Il le sentait.

10

— Le laird vous demande de le rejoindre dans la cour pour une promenade à cheval.

Sa mission accomplie, la servante inclina la tête et s'éclipsa.

Anne poussa un soupir de lassitude. Le respect n'avait aucune valeur, quand il était forcé. Elle le savait bien. L'arrivée de deux autres servantes chargées de la préparer faillit la rendre malade. Des larmes lui piquaient les yeux, mais pleurer ne résoudrait rien.

Alors qu'avouer la vérité à Brodick réglerait le problème.

Elle était tentée de le faire sans tarder, mais la peur la retenait encore. En apprenant qu'il avait été joué, Brodick la renverrait, c'était une certitude. Au fond de son cœur, elle le savait, et c'était ce qui la rendait malade. Même si l'issue ne faisait aucun doute, elle voulait retarder le moment où il cesserait de la regarder tendrement… de la caresser.

Anne dut battre rapidement des paupières pour réprimer ses larmes avant que les servantes qui l'aidaient à s'habiller ne les remarquent. Il n'y avait pas suffisamment à faire pour les occuper toutes deux, mais elles faisaient en sorte de justifier leur présence et elle n'avait pas la force de les chasser.

La culpabilité l'assaillait sans relâche, mais elle ne pouvait s'empêcher d'avoir envie de rejoindre Brodick. La luxure l'avait conduite à sa perte, exactement comme l'Église le prêchait. Après avoir cédé aux chants sensuels du diable, elle était à présent une disciple qui ne désirait plus s'amender.

« Une dernière fois, et tu lui avoueras tout… »

Avant de devoir renoncer à lui, elle voulait l'avoir une dernière fois rien qu'à elle.

Sa décision prise, Anne se surprit à sourire et se dépêcha de rejoindre la cour. Elle se sentait heureuse. Il y avait une simple raison à cela : Brodick l'attendait. Le laird et maître de Sterling lui demandait de le rejoindre pour une promenade à cheval. C'était une sorte de rendez-vous galant. Même si au final elle devrait le décevoir, il la désirait. Il ne l'avait pas « culbutée deux ou trois fois », comme l'avait prédit Philipa, avant de regagner le lit d'une maîtresse.

Cette certitude, elle était bien décidée à la savourer pleinement, à s'en gorger comme la terre au printemps se gorgeait de soleil. Une fois que la vérité éclaterait, il ne lui resterait rien d'autre que ses souvenirs.

Brodick, fort et solide, d'une beauté parfaite, constituait toujours un régal pour les yeux. En haut du perron, Anne marqua une pause et l'admira un instant. Il ne s'était pas encore mis en selle et l'attendait près de la jument qu'elle avait montée pour se rendre à Sterling.

Lorsqu'elle fut près de lui, il lui prit la main et expliqua :

— Le moment est venu de vous montrer les terres de notre clan.

Il l'empoigna par la taille sans attendre de réponse et la hissa en selle aussi facilement que si elle avait été une enfant.

— Merci, milord, dit-elle quand il lui tendit les rênes.

À ces mots, il fronça le nez en une grimace cocasse.

— Je ne peux vous appeler par votre prénom en public, lui rappela-t-elle.

À son tour, Brodick se mit en selle et jeta un coup d'œil aux gens du château qui les entouraient. Une lueur de satisfaction passa dans ses yeux bleu nuit lorsque, se tournant vers elle, il ordonna tout bas :

— Faites-le.

Anne dut une nouvelle fois lutter contre ses larmes. Brodick prenait la peine de faire devant les siens une démonstration d'affection à son égard. Il avait décidé de la soutenir pour qu'on ne l'aime pas simplement parce qu'elle était la châtelaine. C'était tellement touchant qu'elle dut baisser la tête pour que ses yeux trop brillants ne la trahissent pas.

— Vous êtes trop gentil avec moi, Brodick.

— N'est-ce pas ainsi qu'il doit en être entre mari et femme, *lass* ?

Anne sentit sa main chaude lui soulever le menton. Il chercha son regard avant d'ajouter :

— Ce n'est pas parce que notre union est une alliance entre gens de la noblesse qu'elle doit être malheureuse.

Un sourire éclatant ponctua cette déclaration.

— Allons-y ! conclut-il en saisissant ses rênes. Il est temps que je vous montre un peu l'Écosse. Vous verrez, c'est un beau pays.

Brodick lança son cheval au petit trot. Dès qu'ils eurent passé la porte, ils accélérèrent. En quelques minutes, le château fut loin derrière eux. Anne se retrouva seule en pleine campagne avec son mari.

Le soleil éclaboussait leurs visages de sa chaleur. Enfin, le printemps avait fini par gagner définitivement son bras de fer avec l'hiver. La jument d'Anne le sentait également. Tous ses muscles jouant sous sa robe, elle bondissait avec allégresse. Au sommet d'une colline, Anne décida de laisser au puissant animal la liberté de galoper à son gré. Une vallée fertile s'étendait sous leurs yeux. Penchée sur l'encolure, grisée par la vitesse, Anne riait. Tous ses soucis oubliés, elle ne faisait qu'un avec sa monture.

L'enivrante course prit fin lorsque Brodick la rejoignit au grand galop et s'empara de ses rênes. La jument renâcla, frustrée d'avoir été si brusquement stoppée dans son élan.

— Les terres des McQuade commencent au-delà de cette rivière, expliqua-t-il.

Cette annonce avait tout d'une mise en garde. Aussitôt dégrisée, Anne scruta l'horizon.

— Vous ne vous entendez pas bien avec vos voisins ? s'étonna-t-elle.

Elle se souvenait de ce que Philipa avait dit des Écossais qui ne cessaient de se quereller entre eux.

— Leur vieux laird n'est pas un ami des McJames, répondit Brodick en haussant les épaules. Il nourrissait une vieille rancune contre mon père, et par conséquent contre moi. Ce sont ses hommes que je me suis employé à chasser de nos terres au cours du mois écoulé.

— Je vois.

— Vous ne devez jamais traverser cette rivière, reprit-il d'un ton sans réplique. Le mieux est encore de ne pas vous en approcher.

Son regard d'aigle balaya une dernière fois l'horizon, puis il fit faire demi-tour à leurs montures.

— À tout moment, les McQuade peuvent traverser cette rivière à leur guise. Vous ne devez sous aucun prétexte vous éloigner seule du château. J'ai donné l'ordre au capitaine de la garde de ne vous laisser sortir que sous bonne escorte.

Au ton qu'il employait, il semblait évident qu'il n'y avait pas là matière à discussion. Anne se renfrogna.

— Ne soyez pas vexée, protesta-t-il en l'observant du coin de l'œil. Je ne fais qu'assurer votre protection.

— Si je suis vexée, c'est parce que je n'apprécie pas que vous m'ôtiez les rênes des mains, comme si j'étais incapable d'entendre votre avertissement. Sachez que je ne suis pas assez idiote pour ne pas comprendre une recommandation aussi sensée que celle de rester dans les limites de vos terres.

Brodick lui rendit ses rênes.

— Vous ne saviez pas, *lass*, dit-il d'un ton plus léger. McQuade ne se gênerait pas pour vous enlever et exiger une rançon en paiement du tort qu'il s'imagine que mon père lui a fait. Les Écossais peuvent entretenir de telles querelles de génération en génération. Ses hommes n'hésitent pas à brûler les fermes de mes gens, sans se soucier des pertes qu'ils leur infligent.

— Quelle était la pomme de discorde, à l'origine ?

Brodick grimaça. Les lèvres pincées, il afficha un air buté et secoua la tête, refusant de répondre.

— Si ce McQuade est suffisamment en colère pour pouvoir se venger sur moi, argumenta Anne, ne devrais-je pas au moins être au courant de ses griefs ?

Brodick les conduisit au sommet d'une petite éminence, avant de faire stopper sa monture.

— Ma mère était fiancée à McQuade, expliqua-t-il de mauvaise grâce. Il a perdu le contrat de mariage lors d'une partie de dés avec mon père.

— C'est absurde !

C'était pourtant exactement le genre de bruits qui couraient à Warwick Castle sur les Écossais.

— Non, répliqua-t-il. En Écosse, ça ne l'est pas.

L'étonnement qu'elle manifestait le fit sourire. Une lueur de malice s'alluma dans son regard.

— Ne vous ai-je pas conquise aussi gaillardement ?

Anne secoua la tête, partagée entre l'envie de le remettre à sa place et d'éclater de rire.

— Vous êtes un diable ! s'exclama-t-elle.

L'expression de Brodick changea, s'assombrit sous l'effet du désir.

— Méfiez-vous des mots que vous employez à mon sujet, la prévint-il. Je pourrais vous donner raison.

— Et moi, je peux toujours l'espérer.

Un muscle se contracta sur sa mâchoire. Un désir sans fard fit étinceler ses yeux. Anne soutint son regard sans ciller. Elle se sentait intrépide. Une envie irrésistible de le provoquer la tenaillait.

— Mais je ne saurais vivre que d'espoir, ajouta-t-elle. J'ai besoin d'un peu plus que cela.

— Vous n'avez peur de rien, constata-t-il d'une voix grondante. Prenez garde. Continuez ainsi et vous récolterez ce que vous avez semé.

La jument d'Anne, sans doute agacée par la soudaine tension entre eux, se mit à piétiner nerveusement.

— Et quelle pourrait être cette récolte, *milord* ?

C'était délibérément qu'elle avait utilisé ce mot. Son regard restait rivé sur elle, mais c'était le désir, et non la colère, qui s'y lisait.

— Peut-être devrais-je vous faire goûter au sort qu'un barbare écossais réserve à sa captive ?

— À supposer que vous puissiez d'abord m'attraper.

Anne fit claquer ses rênes, lâchant une fois de plus la bride à sa jument. Sans se faire prier, l'animal bondit en avant. Penchée sur son encolure, la jeune femme se mit à rire en s'agrippant à la crinière.

Lorsqu'elle lança un coup d'œil par-dessus son épaule, elle tressaillit. Brodick lui donnait la chasse, exactement comme un barbare écossais poursuivant sa captive. Il avait le regard déterminé. La tête rejetée en arrière, il laissa fuser vers le ciel un long cri.

Après avoir gravi une colline, ils s'engageaient dans un terrain boisé. Son cœur battait à tout rompre. Le sang se ruait dans ses veines. Jamais Anne ne s'était sentie aussi vivante qu'en cet instant.

Soudain, elle entendit Brodick derrière elle et comprit qu'il l'avait rattrapée. L'instant d'après, il jaillit à son côté, incroyablement près d'elle.

Le bras ferme de Brodick s'enroula autour de sa taille, la souleva de sa monture et la fit passer sur la sienne. Dans l'intervalle, elle demeura un moment suspendue dans les airs, le chemin défilant à toute allure sous elle...

Brodick la jeta sans ménagement en travers de sa selle. Anne se retrouva les fesses en l'air et la tête enfouie dans la robe de l'animal. Tenant ses rênes d'une main, il la serrait fermement de l'autre pour l'empêcher de tomber. Et quand il fit stopper brusquement sa monture, celle-ci se dressa sur ses pattes arrière, battant l'air de ses antérieurs.

— Voyons ça de plus près ! lança Brodick en mettant pied à terre. Qu'ai-je donc attrapé là ?

Debout à côté d'elle, il empoigna la chevelure d'Anne, qu'il tira juste assez pour lui faire un peu mal. Curieusement, elle trouva cela excitant.

— Une bien jolie proie, reprit-il d'un air satisfait. Une délicieuse enfant, prête à se faire dévorer.

Son accent plus prononcé trahissait l'excitation qu'il tirait de ce petit jeu. Sans effort apparent, il la fit descendre de cheval et la remit sur ses pieds. Sa main revint ensuite agripper ses cheveux, la maintenant prisonnière.

— *Aye*... se réjouit-il tout bas. Je vais me délecter de l'avoir à ma merci.

En un baiser sauvage qui réclamait la soumission, sa bouche vint prendre possession de celle d'Anne. Loin de se soumettre, elle laissa sa main descendre jusqu'au bord de son kilt. Et pendant que leurs langues s'affrontaient sans merci, elle y glissa la main jusqu'à soupeser ses bourses sous ses doigts.

— Seigneur ! murmura-t-il.

— Êtes-vous sûr que c'est moi qui suis à votre merci ?

Doucement, elle lui massa les testicules. Brodick souffla bruyamment, retroussant les lèvres et montrant les dents.

— Peut-être devriez-vous reconsidérer votre position, ajouta-t-elle. Admettez que dans ce jeu, c'est moi qui ai en main la carte maîtresse.

— Je n'admets qu'une chose, dit-il d'une voix tendue. Je commence à en avoir assez que vous me dictiez mes actes.

Les doigts d'Anne s'enroulèrent autour du sexe dressé de Brodick.

— Est-ce le cas actuellement ? s'enquit-elle ingénument.

— Un peu. Malheureusement pour vous, il vous est impossible d'abattre cette carte sans perdre aussitôt le pouvoir qu'elle vous confère.

Ses paroles la mettaient au défi. Un défi qu'Anne se sentait d'humeur à relever. S'agenouillant devant lui, elle remonta son kilt, dont elle coinça l'extrémité dans son ceinturon. Son membre bandé se cabra sous ses yeux. À son sommet, d'un rouge foncé, le gland gonflé semblait prêt à exploser. Anne l'enveloppa d'une lente caresse, passa le doigt sur la fente qui s'ouvrait à son sommet. Découvrir en plein jour ce pieu de chair ne la fit pas rougir. Tout au contraire, elle éprouvait une joie profonde qui lui donnait confiance en elle.

— Que disiez-vous ? fit-elle mine de s'étonner. N'était-il pas question d'une carte à abattre ?

Le plaisir sans entraves auquel il l'avait initiée la rendait invincible. Sans hésiter, elle pencha la tête vers le membre dressé, dont elle lécha l'extrémité du bout de la langue.

— Sainte mère de Dieu ! gémit Brodick.

Une intense satisfaction l'habitait et la rendait intrépide. En un rapide mouvement du poignet, elle fit courir sa main de haut en bas sur son sexe, avant de le lécher de plus belle. Elle sentit les mains de Brodick se crisper dans ses cheveux. Elle ouvrit la bouche et referma les lèvres autour de son membre.

— J'ai changé d'avis, reprit-il d'une voix blanche. Vous pouvez continuer de me dire ce que je dois faire, pourvu que vous continuiez à me sucer ainsi.

Il propulsait ses hanches en avant par à-coups pour mieux pénétrer sa bouche. Anne se détendit, s'offrant à cette intrusion. Son sexe avait un goût légèrement salé, celui du liquide transparent qu'elle avait vu perler à son sommet. Mais c'était sa dureté virile, la chaleur dégagée par cette hampe de chair qui l'enivraient. Brodick se retira, avant de se ruer de nouveau en elle.

— Voilà, comme ça, murmura-t-il, pantelant. Passez votre langue… en dessous… de…

Son accent rendait ses paroles incompréhensibles. Anne fit de son mieux pour le satisfaire tandis qu'il s'enfonçait profondément dans sa bouche. Elle l'entendit pousser un râle étranglé quand elle enroula sa langue autour de son gland.

Occupée qu'elle était à lui soutirer par ses audaces les gémissements les plus étranges, elle perdit la notion du temps. Ses doigts crispés lui tiraient les cheveux, mais elle n'en avait cure. La douleur qui en résultait se mêlait au plaisir et l'accentuait. Son clitoris, au cœur de son entrejambe, se rappelait à elle avec insistance. Ce pieu de chair qui lui labourait la bouche, elle mourait d'envie de le sentir entre ses jambes.

— Assez ! décréta-t-il en se retirant. Ma semence n'ira pas se perdre au fond de votre gorge. Pas cette fois. J'ai d'autres plans. Vous êtes ma captive, c'est d'une autre manière que je compte abuser de vous.

Sans relâcher la pression sur ses cheveux, il se mit au même niveau qu'elle en s'agenouillant à son tour. Anne sentit son souffle caresser ses lèvres humides.

— En vous baisant sans merci ! conclut-il.

Anne tendit la main sous son kilt et empoigna son sexe, laissant ses doigts monter et descendre sur toute sa longueur. Grâce à sa salive qui s'y trouvait encore, la tâche lui était simplifiée. Tandis qu'elle le caressait, Brodick poussa un gémissement sourd et ferma les yeux.

— En êtes-vous sûr, milord ? le taquina-t-elle en accentuant la pression de ses doigts et le rythme de ses caresses. Vous me paraissez quelque peu... indécis. Peut-être, après tout, est-ce la captive qui va abuser de vous ?

Un petit rire monta des lèvres de Brodick. Il rouvrit les yeux. Elle les vit briller de désir. D'un puissant coup de reins, il se propulsa entre ses doigts, frissonnant de plaisir.

— Il me semble que vous oubliez qui est votre maître, dit-il. Et je me sens homme à vous le rappeler.

Rapidement, il changea de position et s'assit sur ses talons. Anne se retrouva sitôt après allongée sur ses cuisses, sans comprendre ce qui lui arrivait. Lui maintenant fermement le dos d'un bras, de l'autre il retroussa sa jupe et ses jupons.

— *Aye*, reprit-il, quelqu'un doit vous enseigner le sens de la discipline.

— Brodick !

Les mains en appui sur le sol, Anne s'efforça en vain de se redresser. Un courant d'air frais caressait ses fesses nues. Le soleil lui chauffait la peau. La situation avait beau être humiliante, un frisson de plaisir anticipé la parcourut.

— Je pourrais m'y habituer, confia-t-il dans un souffle. Voir votre si joli cul s'offrir à ma main est un spectacle dont je ne me lasserais pas.

— Lâchez-moi donc ! s'insurgea-t-elle. Et si quelqu'un nous observait ?

— Il penserait que le laird a bien de la chance d'avoir trouvé une femme si complaisante. Beaucoup d'hommes ne voudraient pas me croire si je leur disais que j'ai obtenu de mon épouse anglaise qu'elle me suce la queue.

— *Brodick...*

De nouveau, Anne lutta en vain pour se libérer. En riant doucement, Brodick caressa son postérieur.

— Qu'est-ce qui vous chagrine, *lass* ? fit-il mine de s'étonner. Le fait que j'aie l'intention de vous donner la fessée, ou celui que je ne l'aie pas encore fait ?

— Cette question est absurde. Laissez-moi me lever !

Sa main s'abattit sèchement sur l'une de ses fesses, arrachant à Anne un petit cri de surprise. Il en avait résulté une sensation étonnante, qui s'était répercutée non seulement dans son échine, mais jusque dans son clitoris. Un désir intense fulgura en elle tandis que son amant lui assenait une tape sur l'autre fesse.

— Certaines femmes apprécient ce traitement, commenta-t-il. Elles disent que rien ne les stimule davantage. J'aimerais savoir si vous en faites partie.

Sa main s'éleva et s'abattit de plus belle. Des lèvres d'Anne s'élevait un gémissement ininterrompu. Il lui était désormais impossible de se contenir. Être ainsi fessée aurait dû l'horrifier, mais elle ne pouvait penser à rien d'autre qu'à cette main forte qui de cette manière voisinait avec son entrejambe. Chaque nouvelle tape ébranlait un peu plus son clitoris, l'amenant plus près de l'orgasme.

— Voilà un son intéressant à entendre.

Brodick la fessa une dernière fois, avant de caresser sous sa main chaude sa chair endolorie.

— Je me demande... ajouta-t-il d'un ton rêveur. Seriez-vous femme à apprécier d'être réduite à la soumission ?

En sentant son doigt s'insinuer dans la raie de ses fesses, Anne tressaillit. Trop de sensations se bousculaient en elle.

— Il faudra que je me penche sur la question, reprit-il. Il me semble que vous aimez ça.

Du bout du doigt, il caressa sa fente, avant de le glisser en elle, aidé par les sucs intimes qui lubrifiaient son sexe. Anne émit un long râle rauque.

— *Aye*, constata-t-il posément. Il se confirme que vous aimez ça. Et moi aussi.

Un deuxième doigt se joignit au premier. Il les fit aller et venir, caressant sa chair intime. Anne entendait les petits bruits humides qu'ainsi il provoquait.

— Mais je suis davantage d'humeur à abuser de ma captive dans les règles, conclut-il. Nous avons assez joué.

Ayant dit cela, il la retourna. Une lueur de triomphe faisait briller son regard. Elle lui trouva à cet instant la beauté du diable.

— Venons-en à ce que je vous ai promis.

Après l'avoir soulevée sans effort, il la déposa sur le sol, où l'herbe du printemps se fit accueillante pour elle.

— Hélas, poursuivit-il, pour abuser de vous dans les règles, je vais devoir retrousser vos jupes et ne pas prendre le temps de vous déshabiller.

À pleines mains, il empoigna ses jupons et les retroussa jusque sous sa poitrine. Puis il se positionna entre ses cuisses et les écarta largement de part et d'autre de ses hanches.

— Il nous faudra attendre ce soir pour faire l'amour complètement nus.

Une expression de tendresse passa sur son visage. L'urgence du désir la supplanta bien vite quand il baissa les yeux jusqu'à leurs entrejambes prêts à s'unir.

— Voilà une vue qui me plaît, assura-t-il d'une voix rauque. Votre corps offert, prêt à m'accueillir. Votre fente humide de désir pour moi. Un barbare écossais ne peut rêver mieux. Je devrais vous donner la fessée chaque jour…

— Vous n'en ferez rien !

Brodick s'empara des chevilles d'Anne et les fit passer au-dessus de ses épaules. Son sexe bandé se présenta à l'entrée du sien.

— Je ferai ce que j'ai envie de vous faire, répliqua-t-il. Aussi souvent et d'autant de façons qu'il me plaira.

Sur ce, il la pénétra, son membre s'enfonçant d'un coup en elle. Si impressionnant fût-il, le corps d'Anne l'accepta sans rechigner.

— Parce que vous êtes mienne ! conclut-il en se figeant au-dessus d'elle.

Avec un grondement de colère, Anne lui décocha un petit coup de poing dans la poitrine. En elle, la défiance le disputait à l'excitation. Voyant qu'elle s'apprêtait à le frapper de plus belle, il lui immobilisa le poignet.

— Vous êtes une diablesse ! grogna-t-il. Et ça m'enchante.

Il lui étendit le bras au-dessus de la tête et maintint son poignet contre le sol. Ses hanches demeuraient immobiles. Il tardait à Anne qu'il se mette en mouvement, mais Brodick ne paraissait pas partager son impatience. S'emparant de sa main libre, il l'immobilisa elle aussi au-dessus de sa tête.

— Voilà qui est mieux, se réjouit-il. C'est à cela que doit ressembler une captive dont le ravisseur est en train d'abuser.

— Sauf que vous ne faites rien d'autre que vous vautrer sur moi en m'abreuvant de beaux discours, rétorqua-t-elle d'un ton méprisant.

Brodick arqua un sourcil. Ses lèvres se retroussèrent en un sourire moqueur.

— Peut-être que j'apprécie de me sentir planté jusqu'à la garde dans votre joli corps, insinua-t-il.

Mais si cela lui suffisait, c'était loin d'être le cas pour elle. Lasse d'être maintenue ne pas pouvoir bouger, Anne lutta pour échapper à son emprise. Brodick s'amusa de ses efforts et parvint sans difficulté à les rendre vains.

— On dirait que votre corps a été créé pour le mien, commenta-t-il. Je pense que je pourrais rester des heures ainsi, à apprécier simplement la façon dont nos sexes s'imbriquent.

Avec un grondement de rage, Anne parvint à rouler des hanches sous lui. Le fugitif plaisir qui en résulta ne fit qu'attiser les braises de son désir. Elle avait besoin qu'il plonge en elle. Sentir ce pieu de chair, agaçant rappel de l'extase qu'il pouvait lui offrir, devenait insupportable.

— Lâchez-moi ! s'emporta-t-elle.

— Vous ne préférez pas que je vous baise pour de bon ?

Son expression provocante la mettait au défi de formuler ce qu'elle attendait de lui.

— Si !

Sous lui, elle rua de plus belle, désespérant de le voir enfin réagir.

— Voulez-vous que je vous besogne ? insista-t-il crûment, le souffle court, les narines frémissantes. Que je vous pilonne sans merci ?

— *Oui !*

Dans un grondement sourd, Brodick lui lâcha les poignets. Prenant appui sur ses avant-bras, il glissa les mains dans ses cheveux, lui maintenant la tête cette fois.

— Alors, vous allez être exaucée.

À son premier coup de boutoir, Anne se vida de tout l'air contenu dans ses poumons. Puis, alors qu'il se décidait enfin à aller et venir en elle, son corps commença à exulter. Comme il le lui avait promis, il ne la ménageait pas, mais c'était une fête des sens pour elle.

— Enroulez vos jambes autour de moi !

Brodick avait le souffle court. Ses doigts s'agrippaient aux cheveux d'Anne plus fortement encore. Ses hanches n'avaient pas de répit, faisant pénétrer à un rythme soutenu son sexe en elle. La jeune femme lui obéit et verrouilla ses chevilles au creux de ses reins. Des gémissements lui échappaient sans qu'elle en ait conscience. Il lui était impossible de contenir ce qu'elle ressentait. Le plaisir fulgurait à chacun de ses assauts. Elle avait l'impression qu'une marée la submergeait.

— *Oh, oui !*

Il n'existait plus rien pour elle que la friction délicieuse de leurs chairs intimes, que l'extase qu'elle savait tapie dans ses nerfs, prête à bondir. S'arcboutant dans l'herbe, elle sentit le fourreau de son sexe se crisper spasmodiquement. Le souffle coupé, les yeux clos, elle laissa enfin l'orgasme l'emporter. Elle eut l'impression de tomber du haut d'une falaise, et c'était là l'expérience la plus euphorique qu'elle eût jamais vécue. Le plaisir déferlait en elle de la pointe de ses doigts à celle de ses orteils. Une satisfaction intense s'emparait de tout son corps.

En frissonnant longuement au-dessus d'elle, Brodick se laissa à son tour glisser dans la jouissance. Dans un dernier et furieux déchaînement, son sexe se vida de sa semence.

Anne l'entendit grogner plaintivement et sentit ses dents mordre doucement la chair tendre de son cou. Telle une naufragée sur le point de se noyer, elle ouvrit la bouche et parvint à grand-peine à reprendre sa respiration. Elle agrippait si fort la chemise de son mari que ses doigts lui faisaient mal. Elle sentit soudain ses forces la quitter. Il n'y avait plus place en elle que pour l'intense bien-être qui avait gagné tous ses membres.

Contre son cou, Brodick déposa un baiser à l'endroit où ses dents s'étaient plantées. Ses lèvres remontèrent ensuite jusqu'à sa mâchoire, avant d'atteindre ses lèvres. Il l'embrassa tendrement mais de manière insistante, incitant Anne à ouvrir les lèvres pour rendre ce baiser plus passionné. Ses doigts dans ses cheveux lâchèrent prise. Gentiment, il lui massa le cuir chevelu.

— Vous ai-je fait mal ? s'inquiéta-t-il.

Il gardait le visage enfoui contre son cou et sa voix était un peu étouffée.

Anne secoua négativement la tête. En poussant un soupir, Brodick s'écarta d'elle et avoua :

— Je crains de m'être laissé un peu emporter.

Il se leva, et en le voyant se dresser au-dessus d'elle, Anne songea qu'il n'aurait pu ressembler davantage au barbare sans foi ni loi qu'il s'était amusé à incarner. Il avait tout d'un guerrier. La force était inscrite dans son corps, comme dans l'épée qui ne l'avait pas quitté et dépassait de son épaule.

— Vous m'en voyez ravie, milord.

Roulant sur le côté, Anne se leva à son tour. Ses jupons retombèrent sur ses jambes. Elle se retrouvait endolorie en divers endroits – dont les plus intimes – mais elle n'allait pas s'en plaindre. Elle avait apprécié chaque seconde de cet intermède.

— Même si mes paroles doivent vous rendre arrogant, ajouta-t-elle malicieusement.

C'était un aspect de sa personnalité qui lui plaisait. Alors que flatteries et compliments susurrés ne lui faisaient aucun effet, les exigences crûment exprimées de Brodick la transformaient en libertine…

Il la dévisageait, une expression indéchiffrable sur le visage. Anne soutint son regard. Le vent se leva et la fit frissonner. D'un coup d'œil sur l'horizon, elle nota que des nuages s'amoncelaient en direction de la côte.

— Vous êtes pour moi une source infinie de distraction, constata-t-il d'un air dépité. Je ne pense pas avoir été à ce point obnubilé par une femme jusqu'ici.

— Vous dites cela comme si vous vous en lamentiez.

Brodick tourna la tête et examina le paysage qui s'offrait à leurs yeux. Il le fit avec une assurance et une acuité qui le rendirent plus séduisant encore aux yeux d'Anne. Jamais elle n'avait rencontré un homme aussi fascinant.

— Peut-être n'ai-je pas encore décidé si je dois me lamenter ou non… dit-il avec une lueur espiègle dans les yeux. Certains hommes pensent que tomber amoureux de leur femme est un sort plus funeste que la mort.

L'entendre parler d'amour la stupéfia. Anne savait que son père l'aimait. Elle aimait sa mère, et ses frères et sœurs. Mais l'amour entre un homme

et une femme ? Elle ne devait pas y compter, du fait de sa bâtardise. Éprouver un tel sentiment la mènerait à la catastrophe.

Pourtant, elle ne pouvait empêcher son cœur de s'envoler à cette idée. Elle se sentit soudain si heureuse qu'elle eut l'impression que ses pieds ne touchaient plus terre.

Brodick étudiait attentivement son visage. Lorsqu'il y lut l'émotion qu'elle n'avait pu cacher, ses lèvres se retroussèrent en un sourire satisfait.

— *Aye, lass*, reprit-il. Regardez ce que vous avez fait. Vous avez dérobé mon cœur. Je vais devoir vous mener à mon château et vous y garder à jamais. Sans vous, je dépérirais lentement.

Il lui adressa un clin d'œil et ajouta :

— Ainsi en est-il dans la bonne vieille tradition des barbares écossais : nous conservons ce que nous nous approprions.

Il la laissa pour aller récupérer leurs chevaux. Dès qu'il se fut éloigné, Anne serra les bras contre elle et laissa libre cours à son angoisse.

L'amour… C'était un don merveilleux et précieux. Un rêve inaccessible.

Elle sentit peser sur ses épaules les années de mépris que Philipa lui avait infligées. Elle aurait tant voulu s'en débarrasser… Prise de nausée, elle dut lutter contre l'envie de vomir.

L'amour était à la fois un cadeau et une malédiction. Les visages de ses proches lui traversèrent l'esprit tandis qu'elle regardait venir à elle l'homme à qui appartenait son cœur. Si elle choisissait de rester auprès de Brodick, de l'aimer, il lui faudrait abandonner sa famille à un sort fatal.

Elle n'avait aucune idée de ce qu'elle devait faire. Aucune…

Brodick fit stopper sa monture lorsque Sterling fut en vue.

— Nous avons de la visite, dit-il.

— Vraiment ?

En acquiesçant d'un hochement de tête, il désigna la tour la plus au nord.

— Vous voyez cette bannière ? Ce n'est ni celle de Druce ni la mienne.

Anne observa la bannière vert et bleu flottant au vent.

— Nous avons la visite d'émissaires de la cour.

Il s'était exprimé avec une certaine gravité, qu'elle pouvait comprendre. Même un comte était assujetti au bon vouloir de son roi.

Brodick mit pied à terre dès qu'ils eurent pénétré dans la cour intérieure de Sterling. Puis il tendit les bras et souleva Anne de sa jument avant même que celle-ci se soit tout à fait immobilisée.

— Allez faire une sieste, conseilla-t-il en la reposant à terre. J'ai l'intention de continuer à abuser de ma captive plus tard.

Sa plaisanterie la fit rire, mais déjà il avait tourné les talons et se dirigeait à grands pas vers son secrétaire, qui l'attendait sur le perron. Anne avait aperçu cet homme plusieurs fois. Il ne se séparait jamais d'une serviette en cuir qu'il portait serrée contre sa poitrine. Elle savait ce que contenait celle-ci : le courrier, les livres de comptes et, plus important encore, le sceau des McJames.

Lorsque Brodick l'eut rejoint, il s'inclina devant lui et l'entraîna à l'écart.

Un bruit de voiture tirée par deux bœufs attira l'attention d'Anne, qui se retourna pour voir Helen faire son entrée dans la cour.

— Vous voilà, *lass* ! s'exclama-t-elle gaiement.

Elle dut attendre que l'on arrête l'attelage et qu'on vienne baisser le hayon de la charrette pour pouvoir en descendre, secouant ses jupes et remettant son tartan en place.

— Ma fille a mis au monde un beau garçon, expliqua-t-elle. Mon premier petit-fils. Ils l'ont baptisé Ian.

La sœur de Brodick, qui se trouvait également dans la charrette, se montra plus maussade en retrouvant la terre ferme. Une jument à la robe sombre était attachée à la voiture, et l'animal vint se faire cajoler aussitôt que Fiona l'approcha. En lui flattant le museau, elle lui murmura des mots doux à l'oreille.

— Vous aimez monter à cheval ? demanda Anne.

Surprise par la question, Fiona hésita un instant.

— Autant qu'on me le permet, maugréa-t-elle.

— Fiona… gronda Helen en la toisant sévèrement.

Loin de paraître se repentir, l'intéressée expliqua d'un air buté :

— Certains s'imaginent que me laisser monter à cheval pourrait me rendre stérile en épaississant ma matrice. On ne me laisse pas souvent profiter de ma jument.

La moue qui ponctua cette déclaration prouvait à quel point elle trouvait cela injuste.

— Beaucoup, en Angleterre, pensent la même chose, précisa Anne.

Fiona émit un grognement sarcastique.

— Inutile de donner des arguments à Helen, dit-elle. Mais moi, je n'aime pas voyager dans une charrette !

Les sourcils froncés, Helen s'impatienta :

— Cesse donc de faire l'enfant, Fiona ! Qu'une jeune femme perde sa réputation, et elle a tout perdu. Tu me remercieras quand viendra le moment de te marier.

— Le mariage ne m'intéresse pas, bougonna Fiona sans cesser de caresser sa jument. Du moins, pas pour l'instant. Et il ne s'agit que de promenades à cheval, pas d'aller rejoindre un amant dans les bois au clair de lune…

La réprobation la plus totale se lut sur le visage de Helen.

— Une jeune fille convenable ne parle pas de telles choses ! lui reprocha-t-elle vivement. Laisse le clair de lune aux réprouvées qui n'ont eu personne pour les aider à se maintenir dans le droit chemin.

— Votre frère m'a emmenée faire une promenade à cheval, aujourd'hui, raconta Anne pour faire diversion. Je dois dire que je comprends que vous aimiez ça.

Fiona lui adressa un grand sourire, ravie de la voir lui apporter son soutien.

— Attention, chère belle-sœur, prévint-elle. Helen est capable de vous tailler les oreilles en pointes pour ça. Elle perd tout sens de la mesure, dès qu'il est question d'avoir des bébés.

— Sûrement pas ! protesta l'intéressée. Une fois mariée, tu pourras chevaucher à ta guise. Ta matrice ne risquera plus d'épaissir quand tu auras partagé le lit de ton mari.

En secouant la tête d'un air désolé, elle ajouta :

— Écoute-toi donc, jeune fille. Comment peux-tu, à seize ans, en savoir plus que tes aînées ?

Aussi bornée que son frère pouvait l'être, Fiona lui adressa un sourire.

— Ce que je sais, répondit-elle, c'est que j'aime par-dessus tout monter à cheval.

Anne se mit à rire, incapable de s'en empêcher. Helen leva les yeux au ciel, mais céda elle aussi à l'hilarité.

— Racontez-moi votre voyage, suggéra Anne. Comment se porte votre fille ?

Faisant claquer joyeusement ses mains, Helen donna sans se faire prier des nouvelles de sa famille. En l'écoutant, Anne se laissa gagner par la joie qui émanait de ses propos. Il y avait à Sterling des personnes adorables. À commencer par le châtelain lui-même…

En pénétrant dans la grande salle, Anne fut frappée par l'ambiance morose qui y régnait. Même Cullen, en temps ordinaire si insouciant, paraissait plus sombre. Absorbé dans ses pensées, Druce grignotait un bout de pain. En la voyant arriver, Brodick la salua d'un hochement de tête mais continua de faire grise mine au-dessus de sa pinte.

Cullen, le premier, brisa le lourd silence.

— C'est un infâme salaud.

Druce émit un grognement approbateur sans cesser de mâcher son pain. L'expression de Brodick se fit plus sombre encore.

— Peu importe ce qu'il est, maugréa-t-il. Il a l'oreille du roi. Nous devons nous montrer prudents dans notre manière de répondre à ses accusations.

— Ses hommes ont brûlé une douzaine de nos maisons !

Brodick tempéra la fureur de son frère.

— J'ai passé cinq semaines à les renvoyer dans leurs tanières. Nul ne le sait mieux que moi. Mais ils sont allés se plaindre au roi en s'arrangeant pour lui faire croire que nous sommes les fautifs. Jamie ne tolère cela d'aucun clan. C'est pour ça qu'il nous a envoyé ses émissaires. Afin que nul ne puisse ignorer dans son royaume qu'il ouvre l'œil.

— C'est ridicule ! protesta Druce avec véhémence. Les McQuade étaient sur nos terres.

Après avoir fait passer son pain en vidant sa pinte de bière, il ajouta :

— J'irai avec toi à la cour pour en témoigner.

Brodick acquiesça d'un signe de tête, mais son humeur ne s'en améliora pas pour autant. Et lorsque leurs regards se croisèrent, il s'excusa auprès d'Anne qui l'avait rejoint :

— C'est une bien triste compagnie que nous vous offrons ce soir.

— À juste titre, semble-t-il, répondit-elle.

Ses lèvres se retroussèrent en un pâle sourire. Il posa l'une de ses mains sur les siennes. Au contact de ses doigts, un agréable frisson remonta le long de son bras.

— Assurer la protection de notre clan est la meilleure raison qui soit, approuva-t-il. N'empêche que je n'ai aucune envie d'aller à la cour.

Un raffut se fit entendre à l'entrée de la grande salle. Les trois hommes se renfrognèrent en marmonnant quelques jurons. Un groupe de cinq nouveaux venus venait de faire son apparition. Ils réclamaient à quelques convives déjà installés de céder leur place, même si des tables vides les attendaient un peu plus loin. Bien que portant le kilt, ces hommes étaient habillés de pourpoints en plus de leurs tartans bleu et vert.

D'un regard, les membres du clan McJames ainsi dérangés consultèrent leur laird. Manifestement, ils se seraient volontiers servis de leurs poings. Brodick secoua la tête et, de mauvaise grâce, ils allèrent s'installer un peu plus loin. Les visiteurs prirent leur place et commencèrent à réclamer bruyamment qu'on vienne les servir.

— Vous avez des invités très mal élevés, constata Anne.

Brodick grogna d'un air dégoûté.

— *Aye.* Le genre d'invités dont je me passerais bien.

— Nous nous en passerions tous, renchérit Druce, qui les observait sans masquer son mécontentement. Maudits soient les chiens du roi, qui veulent nous imposer la loi de Jamie alors que nous ne faisons que nous défendre.

Les émissaires royaux crièrent de plus belle, frappant la table de leurs pintes. Pas une servante ne regardait dans leur direction.

Révoltée par leur comportement, Anne se dressa d'un bond. La main de Brodick, aussitôt, lui emprisonna le poignet.

— Où allez-vous ? s'enquit-il.

— Leur montrer qu'aucune femme dans cette maison n'est intimidée par leur scandaleux comportement. Il faut faire cesser ce tapage.

Après une tentative infructueuse pour récupérer son bras, sans quitter Brodick des yeux, elle ajouta :

— Je ne voudrais pas qu'ils puissent ensuite dénigrer l'hospitalité qu'ils ont reçue à Sterling.

Lorsque Brodick la lâcha, Anne vit avec satisfaction passer une lueur de fierté dans son regard. Leurs hôtes recommençaient leur tapage. D'un pas décidé, la jeune femme les rejoignit. Au passage, elle prit un pichet des mains de Ginny.

— Vous devriez cesser de frapper ces pintes sur la table, si vous voulez que je les remplisse.

Son accent anglais réduisit au silence les cinq hommes. Ils froncèrent le nez d'un air suspicieux. L'un d'eux poussa un juron en gaélique.

Penchée au-dessus de la table, Anne versa de la bière dans la pinte de celui-ci. Il réagit d'un geste brusque, et un filet du liquide brun foncé alla éclabousser sa chemise. Des tables voisines s'éleva une vague d'hilarité.

— Vous devriez vous montrer plus prudent avec une pinte pleine, sir...

Elle s'exprimait d'un ton parfaitement aimable, dans lequel on pouvait pourtant percevoir une subtile moquerie.

L'un des autres émissaires frappa violemment la table de sa pinte en éructant :

— Combien de temps encore vais-je devoir attendre ?

Anne lui sourit gentiment. Les années passées sous la férule de Philipa lui étaient utiles en ces circonstances.

— Pardonnez-moi, s'excusa-t-elle en le servant. Je me suis laissé distraire par la maladresse de votre compagnon.

— Maudits Anglais… maugréa-t-il en observant sa pinte d'un air soupçonneux. Cette bière est empoisonnée, sûrement.

Reposant le pichet sur la table, Anne lui prit la pinte des mains, en but une bonne quantité et la reposa sèchement devant lui. Le bruit qui en résulta résonna dans la salle soudain silencieuse.

— Dois-je remplir votre pinte, sir ?

Au silence succéda un certain brouhaha. Les rires des membres du clan McJames se faisaient plus nombreux et moins discrets.

Helen apparut soudain à côté d'Anne. Modèle de bonne humeur et d'hospitalité, elle posa sur la table un plateau de fromages et de pain.

— J'espère que vous n'oublierez pas de préciser au roi que la châtelaine elle-même vous a servis, dit-elle.

— C'est donc vous, l'héritière anglaise ?

L'émissaire près duquel Anne se trouvait, qui venait de s'exprimer, la toisa de haut en bas, s'attardant sur ses seins.

— Je constate que vous n'êtes pas vilaine à regarder, reprit-il. C'est heureux, étant donné que McJames doit vous baiser pour empocher votre dot.

Anne sentait les yeux de Brodick peser sur elle. Le silence s'était de nouveau fait dans la salle. La tension était palpable. Sans un regard pour l'importun, Anne s'adressa à Helen :

— Demandez à la cuisinière de faire chauffer beaucoup d'eau. Nos invités ont besoin de se laver après leur long voyage. C'est la moindre des politesses de ne pas apporter sa crasse à la table de ses hôtes.

Sur ce, elle tourna les talons, sous les yeux des membres du clan qui la considéraient avec un respect nouveau. L'un après l'autre, ils se mirent à frapper leur cuisse d'une main, emplissant la grande salle d'un vacarme qui couvrit le bruit des conversations.

Suivie de Helen, elle se fraya un chemin jusqu'à la cuisine.

— On peut dire que vous les avez remis à leur place ! se réjouit celle-ci, radieuse.

Voyant qu'elle se rembrunissait en apercevant Ginny, Anne lui dit :

— Ne soyez pas trop sévère. Nous nous laissons tous influencer par les commérages. Si vous saviez ce que j'ai entendu raconter dans mon pays à propos des Écossaises...

Les servantes qui travaillaient à la longue table tendirent l'oreille. Même Ginny parut moins méfiante, dans l'attente de ce qui allait suivre.

— Selon ces histoires, reprit Anne, les Écossaises montent nues à cheval et se curent les dents avec la pointe de leur couteau. Je me suis toujours demandé où elles pouvaient le ranger, après avoir achevé de se curer les dents, si elles chevauchaient nues. Sans compter qu'avec les cahots de la course, elles devaient se couper les lèvres à chaque fois...

Les servantes la dévisageaient, stupéfaites. Helen éclata soudain d'un rire sonore et s'exclama :

— Vous êtes vraiment un cas à part, maîtresse !

Adressant à Ginny un regard sévère, elle ajouta :

— Toutes ne sont pas comme vous, aptes à comprendre que les choses ne sont pas toujours telles qu'elles semblent être, et que l'on doit avoir en sa possession tous les éléments pour juger.

Quelques murmures d'approbation s'élevèrent. Même Bythe acquiesça d'un signe de tête.

— Il y a de l'eau chaude à volonté, maîtresse, l'informa-t-elle. Si vous désirez prendre un bain...

— Merci, avec plaisir.

Anne savait que refuser aurait brisé la fragile entente qu'elle venait de forger. Le regard approbateur de Helen lui confirma qu'elle avait bien fait. Il ne restait plus trace de tension dans la cuisine. Les conversations avaient repris, comme auparavant.

Elle pouvait en être fière, car il n'était pas si courant de parvenir à déjouer des préjugés fortifiés par des siècles de méfiance. Peut-être était-ce en cela que les années passées à servir Philipa lui avaient été le plus utiles : en lui apprenant la patience.

Anne se félicitait d'avoir bien géré la situation, mais elle était plus heureuse encore d'avoir fait honneur à Brodick. Telle était sa véritable récompense, songea-t-elle en suivant Helen en direction de la salle d'eau.

— Regardez-moi ce regard de petit chien affectueux ! lança Cullen.

Brodick regardait son épouse traverser la grande salle en compagnie de Helen. Il jeta à Cullen un quignon de pain et répliqua :

— Le destin m'a fait une faveur en mettant cette femme sur ma route. Je ne voudrais pas le vexer en ne lui en étant pas reconnaissant.

Reconnaissant et fier. Son épouse prenait en main la bonne marche de sa maison. Elle le faisait avec le tact et la gentillesse qui la caractérisaient, qualités qui n'étaient pas si courantes parmi la noblesse anglaise, pour ce qu'il avait pu en juger. Il aurait pu rester assis à l'admirer pendant des heures, à s'imprégner de sa façon de bouger, d'affronter les difficultés sans céder à la facilité de la colère.

Oui, vraiment, le destin lui avait fait une faveur.

11

— Vous voilà prête à recevoir votre mari, constata Helen en tisonnant une fois de plus le feu qui n'en avait nul besoin. Je vais vous laisser. Bonne nuit, maîtresse.

Anne hocha la tête, morose. Elle redoutait la confession qu'elle devait faire à Brodick. Avalant sa salive à grand-peine, elle se jura de s'en tenir à sa résolution. Il le fallait. Pour se montrer à la hauteur de l'amour qu'il avait pour elle. Elle n'avait plus le courage de le tromper en lui dissimulant la vérité. Elle ne pouvait faire cela à l'homme qu'elle aimait.

Mais alors que le temps passait, les chandelles fondirent et le feu se transforma en braises sans que Brodick ait fait son apparition. Bien au chaud dans son lit, Anne finit par céder au sommeil.

Elle s'éveilla à l'aube pour découvrir le lit tout aussi vide à côté d'elle. Une tache écarlate attira son attention, malgré la pénombre. Se levant rapidement, elle alla ouvrir les rideaux, laissant entrer la lumière du soleil.

Une boîte enveloppée d'un carré de soie était placée sur le petit bureau. Au-dessus, un parchemin portant le sceau du comte d'Alcaon était posé. Ce fut d'une main tremblante qu'Anne s'en saisit. Lorsqu'elle le brisa, le cachet de cire produisit un bruit sec qui lui parut de mauvais augure.

Très chère femme,

Avec regret, je dois me rendre à la cour sur ordre royal. Soyez assurée qu'il faut la volonté d'un roi pour m'arracher à vous.

Écrivez-moi... vos lettres me rendront plus fort.

Brodick

Anne suivit d'un doigt rêveur le tracé de sa signature. Elle n'avait jamais reçu de lettre d'amour.

Il avait signé de son prénom. Cette preuve d'intimité lui allait droit au cœur. Mettant la lettre de côté, elle défit le paquet emballé de soie et découvrit un nécessaire à écriture aux parois satinées et délicatement sculptées. Deux charnières permettaient au couvercle de se relever. Des feuilles de papier, un encrier fermé par un bouchon en liège et deux plumes en os s'y trouvaient, de même qu'un pain de cire et un petit sceau en métal. En le retournant pour en étudier le motif, Anne reconnut le lion des McJames et réprima un sanglot. C'était un présent digne d'une châtelaine aimée.

Elle remit le sceau en place et referma soigneusement le couvercle. Elle comprenait désormais ce qui donnait à sa mère la force de supporter les insultes et le mépris : tout simplement, Ivy Copper

était amoureuse. Elle ne pouvait pas davantage s'arrêter d'aimer qu'elle ne pouvait cesser de respirer.

— Ah ! Il me semblait bien vous avoir entendue bouger.

Helen manquait ce matin de son entrain coutumier.

— Je vois que vous avez trouvé la lettre du laird, poursuivit-elle. Il était très en colère de devoir vous quitter, mais les émissaires du roi n'ont rien voulu entendre. Ils l'ont retenu une bonne partie de la nuit, à lui chercher querelle à propos de ci ou de ça, jusqu'à ce que le comte n'ait d'autre choix que de les suivre pour mettre un terme à ce mauvais procès. Mais, avant de partir, il a tenu à rédiger cette lettre de sa propre main.

Ce qui constituait de sa part le plus beau des cadeaux. Un homme de sa position n'écrivait pas ses missives lui-même. Anne avait rédigé la plupart de celles qu'avait signées Philipa.

Helen commença à se démener dans la chambre, dirigeant d'une main ferme les deux servantes qui l'accompagnaient.

— Il va falloir vous y habituer, constata-t-elle tout en vaquant à ses occupations. Être comte entraîne des obligations. Vous avez dû vous en apercevoir, vous qui avez fréquenté la cour.

Anne n'écoutait plus. Elle avait perdu le fil de ce que Helen était en train de dire. Son estomac se rebellait. Un voile de sueur couvrait son front. La nausée se manifestait ce matin avec tant de violence qu'elle ne put la contenir. En toute hâte, elle se rua vers son pot de chambre pour vomir.

Anne tremblait de tous ses membres quand Helen l'aida à se relever.

— Je... je ne sais pas ce que j'ai, balbutia-t-elle. Je ne me sens pourtant pas malade.

Helen la soutint pour lui faire traverser la chambre en essuyant son front avec un linge humide.

— Je comprends pourquoi vous n'emportiez dans votre chambre que du pain sec et de l'eau, commenta-t-elle.

D'un claquement de doigts, elle attira l'attention d'une des servantes et lui ordonna :

— Va chercher un peu de pain frais à la cuisine. Et vite !

Un large sourire illumina le visage de la jeune fille. Anne la regarda sortir en toute hâte sans comprendre ce qui la réjouissait ainsi.

— Quel dommage que le laird ait dû partir ! se lamenta Helen en dansant littéralement de joie. Mais mieux vaut que ce soit maintenant que lors de vos premières douleurs.

— Mes... mes premières douleurs ?

Helen la dévisagea un moment.

— Il est vrai que vous venez de vous marier, dit-elle enfin. Le Seigneur n'a pas tardé à bénir votre union... Vous n'avez pas eu vos règles depuis que vous avez quitté l'Angleterre, n'est-ce pas ?

Anne écarquilla les yeux. Effectivement. Elle n'y avait pas prêté attention. À n'en pas douter, elle devait être enceinte.

Être restée vierge ne signifiait pas qu'elle était ignorante de ces choses. La grossesse et ses signes constituaient un sujet largement discuté dans les cuisines de Warwick Castle. En songeant qu'il lui fallait désormais prendre en considération le sort d'un enfant innocent, elle sentit le désespoir la gagner.

Mais celui-ci fut vite remplacé dans son esprit par le souvenir de Brodick tel qu'il lui était apparu la veille dans la cour du château, irrésistible. Donner un enfant à cet homme était une chose merveilleuse.

Cependant, c'était l'enfant de Mary qu'il voulait : un héritier légitime, et non le bâtard d'une demi-sœur...

— Qu'avez-vous donc ? s'inquiéta Helen, pleine de sollicitude. C'est une bonne nouvelle, réjouissez-vous !

Anne posa la main sur son ventre, s'efforçant de sentir la présence de cette petite vie qui grandissait en elle.

— Il faut prévenir la couturière, qu'elle se mette à l'ouvrage, enchaîna Helen. Et plus de corset pour vous !

Elle s'écarta, révélant une feuille de papier de couleur crème qu'elle avait sortie de l'écritoire et posée sur le bureau. Elle avait inséré l'encrier dans un logement prévu à cet usage afin que celui-ci ne se renverse pas.

— Vous devriez écrire au comte, conseilla-t-elle. Le laird sera fou de joie d'apprendre la nouvelle...

— Je lui écrirai, promit Anne. Mais pas tout de suite.

— Je comprends, assura Helen en rebouchant l'encrier. Vous ne vous sentez pas bien. Cela va passer. Nous enverrons chercher Agnès, si ça peut vous tranquilliser.

Anne se détourna et plaqua la main sur sa bouche pour ne pas gémir. Une évidence s'imposait à elle : elle ne voulait pas condamner son enfant à la bâtardise qu'elle-même avait subie.

Les yeux emplis de larmes, elle contempla le bureau et la feuille de papier qui l'attendait. Il ne lui était plus possible d'avouer à Brodick qui elle était véritablement. Ni maintenant, ni jamais...

Deux semaines plus tard, une lettre du comte arriva. Anne en fut surprise et heureuse. Son père n'avait jamais écrit à sa mère quand il se trouvait à la cour. Pour cette raison, elle s'était efforcée de ne rien attendre.

Il y avait tant de choses à faire qu'elle s'était consacrée aux mille tâches à accomplir que le printemps nouveau imposait. Déjà, les récoltes précoces s'annonçaient. Il y avait du savon à fondre à présent qu'il faisait assez beau pour que les chaudrons puissent être installés dehors sur de grands feux. Pourtant, en dépit de ses efforts pour le remplir, le temps lui avait paru long. Elle continuait de se réveiller la nuit en cherchant son mari à tâtons dans son lit. Elle n'avait cessé de se répéter qu'il ne servait à rien de penser à lui, de se languir de lui, qu'il était compliqué – et même complètement fou – de persister à l'aimer. Mais son cœur refusait d'écouter.

À l'arrivée du messager, Anne fit en sorte de réprimer son impatience et de veiller à ce qu'il soit nourri, que des vêtements propres lui soient fournis. Elle fit les cent pas pendant qu'il s'attardait dans son bain, refusant de s'enquérir de la lettre avant que l'hospitalité lui ait été offerte dans les règles. Puis, lorsque la nuit tomba sur Sterling, il ouvrit enfin sa sacoche en cuir et lui tendit un rouleau de parchemin scellé.

— Oh, non ! protesta Helen en le lui prenant des mains. Vous n'allez certainement pas lire ça ici !

— Helen ! s'écria Anne en s'efforçant de le récupérer.

— *Naye.* Ce sera bien mieux de le lire dans votre chambre.

Anne se renfrogna. Elle ne voulait pas attendre. En lui souriant gentiment, Helen insista :

— Suivez-moi, maîtresse. Je vais vous montrer comment il faut lire une lettre d'amour.

Helen la conduisit jusqu'à sa chambre en tenant la missive devant elle, comme pour l'appâter. Là, elle posa le parchemin sur le lit et s'employa à la débarrasser de ses vêtements, ne lui laissant que sa chemise. Le printemps était bien avancé et il ne faisait pas froid. Le feu qui brûlait néanmoins dans l'âtre rendait le dallage de pierre accueillant sous ses pieds nus.

Helen retira toutes les épingles de ses cheveux et les brossa, mais sans les natter comme elle le faisait chaque soir.

— Voilà, conclut-elle, satisfaite. C'est ainsi qu'il faut lire votre lettre. Comme vous vous présenteriez à lui s'il devait vous rejoindre pour la nuit.

Helen alla reposer la brosse sur la coiffeuse. Les deux servantes qui l'accompagnaient tirèrent les tentures de chaque côté du lit. En s'installant dans celui-ci, Anne caressa du bout du doigt le cachet de cire. Helen renvoya les servantes et s'attarda pour moucher les bougies. Elle n'en laissa qu'une seule sur le bureau.

— Bonne lecture, maîtresse, dit-elle en s'apprêtant à sortir. Et n'oubliez pas de lui répondre. Le messager repartira à l'aube.

La chambre se retrouva plongée dans une tranquille quiétude. Le feu craquait dans la cheminée. Elle entendait le vent souffler à l'extérieur. Sans défaire les couvertures que Helen avait soigneusement installées autour d'elle, Anne se redressa à la tête du lit. Elle brisa le sceau et déroula le parchemin. Les lettres parfaitement formées à l'encre noire dansaient sur la page.

Anne s'absorba dans sa lecture, apprenant pour la première fois à connaître l'homme pour qui elle avait quitté Warwick. Jamais ils n'avaient échangé à propos des choses simples de l'existence. Brodick les lui racontait à présent. Il lui disait ce qu'il aimait et n'aimait pas. Il lui expliquait qu'il préférait la petite bière à la bière forte et la bruyère au romarin. Plusieurs dates ponctuaient la lettre. Elles indiquaient qu'il pensait à elle chaque soir, et les gouttes de cire de bougie répandues prouvaient qu'il était resté à lui écrire tard dans la nuit.

La passion naissait entre eux dès qu'ils se trouvaient ensemble, mais cette lettre établissait une intimité différente. Il émanait de sa prose une grande tendresse et une confiance absolue. Il ne craignait pas de lui révéler ses pensées les plus folles ou les plus saugrenues, ce qui la touchait profondément.

Après avoir achevé sa lecture, Anne sortit de son cocon et alla s'installer à son bureau. Elle avait l'impression que Brodick se trouvait là, près d'elle. En trempant la plume dans l'encrier, la solitude lui pesa moins sur les épaules, pour la première fois depuis qu'il était parti. La pointe grattait doucement le papier au fur et à mesure qu'elle la rechargeait d'encre. Elle prenait la précaution, pour ne pas maculer sa lettre, d'attendre que la ligne qu'elle venait de tracer soit sèche avant d'en entamer une autre. Cela lui permettait de méditer chaque phrase.

Elle terminait une seconde page, dans laquelle elle lui racontait les petits riens du quotidien, comme lui-même l'avait fait, lorsque des coups frappés à sa porte vinrent briser sa concentration.

Helen, portant une petite lanterne, apparut dans l'entrebâillement.

— Je finis à l'instant, lui dit Anne.

Après avoir soufflé sur la dernière ligne pour achever de la faire sécher, elle plia la feuille. Puis, ayant chauffé l'extrémité du bâton de cire à la flamme de la chandelle, elle le pressa à l'endroit où le pli se fermait, y déposant une petite pastille rouge sur laquelle elle appliqua le sceau. Le cachet montrait le lion des McJames.

— Merci d'avoir attendu, Helen...

— De rien, répondit celle-ci en saisissant le pli scellé qu'elle lui tendait.

Helen posa sa lanterne et tira les couvertures du lit à son intention. Quand Anne s'y fut de nouveau glissée, elle apprécia ce confort parce qu'elle savait que celui-ci n'avait rien d'acquis, et qu'il lui faudrait un jour s'en passer. Helen moucha la dernière bougie et sortit en emportant la lettre.

Tout était tranquille dans la chambre obscurcie, mais le bébé choisit cet instant pour se mettre à bouger... Dans son ventre, cela ressemblait à un battement d'ailes de papillon. Anne se figea, le souffle coupé, et le phénomène se produisit de nouveau, confirmant qu'elle n'avait pas rêvé. Elle posa la main sur son ventre qui s'arrondissait et sentit une profonde émotion l'envahir.

Cet enfant naîtrait dans l'amour, même si Anne devrait ensuite se résoudre à l'abandonner à Mary. Le devoir d'une mère n'était-il pas de tout sacrifier pour le bonheur de ses enfants ? Des larmes roulèrent sur ses joues et s'écrasèrent sur l'oreiller. Elle refusait cependant de s'apitoyer sur elle-même, et pour rien au monde elle ne regretterait cet amour. Même si cela devait lui briser le cœur. Aimer, c'était comme goûter à la vie pour la première fois.

Son enfant méritait pourtant autre chose. Sa propre vie était un exemple de ce qui se passait quand on essayait d'opposer l'amour à la marche ordinaire du monde. Mary était la véritable maîtresse de Sterling. Si Anne l'avouait à Brodick, elle pouvait au mieux espérer demeurer sa maîtresse, mais son enfant aurait alors à subir sous la coupe de sa demi-sœur ce qu'elle-même avait souffert sous celle de Philipa.

D'un autre côté, si elle retournait à Warwick Castle et permettait à Mary de prétendre que cet enfant était le sien, celui-ci aurait tous les bénéfices de la légitimité.

Résolument, Anne s'essuya les yeux. Il en serait donc ainsi. Elle partirait, mais pas avant que la naissance soit proche, car sinon il viendrait la chercher. Pour le bien de leur enfant, elle devait se résoudre à le trahir une seconde fois. C'était le plus grand présent qu'une mère pouvait faire.

Cette pensée consolatrice finit par l'aider à s'endormir. Et, dans ses rêves, elle retrouva Brodick.

Débarquer à la cour n'avait rien d'une chose facile. Brodick dut passer les cinq premiers jours à trouver un endroit où dormir. La présence du roi en ville faisait que les meilleures demeures étaient louées, et il n'avait quant à lui jamais eu l'utilité d'en posséder une. Son père, avant lui, avait également évité la cour.

La ville bruissait d'activité et de gens. Les tartans aux motifs et aux couleurs différents dénotaient la présence de nombreux membres de la noblesse. Certains portaient leur kilt à l'ancienne, non plissé. Tous les clans n'avaient pas encore adopté la nouvelle mode.

Il s'écoula ainsi une quinzaine avant que Brodick puisse faire son apparition à la cour. S'y montrer avant aurait constitué une perte de temps. Le roi était au courant de sa présence, puisqu'il avait fait prévenir son chambellan de son arrivée.

James Stewart – ou Jacques Stuart – avait été élevé par des courtisans, sa mère ayant été décapitée il y avait bien longtemps de cela. Par un ironique tour du destin, il était l'héritier du trône anglais d'Élisabeth Tudor, alors que celle-ci avait signé l'arrêt de mort de sa mère de sa propre main.

En pénétrant dans le principal salon du palais, Brodick le trouva encombré d'une foule d'ambassadeurs venus des quatre coins du monde. Tous étaient richement habillés et accompagnés d'une suite nombreuse. Les sonorités de langues étrangères – portugais, français, italien et même espagnol – se faisaient entendre. La colère sourde qui l'animait atteignit des sommets quand il découvrit la foule qui patientait. Encore n'était-ce là que le hall principal... Le chemin serait encore long avant d'accéder aux appartements royaux. Si l'envie lui en prenait, James pouvait le faire attendre tout un mois avant de le recevoir.

— Eh bien ! s'exclama Druce, impressionné. Il semble que nous ayons gagné quelque influence, nous autres Écossais, depuis la dernière fois que je suis venu ici.

— Cela explique pourquoi Jamie est si chatouilleux sur le chapitre des disputes entre clans, maugréa Brodick.

— *Aye.* Cela explique bien des choses.

Les nouvelles modes en Europe se mêlaient à la tradition celtique parmi l'assemblée. Il y avait une majorité de kilts, mais culottes et pantalons vénitiens en velours apparaissaient. Bien des ambassadeurs arboraient aussi de courtes capes richement ornées d'incrustations d'or et de pierres précieuses. Brodick et ses hommes portaient quant à eux des pourpoints à longues manches, le lainage vert dans lequel ils étaient taillés constituant la marque du clan McJames depuis plus d'un siècle.

— Je dois admettre, confia-t-il à son cousin, que cette débauche de mode me surprend un peu.

Sa broche était en or et sertie de deux rubis figurant les yeux du lion de son emblème. Elle avait appartenu à son père et, un jour, elle appartiendrait à son fils. À sa main droite, il portait l'anneau sigillaire du comte de McJames. Celui-ci ne devait jamais quitter sa main, à moins d'être confié à un homme prêt à le défendre au prix de sa vie si nécessaire.

Druce eut un ricanement sarcastique.

— En ce qui me concerne, dit-il, je reste le plus heureux des hommes dans mon kilt.

— Moi de même.

Ils se figèrent en voyant McQuade faire son entrée dans la salle à la tête de ses hommes. Il grimaça en découvrant le nombre de gens demandant audience au roi. Deux gardes barraient de leurs lances croisées l'accès des appartements royaux. Tout le monde guettait l'apparition du chambellan qui viendrait annoncer tôt ou tard les noms des heureux élus à qui le roi accorderait audience aujourd'hui. Il n'y avait rien d'autre à faire qu'à attendre.

— Chiens de bâtards de McQuade, marmonna Cullen, les poings serrés.

— Du calme ! répliqua Brodick. Nous sommes ici pour prouver que ce n'est pas nous qui avons commencé.

Du moins, cette fois-ci… Pour être honnête, Brodick devait admettre qu'il lui était arrivé de faire quelques incursions de nuit sur les terres des McQuade. Mais jamais il n'avait mis le feu à la moindre ferme.

Assenant une tape magistrale sur l'épaule de Cullen, Druce plaisanta :

— Que se passe-t-il, mon garçon ? Tu n'aimes pas l'aspect de ton futur beau-père ?

— Aurais-je manqué quelque chose ? s'étonna Brodick.

Il dévisagea son frère, qui pour une fois ne pipa mot.

Le chambellan vint enfin percuter de son long bâton blanc un socle en cuivre posé sur le sol. Le bruit qui en résulta ramena instantanément le silence dans l'assemblée.

— Oyez, oyez ! lança-t-il dignement. Sa Majesté va recevoir les comtes de McQuade et de McJames.

Cette annonce provoqua un brouhaha désapprobateur. Certains de ceux qui attendaient vinrent plaider leur cause en agitant sous le nez du chambellan différents documents. Droit comme un I, celui-ci n'eut même pas un regard pour eux.

— Au moins, Jamie n'est pas décidé à nous faire prendre racine dans son antichambre... se félicita Brodick.

Il était pressé de s'expliquer avec son roi et de quitter la cour au plus vite. Il n'avait aucune intention de perdre son temps parmi les intrigants qui gravitaient autour du trône. La seule faveur qu'il réclamait, c'était de pouvoir rentrer chez lui pour retrouver sa douce épouse.

Les gardes décroisèrent leurs lances, permettant à lui et ses hommes l'accès au salon intérieur, pavoisé aux couleurs de la maison royale. Ici se pressaient les dames vêtues de robes de soie et de velours. Leurs visages étaient peints, mais pas de ce fond de teint blanc et cadavérique dont les belles Anglaises aimaient se parer. Avec leurs joues et leurs lèvres excessivement rouges, elles n'en demeuraient pas moins ridicules à ses yeux.

Brodick s'inclina en ployant le genou et posa le poing serré contre son épaule gauche. Cullen et Druce l'imitèrent.

— Votre Majesté...

Assis sur un trône surélevé à l'extrémité d'un tapis rouge, James Stewart les fixa.

— McJames et McQuade ! lança-t-il d'un ton glacial. Suivez-moi dans mes appartements. Deux hommes chacun.

McQuade adressa à Brodick un regard sinistre et s'inclina à son tour devant le roi. Celui-ci se leva et quitta la salle du trône. Brodick se redressa, gratifiant son ennemi d'un coup d'œil menaçant.

— Alors, McQuade ? On court se réfugier en pleurant auprès de son roi ?

Il produisit un bruit de bouche dégoûté et ajouta :

— J'ai toujours su que tu n'étais qu'un pleutre qui ne supporte pas de perdre.

Brodick vit avec satisfaction son visage s'empourprer violemment.

— Et toi, répliqua McQuade, tu n'es que le fils d'un sale brigand.

Brodick se rengorgea.

— Mon père disait que je ressemblais beaucoup à ma mère, lança-t-il d'un ton provocant. Es-tu d'accord avec lui, toi qui la connaissais ?

McQuade cracha sur le sol.

— Elle était mienne ! fulmina-t-il.

Cullen émit un rire sarcastique et enroula autour d'un doigt une mèche de ses cheveux blonds, exactement de la même couleur que ceux de leur mère.

— Erreur, vieil homme, dit-il. Nous sommes la preuve qu'elle a été la femme de notre père.

Le sourire de McQuade se fit rusé.

— Nous verrons qui aura le dernier mot.

Sur ce, il se dirigea vers les appartements du roi, ses éperons cliquetant sur ses talons.

Druce assena une tape sur l'épaule de Cullen.

— Bien dit, mon garçon.

Cullen se rengorgea.

— Tu le penses vraiment ?

Druce se pencha vers lui et murmura :

— Vous constituerez une très touchante famille, une fois que tu auras épousé Bronwyn.

Cullen se hérissa, les poings serrés. Mais comme il leur fallait rejoindre le roi et le saluer de nouveau, il n'eut pas le temps de répliquer.

— Assez de protocole, grommela James.

Le roi fixa d'abord son attention sur McQuade, qui soutint effrontément son regard, le menton pointé.

— McJames, dit Jamie. Explique-moi pourquoi tu as blessé plusieurs hommes de McQuade, le mois dernier.

Brodick s'inclina.

— Parce que je les ai surpris en train d'incendier les maisons de mes fermiers.

— C'est faux ! s'insurgea McQuade.

— C'est vrai ! riposta Druce en s'avançant d'un pas. Je les ai vus de mes propres yeux.

Le roi leva la main et demanda en fixant Druce de son regard perçant :

— Tu es prêt à le jurer ?

— Sur le titre de Brisbane, je le jure ! Quand les raids ont commencé, j'ai accompagné mon cousin et j'ai vu les hommes de McQuade lancer leurs torches.

L'intéressé ne paraissait nullement repentant. Tout au contraire, son visage exprimait une certaine satisfaction. Le roi émit un grondement sourd.

— Que vais-je faire de toi, McQuade ? grommela-t-il.

Jamie considéra longuement le groupe formé par le clan McQuade, avant d'ajouter :

— Les yeux du monde sont fixés sur l'Écosse. Nous n'avons plus de temps à perdre en querelles sans fin !

McQuade, cette femme est depuis longtemps perdue pour toi, ses fils sont devenus des hommes.

Croisant les bras, McQuade secoua la tête d'un air buté.

— Je ne m'estimerai satisfait que lorsque j'aurai récupéré une partie de la dot qui m'était promise.

— La dot de ton épouse n'était pas négligeable, objecta le roi.

— Mais elle ne comportait pas de terres. Ce sont celles que McJames s'est injustement accaparées que je veux récupérer !

Il avait progressivement élevé le ton, et c'était presque en criant qu'il avait prononcé ces dernières paroles.

— Il gèlera en enfer avant que ça se produise ! rétorqua Brodick. Tu m'as fait venir ici sans aucune raison ! Tes hommes semaient la désolation sur mes terres. Je les ai renvoyés gémir en compagnie de leur maître.

— Assez !

Jamie s'était dressé d'un bond. Un doigt pointé sur McQuade, il poursuivit :

— Tu m'as fait perdre mon temps ! Ces terres étaient promises à l'époux de l'héritière. Il n'y aura pas de marchandage sur les dispositions qu'un père a prévues pour sa fille il y a trente-cinq ans de cela. Je te suggère plutôt de négocier de bons mariages pour tes fils, si tu veux agrandir tes possessions.

— Mais, par le mariage qu'il vient de faire avec une Anglaise, McJames va doubler la surface de son domaine !

Le poing dressé, McQuade fulminait. D'un ton vindicatif, il conclut :

— Je veux ces terres, et je les aurai !

— Et moi, j'ai dit que tu ne les auras pas ! trancha le roi avec une ferme autorité.

Puis, se tournant vers Brodick :

— Tu as donc pris femme ?

Brodick leva le menton.

— *Aye*, répondit-il. Il y a trois mois de cela.

Le roi resta silencieux un moment. McQuade recommença à brandir le poing.

— Vous voyez ? éructa-t-il en se rapprochant du monarque. Cet homme est assoiffé de pouvoir. Il fortifie ses positions pour vous défier.

— Ce n'est pas vrai ! protesta Brodick en le foudroyant du regard. Surveille tes insultes, vieillard ! Je ne suis pas un traître, et je ne permettrai à aucun homme de le prétendre.

— Assez !

Les gardes appuyèrent l'ordre de leur roi en abaissant leurs lances. McQuade frémissait de rage, mais il dut reculer devant les pointes acérées qui le menaçaient.

— Vous resterez tous les deux à la cour pour tout l'été, ordonna le roi. Je n'ai plus de temps à perdre avec vos querelles.

— Ma nouvelle épouse est enceinte, fit valoir Brodick.

Un sourcil arqué, James objecta :

— Si son ventre est plein, elle n'a plus besoin de toi. Tu restes !

Brodick serra les poings. Même la menace présentée par les gardes ne l'impressionnait pas. Jamie pointa le doigt vers lui et ajouta fermement :

— J'ai besoin de toi, McJames. Cette cour est pleine de lairds intrigants qui veulent continuer à se massacrer les uns les autres pour des prétextes futiles. Ta clairvoyance me sera utile.

— Mon roi...

— J'ai dit ! Tu serviras ton roi tout l'été. Et je te renverrai à temps chez toi pour la naissance de ton fils.

McQuade émit un ricanement, qui lui valut aussitôt les foudres du roi.

— Quant à toi, McQuade, tu attendras mon bon vouloir dans le salon principal.

— Votre Majesté...

— Je n'apprécie pas qu'on vienne me glisser à l'oreille des contes dénués de tout fondement en m'imaginant assez faible d'esprit pour les croire ! Il y a là dehors des hommes qui attendent depuis des mois que je veuille bien examiner leur requête. Des problèmes qui peuvent être réglés, alors que l'on ne peut rien pour une épouse perdue aux dés voilà des décennies... Reprends-toi, McQuade ! Tu aurais dû te montrer plus avisé.

D'un regard hautain, royal, Jamie désigna la porte à McQuade.

— Va ! conclut-il. Et tu ferais bien de ne pas me faire faux bond et d'attendre tranquillement dehors que j'aie besoin de toi.

— C'est une insulte ! fulmina McQuade. Même venant de mon roi.

D'un regard implacable, l'intéressé lui signifia qu'il ne goûtait pas sa remarque et répliqua :

— Tu préfères peut-être que je te mette au cachot pour avoir porté de fausses accusations contre un pair du royaume ?

McQuade ne trouva rien à répondre à cela. Il regarda Brodick, puis le roi, avant de reporter son attention sur les pointes des lances. Puis, après avoir brièvement hoché la tête, il quitta la pièce en trombe.

— Cet homme va te chercher noise jusqu'à sa mort, commenta Jamie en le regardant sortir.

Après avoir tristement secoué la tête, il prit son gobelet et but une longue rasade. Ses gardes, derrière lui, s'étaient remis au garde-à-vous.

— Ses fils ont sans aucun doute été élevés pour te détester autant que lui, reprit-il avec lassitude. C'est une bonne chose que tu n'aies rien laissé filtrer de ton intention de prendre femme. Il t'aurait chipé ta promise, s'il avait su.

— Il aurait pu essayer.

Jamie se mit à rire.

— *Aye*, approuva-t-il.

Sur un claquement de doigts, un serviteur apporta des gobelets pour les trois visiteurs. Bien qu'il n'eût aucun goût pour le vin français, Brodick prit docilement le sien. Ces alcools étrangers embrouillaient l'esprit.

— McJames préfère la petite bière, annonça le roi.

Brodick rendit le gobelet de vin au serviteur.

— Vous vous en souvenez ? s'étonna-t-il.

La mémoire du roi l'impressionnait. Cela devait faire une dizaine d'années qu'ils n'avaient pas trinqué ensemble.

— Voilà longtemps que je serais mort si je n'avais pas l'esprit affûté, répondit Jamie. Nombreux sont ceux qui ne veulent pas me voir monter sur le trône d'Angleterre.

Le roi attendit le retour du serviteur, porteur cette fois d'une pinte de petite bière. Son gobelet serré entre ses doigts, Druce parut sur le point de se mettre à pleurer, avant de voir avec satisfaction un serviteur apporter deux autres pintes.

— Je ne t'ai pas menti, reprit-il enfin. J'ai vraiment besoin de toi. Des délégations de toutes les maisons royales du continent arrivent ici chaque jour. C'est un de ces moments où le roi d'Écosse a besoin de ses comtes autour de lui.

James adressa à Brodick un regard perçant et ajouta :

— En échange de ton aide, je garderai McQuade au bout d'une laisse pour que tu n'aies pas à t'inquiéter qu'il puisse harceler tes gens en ton absence.

— Et ses fils ? s'enquit Brodick, méfiant.

— Je leur ordonnerai de tenir compagnie à leur père. Quelques mois à patienter dans mon antichambre devraient les dissuader de colporter des contes à dormir debout. Mais je ne peux te promettre que cela les empêchera de remettre ça à l'automne…

— Je n'ai pas besoin qu'on m'aide à les repousser chez eux.

Il consulta du regard Cullen et Druce, qui haussèrent les épaules. Servir son roi était un honneur, mais cela signifiait ne pas rentrer à Sterling avant l'automne.

Brodick masqua son mécontentement derrière sa pinte. Il lui était arrivé de juger sévèrement des hommes plus âgés que lui qui ne rêvaient que de rentrer chez eux. Et voilà qu'à son tour… Les jeunes fats bouillants de l'envie de se battre et d'agir ne savaient pas ce qu'ils perdaient.

Une seule chose le vexait un peu : son épouse n'avait pas jugé utile de le mettre au courant de sa grossesse. Sa lettre était plaisamment écrite, mais elle ne disait rien de ce que Helen lui révélait dans le billet qu'elle avait remis au messager. Brodick n'éprouvait aucun remords de lui avoir ordonné de lui écrire en secret. Il n'y aurait cette fois pas de surprise désagréable quand il rentrerait chez lui. Il avait besoin de savoir que l'on s'occupait correctement de sa femme.

Quelque chose ne tournait pas rond avec Mary, mais il n'aurait su dire quoi. Il éprouvait la même sensation que lorsqu'un homme se sent épié dans son dos. Il n'en restait pas moins que, pour les mois à venir, il lui faudrait servir son roi. Un McJames ne se dérobait jamais à son devoir.

Angleterre, quatre mois plus tard

— Mère ! Je m'ennuie à périr ! Je vais devenir folle si je dois endurer cette réclusion plus longtemps !

Mary Spencer fulminait en faisant les cent pas. Elle tira violemment sur sa manche et ajouta, le nez froncé :

— Et je déteste ces tissus en laine ! Ils puent comme les moutons ! Je veux mes robes en velours ! Cela fait une éternité que cet Écossais est venu chercher Anne !

— Cela ne fait que sept mois.

Philipa lança un regard las à sa fille.

— Sept mois et demi ! rectifia celle-ci.

— Ce n'est pourtant pas assez.

Mary émit une longue plainte stridente. Philipa se massa le front. En voyant sa fille, maussade, s'asseoir sur le sol dans ses jupons en laine, elle s'efforça de la consoler.

— Tranquillise-toi, mon agneau... Nous avons presque réussi à déjouer ce mariage que ton père a négocié pour toi. Encore quelques semaines, et ce sera terminé.

— Et si Anne n'est pas enceinte ?

Philipa se renfrogna.

— Elle a intérêt à l'être !

Le risque qu'elle ne le soit pas suffisait à transformer en rage sa colère latente. Comme elle aurait aimé laisser sa vengeance s'abattre sur Ivy Copper et sa nichée de bâtards ! Elle aurait voulu les noyer dès leur naissance comme des petits chats.

Anne avait en effet tout intérêt à être enceinte et à donner le jour à un garçon. Il y avait un risque à la laisser trop longtemps chez ces Écossais. Même quand on les fouettait pour les en empêcher, les serviteurs finissaient toujours par parler.

Un long soupir lui échappa. Il n'était certes pas facile de triompher les pièges de l'existence. Tout autant que sa fille, elle aurait à endurer les quelques semaines à venir. Elle n'aimait pas qu'Anne ait pu être si longtemps traitée en châtelaine. Il était possible que cette bâtarde finisse par oublier où se trouvait sa véritable place. Même la menace qui pesait sur sa famille pouvait finir par s'estomper alors qu'elle régnait sur un domaine loin de Warwick Castle.

Il y avait sûrement quelque chose à faire pour éviter cela. Quelque chose qui serait pour elle un rappel à l'ordre. À son tour, Philipa se mit à faire les cent pas dans la pièce en mûrissant un nouveau plan.

Sterling, un mois plus tard

Ces tuniques allaient la rendre folle.

En trébuchant une fois de plus sur l'ourlet du vêtement, Anne poussa un grondement de colère et empoigna le tissu afin de dégager ses pieds. Son ventre trop gros ne lui permettait plus de porter de jupes. C'était assez frustrant, car elle se sentait en pleine forme et ne supportait pas d'être ralentie dans ses mouvements par ses vêtements amples.

— Prends le troupeau à revers, Ginny ! lança-t-elle vivement. Dépêche-toi !

Anne se précipita du côté opposé, faisant voler les pans de sa tunique pour diriger les oies vers les enclos. Le temps était venu de les laver et de les débarrasser de leur épais duvet. Leurs plumes pouvaient désormais leur suffire, et elles auraient largement le temps de se regarnir avant le prochain hiver.

En faisant de grands gestes, elle rabattit un jars qui se sauvait. L'animal cacarda très fort en battant des ailes.

— Du calme... tenta-t-elle de le raisonner. J'ai besoin d'un bon édredon, et je t'assure que ce duvet ne te manquera pas.

Le jars fila enfin vers les enclos provisoires, installés au bord de la rivière afin de faciliter les opérations.

Satisfaite, Anne s'immobilisa et sentit son bébé remuer. Elle posa les mains sur son ventre rebondi et le caressa doucement. Elle se sentait aussi replète qu'une citrouille.

Depuis le château, une sonnerie de cloches se fit soudain entendre. Elle tourna la tête vers la forteresse et sentit son cœur s'emballer. Un nuage de poussière montait de la route qui y menait. Les yeux plissés, elle tenta de discerner un étendard, priant tout bas pour découvrir celui de son mari.

— Maîtresse, il vous faut rentrer !

Ce ferme avertissement émanait d'un capitaine qui ne la quittait pas d'un pas lorsqu'elle sortait de Sterling. Anne tourna la tête vers lui et le vit observer l'approche du convoi.

— Pardonnez-moi, madame, nous devons vraiment y aller.

Il s'était exprimé avec une autorité qu'elle savait ne pas pouvoir défier. L'homme connaissait son devoir. Après l'avoir rejointe, il lui prit la main et l'aida à monter dans la charrette dont elle devait désormais se contenter. L'usage de sa jument lui avait été interdit dès l'instant où Helen avait annoncé à tout le château qu'elle était enceinte. Ginny et les autres furent laissées sur place pour poursuivre la tâche en cours. Quant à elle, on lui fit regagner l'abri de la muraille en toute hâte. Brodick avait tenu sa promesse de faire en sorte qu'elle ne puisse plus sortir seule.

Ils passèrent les portes de la forteresse bien avant que les nouveaux venus les aient rejoints. Helen l'attendait sur les marches du perron.

— Est-ce le comte qui revient ? s'enquit Anne.

Helen secoua négativement la tête.

— Le laird ne veut pas que l'on sonne à son approche. Il prétend que c'est un honneur qu'il n'a pas encore mérité.

Anne sentit un frisson lui remonter l'échine. Son enfant se mit à cogner fort dans son ventre tandis qu'elle observait la route par-delà la porte ouverte. Bientôt, le convoi fut assez proche pour qu'elle puisse reconnaître les couleurs de Warwick claquant au vent. Un sentiment d'horreur l'envahit tandis qu'un flot de cavaliers investissait la cour. L'homme qui venait en tête enleva son casque et secoua sa longue chevelure.

Son visage, Anne aurait voulu l'avoir oublié.

Cameron Yeoman était un monstre. Utilisé par Philipa, comme d'autres de son engeance, pour faire régner l'ordre et la terreur à Warwick Castle, l'homme était connu pour son usage de la force la plus brute. En lui adressant un sourire qui ressemblait davantage à une grimace, il laissa son regard se poser sur son ventre rond.

— Le bonjour à vous, madame... dit-il. Votre mère, Philipa, vous envoie ses tendres salutations.

Anne se sentit pâlir. Sur un signe de Cameron, un autre cheval vint se placer à côté du sien. C'était Bonnie qui le montait. La sœur d'Anne avait les joues rouges. Une grande détresse se lisait dans ses yeux.

— J'ai une lettre pour toi, annonça-t-elle. La maîtresse m'a chargée de te la remettre.

Anne descendit les marches aussi rapidement que le lui permettait sa corpulence. Elle ne supportait pas de voir sa sœur aux côtés d'un tel diable. Plus d'une servante, à Warwick Castle, avait dû être violée par lui. Souvent, il battait ses victimes même quand elles se résignaient à leur sort.

Bonnie plongea la main dans une sacoche en cuir qu'elle portait au côté et en tira un pli qu'elle lui tendit.

Anne prit la lettre, mais seul le fait de séparer sa sœur de son escorte l'intéressait.

— Bonnie, descends ! ordonna-t-elle.

— Reste là ! contra aussitôt Cameron.

Bonnie tressaillit et se figea, les mains crispées sur le pommeau de la selle.

Le capitaine Murry, en charge de la protection d'Anne en dehors des remparts, s'était éloigné, la laissant à la merci de leurs visiteurs. Le travail reprenait autour d'eux. Même Helen s'était jointe, dans un coin de la cour, à un groupe de femmes qui lavaient de la laine. Chacun semblait avoir à cœur de lui laisser un peu d'intimité avec ses visiteurs.

Cameron mit pied à terre et s'approcha suffisamment pour que nul autre qu'elle ne puisse l'entendre.

— Ta sœur reste où elle est ! cracha-t-il.

D'une poche intérieure de son pourpoint en cuir, il tira un autre pli qu'il exhiba devant elle avec un sourire torve.

— Voici un contrat de mariage par procuration, dit-il. En tant que mari, il me donnera tous les droits sur ta charmante sœur. Tu peux dire ce que tu veux, personne dans ce château ne me privera de ma légitime épouse.

— Elle a à peine quinze ans, murmura Anne.

— Ce qui ajoute à ses charmes, répliqua-t-il en souriant de plus belle. Je confesse que je les aime jeunes.

La dépravation se lisait dans son regard. Entre ses lèvres pincées, il agita un bout de langue obscène, se repaissant du sentiment d'horreur que ce geste faisait naître en elle.

— Trouve un moyen de me rejoindre à l'extérieur en laissant tes anges gardiens derrière toi. Sinon, je vais beaucoup apprécier mon retour à Warwick. Mais tu peux être sûre que ce ne sera pas le cas de ta sœur.

Après avoir reniflé bruyamment, il enchaîna :

— Toute femme ne doit-elle pas, un jour ou l'autre, être matée par un homme ?

— Je pense que je vais plutôt vous faire jeter dehors comme le serpent venimeux que vous êtes ! menaça Anne d'un ton cassant. Et je garderai ma sœur ici, bien à l'abri près de moi.

Un sourcil arqué, Cameron la regarda de haut.

— Tu ferais peut-être mieux de lire la lettre qu'elle t'a donnée avant de parler ainsi. Remarque, au fond, peu m'importe. Ta sœur est à moi, que tu choisisses de rester ou que tu nous suives gentiment. Tu ne pourras me faire emprisonner indéfiniment, et cela ne dissoudra en rien mon mariage. Mes hommes ont hâte de me regarder le consommer. Peut-être même que je les laisserai participer.

Anne brisa le sceau d'un geste sec. Elle n'avait aucune envie de lire la prose de Philipa, de lui accorder la moindre minute de son temps. Mais voir Bonnie aux mains d'un tel monstre était insupportable. Tout ce qu'il avait menacé de faire, il le ferait, et peut-être pire encore.

— Sache une chose, reprit-il. Tes frères seront expédiés dans le Nouveau Monde si tu ne rentres pas avec moi.

Ce qui équivalait à une sentence de mort. De tous les braves gens qui avaient pris la mer pour aller peupler l'Amérique, aucun n'était revenu. Les étendues sauvages de la Virginie les avaient tous engloutis. Le conseil privé de la reine ne s'en obstinait pas moins à vouloir établir une colonie anglaise dans le Nouveau Monde. Régulièrement, on montait des expéditions, des bateaux étaient affrétés.

La lettre de Philipa confirmait les dires de Cameron, mais un passage attira particulièrement son attention.

T'imagines-tu réellement que ton enfant sera mieux accueilli à Sterling que tu le fus à Warwick ? Reviens, et laisse-lui la chance d'être accepté en tant que fils de Mary. Aux yeux de tous, il passera pour légitime. Cela lui permettra de bénéficier du confort auquel tu as pu goûter en tant que maîtresse de Sterling. Réfléchis bien à cela, avant de décider de te cacher derrière la frontière écossaise...

Philipa était une horrible femme, pourtant elle n'avait pas tort. Même si Brodick ne chassait pas Anne, son enfant aurait à subir toute sa vie le fait d'être né bâtard. Ce qu'elle pouvait lui éviter.

D'une main tremblante, Anne caressa son ventre rond. La gorge nouée, elle avait du mal à respirer. Elle s'obligea à avaler sa salive et prit sa décision. Elle devait faire ce qu'il y avait de mieux pour son bébé. Selon son choix, l'innocent qui grandissait dans son ventre deviendrait aussi respecté que son père l'était, ou aussi rejeté qu'elle-même l'avait été.

Elle ne pouvait accorder plus de valeur à sa propre existence qu'à celle de son enfant. De plus, quel bonheur pourrait-elle connaître en sachant que celui-ci avait pour prix les souffrances de ses frères et sa sœur ?

— Il y a une vallée en contrebas de ce château, expliqua-t-elle tout bas. On ne peut la voir depuis les remparts. Attendez-moi là.

Cameron ricana tout bas. Il s'apprêtait à lui répondre, mais Anne s'éloigna de lui, peu désireuse d'entendre ce qu'il avait à dire. Droite et digne, elle monta les marches du perron, la tête haute, et lança à la cantonade :

— Désolée d'apprendre que vous ne pouvez rester pour le dîner. Et merci de m'avoir rendu service en amenant Bonnie jusqu'ici.

Le visage de Cameron se rembrunit, mais il masqua bien vite son déplaisir quand il vit Helen rejoindre la jeune femme.

— La demoiselle reste ? s'enquit-elle gentiment.

— En effet, répondit Anne. Capitaine Murry, voulez-vous l'aider à descendre de cheval ?

L'intéressé eut tôt fait de traverser la cour. Un profond soulagement se peignit sur le visage de Bonnie lorsqu'il l'aida à mettre pied à terre. Alors que les hommes de Cameron, indécis, guettaient la réaction de leur chef, Murry entraîna Bonnie à l'écart. Sans quitter Anne des yeux, Cameron rangea le contrat de mariage et tapota sa poche du plat de la main en une claire menace.

— Bon voyage à vous ! conclut-elle.

Sans un mot, l'homme de main de Philipa se remit en selle, attrapant au passage les rênes de la jument de Bonnie. En quelques instants, lui et ses hommes eurent quitté la cour.

— Il reviendra me chercher, murmura Bonnie. Il a promis... de me faire de terribles choses.

Anne se pencha et chuchota à l'oreille de sa sœur :

— N'y pense plus. Tout va bien, maintenant.

Helen les observait d'un air soucieux.

— Dis-moi, mon enfant... fit-elle, s'adressant à Bonnie. Tu sembles ne pas avoir beaucoup dormi la nuit dernière.

Anne accueillit son intervention avec reconnaissance.

— *Aye*, il semble que Bonnie supporte mal de voyager. Voudriez-vous la conduire à la salle d'eau, Helen ? Je crois qu'elle aurait besoin de vos bons soins pour se réconforter un peu.

— Mais... commença Bonnie.

— Ne t'en fais pas, l'interrompit Anne. Personne n'est plus indiqué que Helen pour prendre soin de toi.

L'intéressée se rengorgea et prit la main de Bonnie dans la sienne.

— Viens, jeune fille, dit-elle. Nous allons te rendre fraîche et pimpante !

Anne les suivit en haut des marches mais pas jusque dans la salle d'eau, préférant regagner la chambre qui avait été la sienne si peu de temps et qu'elle n'oublierait jamais. Les larmes lui brouillaient la vue. À présent qu'elle était seule, elle s'autorisa à les laisser couler. Le doute n'était pas permis : elle savait au fond de son cœur ce qu'elle devait faire. Elle préférait affronter Philipa plutôt que de laisser Cameron emmener Bonnie. Le contrat de mariage par procuration serait honoré dans l'un comme l'autre des deux pays.

En jetant un coup d'œil au lit, Anne pleura de plus belle. Elle caressa sous ses doigts le dessus-de-lit et sourit en songeant aux joies qu'elle avait connues ici. Cela, personne ne pourrait jamais le lui prendre.

Rapidement, à l'aide d'un polochon et d'un oreiller, elle s'arrangea pour simuler la forme d'un corps endormi sous la couverture. Puis, tirant les tentures, elle ne laissa qu'une fine ouverture au pied du lit. Elle avait besoin de temps pour s'éloigner suffisamment de Sterling sans qu'on se lance à sa recherche. Les hommes de Brodick ne s'aventureraient pas en son absence en terre anglaise.

Il ne resta plus ensuite à Anne qu'à s'asseoir à son bureau pour lui écrire une dernière lettre. Enfin, elle put lui confier la naissance prochaine de leur enfant et combien elle était heureuse de le porter. Elle espérait que son fils reviendrait à Sterling en tant qu'héritier légitime de son père.

Une mère ne pouvait faire de plus grand cadeau à son enfant. C'était ce qui poussait nombre de filles de familles nobles à accepter un mariage sans amour : la certitude que leur descendance aurait une vie meilleure que la leur.

Après avoir passé une deuxième tunique sur celle qu'elle portait déjà, Anne quitta sa chambre. L'activité qui régnait dans la cour l'aiderait à ne pas se faire remarquer, mais c'était du jeune capitaine chargé de sa protection qu'elle devait le plus se méfier. Celui-ci était en train d'apprendre à un garçon comment se servir d'un arc. La flèche qu'ils tirèrent ensemble alla se planter dans le chaume de l'écurie. Avec un grand rire, le capitaine courut grimper sur le toit pour la récupérer.

Anne profita de l'occasion pour se glisser hors du château. Avec un peu de chance, nul ne l'avait vue. Il y avait du monde sur la route, où se croisaient des charrettes chargées de biens divers. Sa tunique en laine ne détonnait pas parmi les tartans qui l'entouraient.

Les cloches ne se mirent pas à sonner pour signaler son absence. Anne pressa le pas, s'accrochant à la certitude qu'au moins Bonnie était à l'abri et que son enfant ne serait pas un bâtard.

Helen entrebâilla ce soir-là avec précaution la porte de la chambre. Portant un doigt à ses lèvres, elle indiqua aux servantes qui l'accompagnaient de ne pas faire de bruit. Leur ordonnant d'un geste d'aller alimenter le feu dans la cheminée, elle jeta un coup d'œil par les tentures entrouvertes du lit, puis alla ramasser la lettre sur le bureau. Bonnie se tenait tranquillement sur le seuil, attendant qu'on lui dise que faire.

Helen ne s'était pas inquiétée d'apprendre, en ne la voyant pas paraître au dîner, que la maîtresse s'était retirée tôt dans sa chambre. Plus l'accouchement approchait, plus le bébé dévorait toute son énergie. Avoir des nouvelles de sa mère lui avait sans doute également donné du vague à l'âme. Le lendemain, Helen ferait en sorte de la dissuader de participer au travail collectif. Il faudrait aussi sans tarder demander à Agnès de venir s'installer à Sterling. L'arrivée d'un premier-né était difficile à anticiper, mais si la maîtresse éprouvait le besoin de se mettre au lit si tôt, le temps ne pouvait qu'être compté.

Helen fit sortir tout le monde et referma sans bruit la porte derrière elle.

— Elle dort déjà, annonça-t-elle à Bonnie dans le couloir. Je vais te montrer où dormir, et demain vous pourrez discuter toutes les deux.

Bonnie se laissa guider sans protester vers une chambre de domestique. La fatigue l'empêchait de réfléchir clairement. Elle dormirait cette nuit-là bien à l'abri sous le même toit que sa sœur, loin de Cameron, et rien d'autre n'avait d'importance.

Cameron força ses hommes à chevaucher toute la nuit. Le trajet fut rendu plus facile et plus rapide du fait que, vers l'Angleterre, la route était principalement en descente. Anne nota à quel point le voyage du retour différait de celui de l'aller. Les honnêtes Écossais dévoués à leur laird ne pouvaient se comparer aux brutes sans conscience qui accompagnaient Cameron. Si elle n'avait pas rechigné, à Warwick Castle, à dormir derrière les cuisines avec les autres servantes, c'était aussi pour leur échapper. La bande de Cameron était connue pour ses habitudes de débauches en tout genre. Étant donné qu'ils accomplissaient sans rechigner les sales besognes qu'elle leur confiait, Philipa leur laissait toute liberté de faire ce qu'ils voulaient.

Ils se retrouvèrent en territoire anglais le lendemain peu après l'aube. Anne serra le pommeau de sa selle. Le soir même, elle se retrouverait entre les griffes de Philipa...

Helen poussa un grand cri. Dans sa panique, elle arracha même les tentures du lit. Les servantes s'enfuirent de la chambre en hurlant, réveillant tout le château. On se pressa bientôt dans la pièce et l'escalier qui y menait.

— La maîtresse a disparu !

Helen se lamentait en tirant sur ses cheveux.

— Je ne savais pas ! cria-t-elle de plus belle. Elle a arrangé son lit pour faire croire qu'elle s'y trouvait. J'aurais quand même dû vérifier…

— Vous ne pouvez vous blâmer de ce qui est arrivé.

La douce voix de Bonnie figea tout le monde sur place. Elle se tenait debout sur le seuil, en larmes.

— Philipa l'a toujours détestée plus que nous, poursuivit-elle. Ma sœur a pourtant un cœur d'or. Elle pense toujours aux autres avant de penser à elle-même.

— Où est-elle ? demanda le capitaine Murry en l'attrapant par le bras. Dis-nous où se trouve la maîtresse.

Bonnie recula vivement. Ses talons dérapèrent sur le sol tandis qu'elle tentait désespérément de lui échapper.

— Ne me touchez pas ! supplia-t-elle. Je vous en prie, ne me touchez pas !

— Je vais te lâcher, assura Murry d'une voix radoucie. Si tu me dis où elle est.

Bonnie hocha la tête avec empressement. Le capitaine la lâcha. Cependant, il s'interposa entre la porte et elle pour lui signifier qu'il était décidé à obtenir les renseignements qu'il désirait.

— Philipa lui a ordonné de rentrer à Warwick Castle, expliqua Bonnie d'un ton morose. Autrement, elle menace d'envoyer nos frères dans le Nouveau Monde.

— C'est de la folie ! s'insurgea Helen. Il n'y a rien de l'autre côté de l'océan, que la mort pour les malheureux assez inconscients pour s'y aventurer.

En secouant la tête, elle se signa plusieurs fois.

— C'est pour cela qu'Anne lui a obéi et qu'elle est partie, poursuivit Bonnie. Elle savait qu'autrement Philipa mettrait ses menaces à exécution.

Le capitaine leva la main pour faire cesser le brouhaha qui s'élevait et demanda :

— Tu as bien dit : « nos frères » ?

Bonnie baissa les yeux et acquiesça de la tête.

— Nous sommes deux sœurs et trois frères. Notre mère est la maîtresse du comte de Warwick. Philipa a envoyé Anne à la place de sa fille parce que Mary ne voulait pas se marier. Anne avait pour ordre de rentrer à Warwick Castle dès qu'elle serait enceinte, sinon Philipa menaçait de jeter notre mère dehors. Voyant qu'Anne ne revenait pas, Philipa a envoyé Cameron ici avec de nouvelles menaces pour la forcer à obéir. Philipa m'a mariée à Cameron parce qu'elle savait qu'Anne chercherait à me protéger, comme elle l'a toujours fait.

Des larmes glissaient sans discontinuer sur les joues de Bonnie. Un grand silence se fit. Helen avait pâli, mais soudain, elle parut aussi enragée qu'une ourse à qui l'on aurait ravi son petit.

— Capitaine Murry ! dit-elle sèchement. Lancez-vous à sa poursuite !

L'homme paraissait hésiter. Il jeta un coup d'œil à Bonnie, puis à Helen, avant d'objecter :

— Si elle n'est pas la fille légitime du comte de Warwick, elle n'est pas non plus la femme du laird.

— Pas la femme du laird ? s'insurgea Helen. Auriez-vous perdu la tête, capitaine ? Elle est grosse de son fils !

— De son bâtard, rectifia une servante.

Helen fonça sur elle comme une furie.

— Elle était vierge lorsque le laird l'a faite sienne, fit-elle valoir avec passion. Elle est également la fille du comte de Warwick. Croyez-moi, ce sera la fille légitime qui aura à souffrir de ne pas avoir voulu prendre sa place. De même que sa mère qui a comploté tout cela. Notre laird aura gain de cause devant n'importe quelle cour parce qu'il a été dupé. L'Église annulera le premier mariage par procuration, et le laird pourra épouser la mère de son enfant.

Le capitaine Murry hocha lentement la tête.

— Je comprends votre point de vue, Helen. Mais il ne sera pas partagé par tout le monde.

— Nous n'avons pas le temps d'en débattre maintenant, plaida-t-elle en se tordant les mains. Il faut la rattraper !

Le capitaine secoua négativement la tête.

— Trop tard. À l'heure qu'il est, ils sont trop proches de l'Angleterre, s'ils n'y sont pas déjà. La maîtresse a bien préparé son coup. J'aurais pu les rattraper si son absence avait été découverte hier.

En posant la main sur la poignée de son épée, il ajouta :

— Nous avons besoin du laird pour régler ce problème. Si nous nous présentons à Warwick Castle, ils ne nous ouvriront même pas les portes.

— Mais le bébé doit naître dans une quinzaine, peut-être moins ! s'impatienta Helen.

Sur le seuil de la pièce, Murry fit une halte et conclut :

— Je chevaucherai donc jour et nuit pour alerter le laird.

Ses hommes sur ses talons, il sortit. Helen laissa son regard embué balayer la chambre.

— *Och, naye*... gémit-elle. Comment une telle chose a-t-elle pu se produire ?

— L'amour est une malédiction, répondit la servante qui s'était exprimée tout à l'heure.

— Ce n'est pourtant pas toujours une mauvaise chose...

Helen aurait voulu croire à ce qu'elle disait, mais ses paroles paraissaient creuses à ses propres oreilles.

12

Warwick Castle

— Ton comportement est parfaitement honteux !

Philipa s'exprimait lentement, laissant chacune de ses phrases avoir un maximum d'impact avant d'en laisser une autre franchir le seuil de ses lèvres.

— Manifestement, ajouta-t-elle, tu ne te soucies que de toi-même.

La maîtresse de Warwick Castle tira une lettre d'un tiroir et la plaqua violemment sur son bureau.

— Ton père n'est pas revenu pour la paie du personnel !

Une lueur de triomphe faisait scintiller ses yeux. Anne soutint son regard sans ciller. Il était désormais hors de question pour elle de témoigner à Philipa un respect qu'elle ne méritait pas. Confrontée à son insolence, celle-ci s'empourpra.

— C'est une bonne chose que j'aie eu l'idée de marier ta sœur à un homme qui saura la mater ! reprit-elle d'un ton venimeux. Le fait que tu aies pensé à écrire cette lettre pour ton père prouve que vous êtes irrécupérables, toi et tous les bâtards d'Ivy.

Votre mère vous a contaminés avec l'irrespect qu'elle a eu à mon égard en donnant des fils à mon mari.

Anne se contenta de sourire doucement, ce qui eut le don de rendre Philipa folle de rage. De rouge, son visage devint cramoisi.

— Si je ne pensais qu'à moi, objecta Anne, je serais toujours à Sterling, hors de votre portée.

— Surveille ton langage, petite insolente ! N'oublie pas que tu me dois obéissance !

Anne refusa de se laisser intimider.

— Plus maintenant, assura-t-elle tranquillement. Vous m'avez envoyée au loin, livrée à un autre. C'est au maître de Sterling que ma loyauté est acquise à présent.

Une certaine frayeur se peignit sur le visage de Philipa. Elle parut submergée par l'émotion. Ses lèvres s'agitèrent sans qu'aucun son en sorte. Ses poings se serrèrent.

— Tu vas m'obéir, *bâtarde* ! éructa-t-elle enfin.

— Sinon ?

Anne ne se sentait pas aussi assurée que sa voix le laissait paraître, mais elle en avait assez de tenir sa langue. Se montrer obéissante envers Philipa ne lui avait rien apporté de bon. « Rester à sa place » perdait tout son sens dès lors que celle à qui elle offrait sa loyauté faisait fi de ses devoirs envers ses serviteurs. Telle était la leçon qu'elle avait apprise au contact de Brodick.

— Je peux faire jeter ta mère dehors, menaça Philipa.

Anne ne se laissa pas impressionner.

— L'hiver est passé.

Enhardie de la voir s'étrangler de rage, elle ajouta :

— Et puis, si cela vous chante, allez-y. C'en sera fini de cette farce. Mais je ne pense pas que mon père sera ravi d'apprendre ce que vous avez tramé dans son dos.

Comme si ce geste avait le pouvoir de lui imposer sa volonté, Philipa pointa l'index vers elle.

— Tu feras ce que je te dis de faire, *bâtarde* !

Anne se contenta de poser tranquillement la main sur son ventre. Philipa la regarda faire avec un air d'envie.

— Je porte l'héritier du comte d'Alcaon, répliqua la jeune femme d'un ton égal. Si vous êtes encore capable d'un peu de justice, vous ferez annuler le mariage de ma sœur, et vous enverrez mes frères à la cour où ils pourront, avec l'aide de Dieu, améliorer leur sort en servant aux côtés de leur père.

Une boule d'angoisse commença à se former dans sa gorge, qu'elle s'efforça de ravaler. Elle agissait au mieux pour son enfant. Un tel sacrifice était un gage d'amour maternel.

— Vous n'aurez pas mon fils pour rien, reprit-elle. Mes frères ignorent tout de cette affaire. Envoyez-les à la cour dès aujourd'hui.

— Sinon ? se moqua Philipa. Tu sembles avoir soudain beaucoup de choses à dire, mais je reste maîtresse chez moi. Les portes ne s'ouvrent que si je le veux.

Un doute s'empara d'Anne, que Philipa dut percevoir. Un sourire mauvais étira ses lèvres.

— J'ai entendu dire qu'en Écosse naître enfant illégitime ne veut pas dire grand-chose. Mais nous sommes en Angleterre, *bâtarde* !

Une violente gifle vint ponctuer cette tirade. Philipa ne retint pas sa force. La tête d'Anne valsa sur le côté sous la violence du choc.

— Voilà pour t'apprendre à rester à ta place, conclut Philipa. Et tu as intérêt à ce que ce soit un garçon !

Elle alla s'asseoir dans un fauteuil richement orné, disposant soigneusement les plis de ses jupons. Mary vint se placer derrière sa mère. Elles se donnaient toutes deux de grands airs, cherchant à ressembler aux nobles dames qu'elles s'imaginaient être, mais à côté de Brodick, elles faisaient pâle figure.

— Tu resteras cloîtrée dans mon solarium jusqu'à ce que tu aies accouché, reprit Philipa. Je serai généreuse et permettrai à ta mère de s'occuper de toi. Naturellement, si tu persistes dans ton attitude inacceptable, ton enfant naîtra comme sa mère : illégitime.

— Ne suis-je pas ici, à votre merci ?

— Tout à fait, se réjouit Philipa. Je vois qu'une part de toi-même est restée raisonnable et ne s'est pas laissé aveugler par la concupiscence que cet Écossais a sans nul doute éveillée en toi.

Une moue dégoûtée se peignit sur ses traits avant qu'elle n'ajoute :

— Je suis sûre que ses exigences charnelles t'ont plu. Tu ressembles tellement à ta mère ! Enfin... peu importe, puisque cela sert nos plans.

Elle sirota un long moment son gobelet de vin, comme s'il était évident pour elle que le monde entier ne pouvait qu'être suspendu à ses lèvres.

— Oui, tu resteras dans mon solarium, répéta-t-elle enfin. C'est la meilleure solution pour que tout le monde croie que cet enfant est celui de Mary.

— Mais jusqu'à quand, mère ? s'impatienta cette dernière. Je n'en peux plus d'être enfermée !

Philipa se rembrunit.

— Vous avez juré de vous liguer contre moi, toutes les deux ? Alors que je m'échine à arranger les choses pour le bien de tout le monde ?

Mary fit la moue, même si elle ne parut nullement repentante. S'adressant à elle, sa mère expliqua d'une voix radoucie :

— Tu devras rester au lit quelques jours après la naissance du bébé, mon ange. Pour donner le change, comme si tu relevais de couches. Tu pourras ainsi méditer sur la reconnaissance que tu nourriras à mon égard pour t'avoir évité les douleurs de l'accouchement. N'oublie pas qu'elle pourrait mourir en mettant cet enfant au monde. Alors, nous aurions vraiment un problème...

Mary fronça le nez.

— J'espère que tu ne vas pas mourir, Anne !

— J'essaierai de te rendre ce service, marmonna l'intéressée.

Mary haussa les épaules en levant les yeux au plafond.

Comme s'il comprenait de quelle bataille il était l'objet, le bébé s'agita dans le ventre d'Anne. Pour lui, elle refusait de faiblir. Son fils méritait de naître en tant qu'héritier légitime. Et puisse Brodick lui pardonner un jour ce qu'elle s'apprêtait à faire !

— Qu'est-ce que cette femme t'a encore fait ?

En pénétrant dans le solarium de la châtelaine de Warwick, Ivy Copper n'eut d'yeux que pour sa fille.

Après l'avoir examinée de la tête aux pieds, ses yeux vinrent se fixer sur son ventre rond.

— Jamais je n'aurais imaginé qu'elle puisse en arriver là, reprit-elle.

Traversant la pièce en toute hâte, Ivy prit sa fille dans ses bras.

— Tu m'as manqué, mère, murmura Anne en se laissant embrasser.

C'était peu dire, mais sentir le cœur de sa mère battre contre sa poitrine constituait la plus douce et la plus puissante des consolations. C'était pour la préserver qu'elle avait accepté de quitter Warwick Castle.

— Ce n'était pas si terrible, la rassura-t-elle. Le comte est un homme bon.

Sa mère fit entendre un grognement consterné. Elle se recula pour scruter son visage d'un œil inquiet.

— S'il te plaît, dis-moi que tu n'es pas tombée dans les pièges de l'amour. Anne, je t'avais mise en garde. Tu as la malchance d'avoir hérité de mon cœur trop tendre. Bonnie aussi.

— Ce n'est pas une malchance, mère.

Ivy poussa un long soupir, mais un sourire ornait ses lèvres. En prenant le visage de sa fille en coupe entre ses mains, elle ajouta avec tendresse :

— Ma chère petite... Voilà donc que tu as, toi aussi, cédé à cette folie qu'est l'amour. Je ne peux pas plus t'en vouloir que je ne peux cesser d'aimer ton père. Pardonne-moi d'avoir été un si mauvais exemple pour toi.

— Tu l'aimes encore, même... maintenant.

Un sourire amusé joua sur les lèvres d'Ivy.

— Tu veux dire, à mon âge ? En vérité, oui. J'aime ton père comme au premier jour.

Anne vit sa mère étudier d'un œil étonné la pièce dans laquelle elles se trouvaient. Située au sommet d'une des tours du château, celle-ci était en forme de demi-cercle. Une coûteuse baie garnie de vitres l'éclairait. Trois luxueux fauteuils, aux dossiers et aux accoudoirs sculptés, avaient été installés près des fenêtres. Un métier à tapisserie, prêt à être utilisé, attendait le bon vouloir de la maîtresse de maison. Anne ne s'était jamais douté que Philipa puisse s'occuper ainsi.

Elle passa un doigt sur la chaîne de fils minuscules que le soleil faisait briller.

— De la soie, murmura-t-elle.

— Oui, confirma sa mère. Ton père n'a jamais rien refusé à Philipa.

Il y avait dans le ton de sa voix une nuance d'envie qui fit sourire Anne.

— Mais il ne lui a pas donné son amour, souligna-t-elle. C'est à toi qu'il l'a donné.

— Regarde où tu en es à cause de l'amour, déplora Ivy en secouant la tête. Elle s'est servie de moi pour te contraindre, n'est-ce pas ?

— L'amour n'est pas à sens unique, mère. Toi aussi, tu as fait des sacrifices pour moi.

Ivy se renfrogna.

— Cela n'a rien à voir, maugréa-t-elle. Ton sacrifice, elle te l'a extorqué sous la contrainte. Cette femme a le mal chevillé au cœur.

Anne soupira. En regardant par la fenêtre, elle songea à Sterling. Son enfant méritait de grandir là-bas, où les hommes portaient des kilts et de longues épées dans le dos. À Warwick Castle, elle ne se sentait plus chez elle.

— Je pense que l'œuvre maléfique de Philipa a déjà commencé à se défaire, dit-elle d'un ton rêveur. J'ai laissé Bonnie à l'abri en Écosse.

Se tournant vers sa mère, elle précisa :

— Cela n'avait rien d'une expérience traumatisante, mère. Et si c'est pécher, alors je suis une pécheresse.

Ivy secoua la tête avec tristesse.

— Je ne suis pas en position de donner des conseils à quiconque pour ce qui est de l'amour, dit-elle en posant la main sur le ventre de sa fille. Mais j'aurais quand même aimé que ton premier enfant ne naisse pas dans des circonstances aussi agitées.

— C'est pour faire en sorte que tout se passe bien pour lui que je suis rentrée, confia Anne. Même si je dois pour cela continuer de me prêter à la machination de Philipa. Si je dénonce son chantage, mon enfant sera illégitime. Il n'y a pas d'autre solution, tout comme je n'avais pas d'autre choix que de laisser Bonnie à Sterling. Elle est à l'abri, maintenant. Brodick est un homme bon. Il ne permettra pas que Cameron la prenne.

Anne sentit une assurance toute nouvelle se faire jour en elle. Elle ne pouvait pas échouer.

Entre le solarium et les appartements de la châtelaine, il n'y avait rien d'autre qu'un rideau. Celui-ci s'écarta soudain, livrant le passage à Philipa. Elle s'avança dans la pièce. Ses yeux scintillèrent d'une haine non dissimulée quand ils se posèrent sur Ivy.

— Enfin ! lança-t-elle d'un ton venimeux. Toutes ces années de honte au cours desquelles j'ai dû te regarder donner à mon mari les enfants que je lui refusais trouvent leur justification !

Cameron, à son tour, fit son entrée.

— Ne vous risquez pas à sortir de ce solarium, reprit Philipa. Sinon, vous aurez à subir de graves conséquences.

Ivy soutenait le regard de sa rivale sans broncher. Pour la première fois, Anne la voyait afficher le mépris qu'elle avait pour elle.

— Efface cette expression de ton visage, putain ! s'emporta Philipa. C'est moi, la maîtresse de ce château. Toi, tu n'es rien d'autre que la traînée dont se sert mon mari pour assouvir ses bas instincts.

— Je suis bien plus que cela, répliqua Ivy.

Le menton fièrement dressé, elle refusait de détourner le regard. Philipa semblait avoir toutes les peines du monde à s'habituer à cette insolence à présent affichée aussi bien par la mère que la fille. Le visage rouge de colère, elle agita un index menaçant.

— N'oubliez pas ce qui risque de vous arriver.

Sur ce, elle fit volte-face et quitta la pièce, Cameron sur ses talons.

— Vous êtes en dette envers moi, lui reprocha-t-il. Je vous ai ramené la fille comme convenu, mais je n'ai pu conserver la plus jeune...

En entendant Philipa répliquer vertement, Anne se surprit à sourire. Elle était déjà parvenue à déjouer ses plans, et elle ferait en sorte que son enfant naisse dans les conditions qui assureraient son avenir.

Incapable de résister à la tentation, elle alla s'installer devant le métier à tapisserie. Elle se sentait un urgent besoin de créer. En sélectionnant un fil de couleur, elle dit à sa mère :

— Je vais te montrer à quoi il ressemble.

Anne se mit à l'ouvrage, tirant de sa mémoire les traits de Brodick tel qu'il lui apparaissait dans son souvenir, debout en plein soleil et attendant qu'elle le rejoigne pour une promenade à cheval. Elle ne s'arrêta pas tant que la lumière du jour lui permit de continuer. Et, dès l'aube, elle se remit au travail.

Son dos lui faisait mal et son enfant remuait beaucoup dans son ventre, mais elle sentait un élan créateur la porter. La seule chose qu'elle regrettait, c'était de ne pouvoir renouveler l'air dans la pièce. Quand son dos la tourmentait trop, elle se levait pour faire quelques pas. Mais toujours, elle revenait au métier, déterminée à finir l'ouvrage et à revoir le visage de Brodick encore une fois, même si ce devait être au travers de fils de soie habilement mêlés.

Les journées défilèrent ainsi. Anne perdit la notion du temps. Plus rien ne comptait pour elle que sa tapisserie et le travail acharné qu'il lui fallait fournir pour l'achever.

Sa mère rédigea une liste, qu'elle remit à Mary. Celle-ci marmonna qu'il ne fallait pas la prendre pour une servante, mais Ivy tint bon.

Il fallut que Cameron hisse jusqu'au sommet de la tour un fauteuil d'accouchement. Il l'y déposa avec un rictus méprisant et un commentaire qui ne l'était pas moins.

— Ah, les femmes...

Ivy ne se priva pas de se moquer de lui tandis qu'il sortait, puis elle alla étudier le solide siège en bois à l'assise en forme de fer à cheval. Un tel équipement permettait à la mère d'endurer le travail sans trop se fatiguer. On ne pouvait rêver plus moderne.

Lady Mary envoya valser un livre à travers la chambre.

— Mère ! s'exclama-t-elle rageusement. Il doit exister une décoction que la vieille Ruth pourrait vous procurer pour faire en sorte que ce bébé arrive aujourd'hui même !

— Arrête de geindre, Mary, protesta Philipa. Il faut patienter, et c'est la dernière fois que je te le dis.

En la foudroyant du regard, elle précisa :

— Notre seule chance de sauver ce mariage sans mettre ta vie en péril, c'est que cet enfant naisse en pleine santé. Impossible de forcer sa naissance sans risquer de lui nuire.

Cette précision ne fut pas de nature à calmer Mary, qui boudait ostensiblement.

Philipa plissa les yeux et lança un regard par-dessus son épaule pour s'assurer que le rideau donnant sur le solarium était bien tiré. Puis, d'un signe de la main, elle demanda à Mary de la rejoindre. Dans un haussement d'épaules, sa fille s'exécuta.

— Ruth a préparé ceci, lui glissa-t-elle à l'oreille.

Philipa tira de sa poche une petite fiole en verre. À l'intérieur, dans un liquide incolore, flottait un mélange de feuilles séchées et d'écorce.

— Mêlée à du vin, expliqua-t-elle tout bas en la déposant précautionneusement sur sa coiffeuse, cette mixture plonge celui qui la boit dans un sommeil dont il ne se réveille jamais.

Mary eut un petit hoquet de surprise. Aussitôt après, l'expression d'une joie sauvage passa sur son visage.

— Quand le bébé sera né, tu suggères de leur préparer un bon vin chaud pour toutes les deux ?

— Exactement ! triompha Philipa.

Après avoir lancé un nouveau regard en direction du rideau de séparation, elle caressa la joue de sa fille.

— Alors, plus de crise d'impatience, mon agneau, conclut-elle. Tu n'auras plus longtemps à attendre.

Mère et fille échangèrent un sourire qui était pure méchanceté.

Écosse

— Mon dieu, l'ami ! Tu parais épuisé.

Druce se leva, offrant son siège au capitaine Murry qui venait d'arriver, mais celui-ci refusa de s'y installer. Après avoir salué son laird, il annonça tout à trac :

— La maîtresse est retournée en Angleterre.

— *Quoi ?*

Il aurait été impossible de dire qui s'était exprimé en premier. Les voix de Brodick, Cullen et Druce s'étaient mêlées dans la grande salle de la maison qu'ils avaient louée. D'un geste de la main, Brodick imposa le silence et demanda :

— Comment se fait-il que tu le lui aies permis ?

— Elle s'est glissée hors du château sans que personne la remarque. Et elle a arrangé son lit pour tromper la vigilance de Helen et lui faire croire qu'elle dormait.

Voyant le visage de Brodick se figer en une expression menaçante, Murry ajouta en grimaçant :

— Ce n'est pas tout, milord. Et vous n'allez pas aimer ce que j'ai à vous dire.

Brodick l'écouta raconter en détail l'histoire la plus abracadabrante qu'il lui eût été donné d'entendre. Quand Murry se tut, il secoua la tête, incapable d'assimiler complètement ce qu'il venait d'apprendre. Quel esprit dérangé avait pu manigancer une telle duperie ?

Il y eut soudain un éclat de rire à l'autre bout de la table. James Stewart frappa du poing le plateau de bois.

— J'étais loin d'imaginer que les Anglais pouvaient faire preuve d'autant de fourberie, s'amusa-t-il.

Levant sa pinte à la santé de Brodick, le roi ajouta :

— Mon ami, je suppose que je dois te laisser partir. Tu as mon autorisation. Cours chercher ta femme.

Le capitaine Murry s'inclina bien bas devant le roi, avant de se retourner vers son laird :

— Mais... est-elle toujours votre épouse, milord ?

— Comment peux-tu poser pareille question ! tonna Brodick. Tu oublies qu'elle est enceinte de mon enfant ?

Déjà, il s'était levé. Il alla chercher son épée et entreprit de la fixer dans son dos.

— *Aye*, approuva Druce. Je suis d'accord.

Il se leva à son tour.

Le roi, lui, paraissait pensif. Son silence ne disait rien qui vaille à Brodick.

— Elle est elle aussi fille du comte de Warwick, plaida-t-il. Et c'est elle que sa femme m'a présentée comme l'épouse pour laquelle nous avions signé ce contrat.

James l'avait écouté en arquant un sourcil.

— Dans cette affaire, commenta-t-il, tu fais sans doute preuve d'un peu trop de passion pour ton propre bien, mais je dois avouer que je t'envie.

Le roi se leva. Les deux soldats de son escorte vinrent aussitôt se placer derrière lui.

— J'admets que ce mariage est valide, reprit-il. Mais es-tu bien sûr de vouloir conserver une épouse qui n'a pas hésité à te mentir ?

En songeant à sa première rencontre avec sa femme, Brodick soutint le regard du roi et répondit :

— Elle ne m'a jamais menti. Elle n'a tout simplement rien dit. C'est cette garce de comtesse qui devrait être fouettée pour avoir abusé de sa position !

James eut un petit rire amusé.

— *Aye*, je comprends ton point de vue, assura-t-il avec un hochement de tête. Qu'il en soit donc ainsi. Cours la retrouver, et je ferai en sorte que votre union soit validée.

Brodick sortit en trombe, suivi de près par Cullen et Druce. Leurs hommes s'activaient déjà à harnacher les chevaux. Les lanières de cuir claquaient dans l'air frais de ce matin d'automne. Les selles furent installées, ainsi que les sacoches qui contenaient quelques provisions. Dès qu'il le put, Brodick enfourcha son étalon, le cœur battant.

« Qu'as-tu fait, *lass* ? » songea-t-il.

Au fond, peu lui importait. Il était le laird des McJames, et elle était sienne. Les lois de leurs deux pays d'origine le confirmeraient, et sa propre loi le lui imposait. S'il le fallait, il livrerait bataille pour la récupérer.

Penché sur l'encolure de sa monture, il la lança au galop.

13

Warwick Castle

Anne s'éveilla d'humeur maussade. Elle n'avait pas faim et délaissa le petit déjeuner qu'on leur avait apporté. En proie à une mélancolie qu'elle n'aurait su définir, elle commença à tourner en rond dans le solarium.

De temps à autre, elle marquait une pause pour admirer sa tapisserie terminée, ce qui la réconfortait un peu. Les fils de soie entremêlés avaient amené à la vie un Brodick étonnamment ressemblant. D'un doigt tremblant, elle caressa ses cheveux.

La mère d'Anne, qui tricotait tranquillement, la regardait s'agiter sans faire de commentaires ni s'étonner.

Reportant son attention sur la tapisserie, Anne sentit un frisson lui remonter l'échine. Elle avait presque l'impression d'entendre Brodick galoper vers elle, ce qui était ridicule…

Les paroles de Bonnie résonnèrent dans sa mémoire.

N'empêche qu'il viendra te sauver !

Ce moment lui semblait si lointain, à présent. En une année, tout avait changé pour elle. Un voile de sueur lui couvrit le front. Bonnie avait prédit qu'elle aurait un enfant à l'automne…

Anne jeta un coup d'œil par la fenêtre. Les feuilles des arbres étaient écarlates, désormais. Les bottes d'orge alignées dans les champs profitaient des derniers beaux jours pour achever de sécher.

En désespoir de cause, elle reprit sa déambulation. Elle avait fini par détester les murs de pierre qui la retenaient prisonnière. Un nouveau frisson la secoua, puis elle eut l'impression que son échine tout entière s'enflammait. Et lorsqu'une crampe soudaine lui poignarda le bassin, elle s'immobilisa.

Elle avait trop chaud. Elle défit d'une main tremblante les boutons de son vêtement et alla le déposer au pied du lit. Une nouvelle crampe la prit par surprise et, cette fois, elle sentit un liquide tiède s'écouler le long de ses cuisses et poussa un petit cri.

— Tout va bien, assura sa mère en la rejoignant. Je me doutais que le temps était venu.

Ivy s'accroupit et essuya la mare qui s'était formée à ses pieds. Anne écarquilla les yeux en voyant la toile dont elle se servait se teinter de rose.

— Ne t'inquiète pas, fit sa mère en se redressant. C'est ainsi que les choses se passent. Tout est normal.

Une nouvelle crampe se manifesta, plus forte encore que les précédentes. Les mains appuyées sur ses cuisses, Anne se pencha en avant, transpercée par une douleur intense.

— Respire, Anne ! lui intima sa mère. Respire à fond !

Le rideau de communication s'agita soudain. Lady Mary passa la tête dans l'entrebâillement.

— Ça y est ? demanda-t-elle.

Ivy lui lança un regard noir pour toute réponse, mais Mary s'en moquait. Tout sourire, les yeux brillants d'une excitation malsaine, elle s'écria :

— Mère ! Mère ! Cette fois, ça y est !

Un bruit de pas se fit entendre. Philipa se joignit à sa fille sur le seuil alors qu'Anne se redressait.

— Bien... Très bien... se réjouit-elle. Je vais demander à la cuisinière de garder de l'eau bouillante à disposition.

Après avoir hoché la tête d'un air satisfait, elle ajouta à l'adresse d'Anne :

— Attention à ne pas trop crier. J'aurai du mal à faire passer cet enfant pour celui de Mary, sinon.

— Le moment est mal choisi pour proférer des menaces ! s'agaça Ivy.

Ces paroles parurent stupéfier Philipa. Son visage figé et ses lèvres pincées témoignaient de sa réprobation, mais Ivy ne se laissa pas intimider.

— Nous avons à faire, ici ! ajouta-t-elle sèchement. Accoucher n'est pas une partie de plaisir.

Philipa parut ravaler une réplique cinglante.

— Non, loin de là, reconnut-elle.

Son visage trahit un fugitif élan de compassion, mais celui-ci mourut bien vite et le rideau retomba.

— Cette femme a le cœur empoisonné par l'amertume, maugréa Ivy en préparant le matériel qu'elle avait fait apporter. Ne t'occupe pas d'elle, Anne.

La jeune femme ne l'aurait pu, même si elle en avait eu l'intention. Son corps était prisonnier d'une gangue de douleur. En soutenant son ventre, elle tournait en rond dans le solarium, ne s'arrêtant que lorsqu'une crampe l'immobilisait. Elle finit par se mettre en chemise, ne supportant plus d'autre vêtement sur elle. Même ses bas irritaient ses jambes. Le dallage de pierre lui paraissait délicieusement frais sous ses pieds. Au moins n'avait-elle plus trop chaud à présent, et ses contractions semblaient lui laisser un peu de répit.

En soupirant, Anne se remit à tourner.

Folle de joie, Mary courait comme un cabri autour de la pièce, se laissant aller de temps à autre à un pas de danse.

— Oh, mère ! s'exclama-t-elle. Comme vous avez eu raison !

Philipa se félicita de l'approbation de sa fille. Mary n'aurait jamais à endurer tout ce qu'elle-même avait dû subir lorsque son père lui avait ordonné de se marier. Au prix de gros efforts, elle était parvenue à assurer à sa fille une vie meilleure que la sienne.

N'était-ce pas le plus beau cadeau qu'une mère puisse faire à son enfant ?

— Toby ! Viens donc me donner un coup de main.

Joyce, la gouvernante de Warwick Castle, appelait son fils, qu'elle avait surpris à observer les gardes qui s'entraînaient dans la cour. Le bruit des épées s'entrechoquant lui était parvenu par la fenêtre, attirant son attention. Il serait resté tout l'après-midi à les admirer, si on l'avait laissé faire.

— Maman ? demanda-t-il en la rejoignant. Je pourrai être chevalier, un jour ?

— Si un saint ou deux posent sur toi un regard bienveillant, et s'ils te donnent force et adresse, cela n'a rien d'impossible.

Joyce lui embrassa le sommet du crâne en souriant.

— Il nous faudra un jour te fourrer dans les jambes du capitaine, poursuivit-elle. Pour qu'il puisse jeter un coup d'œil sur toi et s'apercevoir à quel point tu grandis et deviens fort. Seulement, tu devras le regarder dans les yeux, afin qu'il sache que tu ne manques pas de courage !

Un grand sourire étira les lèvres de Toby, révélant le trou noir laissé par une de ses dents tombée récemment.

— Mais ce sera pour plus tard, reprit sa mère. La maîtresse réclame son vin chaud et il y a le dîner à préparer.

Joyce se retourna pour reprendre en main son équipe, dont le rythme de travail avait commencé à baisser. Pour mieux se faire obéir, elle brandit sa longue cuillère en bois d'un air menaçant. Ces servantes tiraient parti de la présence de Toby lorsqu'il la rejoignait dans la cuisine. Sachant qu'elle serait distraite par son fils cadet qu'elle adorait, elles en profitaient pour se croiser les pouces.

— Dépêchez-vous de préparer ce vin chaud avant que la maîtresse le réclame ! s'exclama-t-elle. Si elle me fait appeler parce que vous bayez aux corneilles, quelques-unes d'entre vous pourraient bien se retrouver courbées en deux dans les champs...

Aussitôt, la cuisine retentit du bruit des casseroles et du feu que l'on attise.

Dès que le plateau fut prêt, Toby le porta jusqu'aux appartements de la châtelaine en redoublant de prudence pour ne rien renverser. Arrivé à destination, il souleva le heurtoir en cuivre et le laissa retomber. Un long moment s'écoula avant qu'on vînt lui ouvrir.

— Votre vin chaud, maîtresse.

— Oui, bien, s'impatienta-t-elle sèchement. N'attends pas qu'il refroidisse, entre !

Les yeux ronds, Toby s'efforçait de ne pas observer la décoration et l'ameublement luxueux avec trop d'attention.

— N'oublie pas d'emporter le plateau précédent, le pressa la maîtresse. Il empeste.

En se concentrant autant que possible sur sa tâche, Toby rassembla les napperons souillés qui se trouvaient sur la table. Après les avoir déposés sur le plateau du déjeuner, il rassembla la vaisselle sale. Ayant fait place nette, il s'apprêtait à soulever le plateau lorsqu'il aperçut une petite fiole en verre posée près d'un livre. Étant donné qu'elle contenait des herbes, il déduisit qu'elle devait venir de la cuisine et la plaça sur les napperons sales.

Soudain, un gémissement sourd s'éleva. Toby fixa le rideau donnant accès au solarium, intrigué.

Un bruit retentissant se fit entendre derrière lui, et il tourna vivement la tête. Manifestement contrariée, la maîtresse observait le pichet de vin chaud qu'elle venait de laisser tomber à ses pieds.

— Qu'est-ce que tu attends, petit imbécile ? lança-t-elle. Nettoie-moi ça, et va chercher un autre pichet !

En se servant des napperons, Toby nettoya les dégâts aussi vite qu'il le put avant de battre en retraite. Il respira mieux une fois sorti de la chambre et se hâta de regagner la cuisine. La chambre de la châtelaine avait beau être remplie de belles choses, elle lui donnait le frisson.

Sa mère s'était absentée quand il entra dans la cuisine. Molly, à qui il tendait le plateau, observa les restes du pichet et les linges souillés de vin d'un air consterné.

— La maîtresse en veut un autre, expliqua-t-il.

En haussant les épaules, la servante se mit au travail.

— Attends qu'il soit prêt, lui ordonna-t-elle. Tu devras le lui porter toi-même. Moi, je dois m'occuper du porridge.

— Est-ce que je peux regarder les chevaliers s'entraîner, en attendant ?

— Bien sûr.

Toby courut à la fenêtre, un grand sourire aux lèvres.

Pendant que le vin chauffait, Molly s'employa à vider le plateau. La petite fiole en verre l'intrigua. Après avoir fait sauter le bouchon, elle en huma le contenu. L'odeur n'était pas franchement agréable, songea-t-elle, mais si Toby était revenu avec ce flacon, c'était que la maîtresse voulait qu'il soit mêlé à son vin. Un remède, sans doute. La maîtresse, souffrante, ne gardait-elle pas la chambre depuis plus d'une semaine ?

— Toby ? appela-t-elle quand le vin fut prêt. Tu peux y aller.

Le garçon quitta son poste d'observation en traînant des pieds, mais il ne perdit pas de temps à s'acquitter de sa tâche. La maîtresse ouvrit immédiatement, cette fois-ci. S'emparant du plateau, elle décréta :

— Tu peux y aller. Je n'ai plus besoin de toi.

Toby ne se le fit pas dire deux fois.

— Mère ? Venez vite ! Je crois que cette fois, ça y est !

Sur le seuil du solarium, retenant le rideau d'une main, Mary paraissait terrifiée.

— Calme-toi... lui ordonna Philipa.

Elle sirota longuement son vin chaud. Le breuvage parfumé lui détendait les nerfs.

— *Mère !* s'impatienta Mary.

— Reprends-toi donc ! s'écria Philipa. Ce n'est pas toi qui es en train d'accoucher... Essaie de garder ta dignité.

En remplissant à nouveau son gobelet, elle lui lança :

— Bois donc un peu de vin chaud, ça te fera du bien.

Le visage contracté par la contrariété, Mary s'approcha à contrecœur mais but jusqu'à la dernière goutte le gobelet qu'elle lui tendait.

— Bien ! se réjouit Philipa. À présent, allons voir où en est ce bébé.

Dans le solarium, Ivy s'était accroupie devant sa fille, qui avait pris place dans le fauteuil d'accouchement. Entre ses dents, elle serrait un chiffon pour étouffer ses plaintes.

— Ça vient, ma chérie, l'encouragea Ivy. Tu dois pousser, maintenant. Pousse plus fort !

Philipa vit la tête du bébé émerger, puis le reste de son corps glisser rapidement hors de celui de sa mère. Ivy attrapa le petit être par les pieds et le suspendit tête en bas. Une ou deux tapes dans le dos, et l'enfant se mit à gigoter tandis que ses poumons s'emplissaient d'air. Enfin, un cri strident s'éleva dans la chambre.

— Tournez-le vers moi, ordonna Philipa.

Ivy lui adressa un regard noir, mais saisit la nuque du bébé et le redressa pour qu'elle puisse voir son sexe. Un petit pénis bien formé se distinguait entre ses jambes.

— Et voilà, se réjouit Philipa, ne s'adressant qu'à sa fille. Tu vois ? Tout est en ordre à présent, et moi je suis satisfaite.

Anne gisait, pantelante, le corps parcouru de frissons, dans le fauteuil d'accouchement. Philipa leur tourna le dos et sourit à Mary, levant la main pour arranger quelques mèches qui avaient échappé à sa natte.

— Te voilà rassurée, mon ange ? roucoula-t-elle. Tout ne s'est-il pas passé exactement comme je l'avais prévu ?

Mary lui adressa un sourire radieux.

— Exactement, confirma-t-elle. Vous avez toujours raison, mère.

— Encore quelques jours, et tu pourras présenter ton fils à tout le monde. Nous écrirons à ton père.

— Et je pourrai enfin retourner à la cour ?

— Oui, mon agneau. Il est important que cet Écossais ne te voie pas durant quelques mois. Il te faudra être prudente et l'éviter à tout prix.

Avec un geste dédaigneux de la main, Philipa ajouta :

— De toute façon, je doute qu'il s'aventure jusqu'en Angleterre pour venir te chercher.

« On voit qu'elle ne connaît pas Brodick », songea Anne.

Émerveillée, elle découvrit son enfant, que sa mère venait de placer dans ses bras. Même si les machinations de Philipa étaient détestables, il en avait résulté une merveille.

À l'extérieur, les cloches se mirent soudain à sonner. Sur le chemin de ronde, Anne entendit le capitaine de la garde crier :

— Cavaliers en vue !

En toute hâte, Philipa se précipita à la fenêtre.

— Par les plaies du Christ ! gémit-elle. C'est ton mari.

L'étendard des McJames flottait fièrement en tête du convoi, qui s'approchait à vive allure des portes de Warwick Castle. Le comte menait une troupe cinq fois plus nombreuse que celle qui était venue neuf mois plus tôt chercher Mary.

— Reste ici ! ordonna Philipa à sa fille. Ne laisse personne vous voir, toi ou l'enfant !

Elle empoigna ses jupons et sortit du solarium en courant. Stupéfaite, Anne la regarda disparaître dans la pièce voisine. Pas une seule fois, depuis qu'elle la connaissait, elle n'avait vu courir la maîtresse de Warwick Castle.

Mary s'approcha d'elle, les mains tendues.

— Donne-moi ce bébé, ordonna-t-elle.

— Sors d'ici ! répliqua Ivy en saisissant un balai.

— Tu oublies quelle est ta place, catin !

D'une main experte, Ivy fit décrire à son arme improvisée des cercles menaçants.

— Oh, je sais quelle est ma place ! assura-t-elle. Et je sais aussi comment te donner une raclée avec ce balai si tu t'approches de ma fille et de mon petit-fils.

Ivy frappa violemment le sol avec le balai. Le bruit qui en résulta fit sursauter Mary, dont le visage blêmit.

— Espèce de stupide fille ! poursuivit Ivy, hors d'elle. Ton père n'aurait jamais dû autoriser ta mère à t'élever d'aussi lamentable manière ! Je lui en dirai deux mots dès qu'il reviendra, tu peux me croire.

Les yeux de Mary s'arrondirent démesurément. Un doigt accusateur pointé vers elle, Ivy conclut sèchement :

— Hors de mon chemin ! Il y a ici du travail sérieux à faire, du travail de femme ! Je n'ai pas de temps à perdre en gamineries !

Mary parut soudain honteuse. C'était la première fois qu'Anne la voyait ainsi. Les joues rouges, elle détourna le regard, prête à pleurer.

Anne en eut presque de la peine pour elle, mais les cloches qui ne cessaient de sonner lui gonflaient le cœur de bonheur.

Sa mère vint lui essuyer le front avec un linge humide. Son fils se nichait contre son sein, à la recherche d'un téton. Chaque muscle de son corps se ressentait de l'effort qu'elle avait dû fournir, mais elle se sentait heureuse.

Elle avait donné un fils à Brodick. C'était le plus beau cadeau qu'elle pouvait lui faire.

Tandis que sa mère s'occupait d'elle et nettoyait les derniers vestiges de la naissance, Anne sentit une énorme fatigue s'abattre sur elle.

— Ton mari est là, lui chuchota Ivy. Il est entré dans la cour intérieure.

Mary rectifia :

— *Mon* mari ! Pas celui de cette bâtarde !

Ivy se dressa d'un bond, sous le coup de la colère. Anne attrapa le poignet de sa mère, essayant de la retenir. Ivy se libéra.

— Je ne tolérerai plus cela, tu m'entends ? J'ai souffert en silence pendant toute ma vie, mais c'est terminé.

Anne lui sourit et tenta de l'amadouer en lui montrant le bébé.

— Regarde comme ton petit-fils est beau et en pleine santé !

En le serrant tendrement contre elle, Anne ajouta :

— Tout comme son père.

Radoucie, Ivy prit l'enfant et alla le baigner dans le bassin en cuivre. Elle le lava délicatement, puisant l'eau dans ses mains pour la verser sur sa tête et son corps. Il ne pleura pas, gigotant simplement en émettant de petits bruits de bouche. Après l'avoir séché, elle l'enveloppa dans des langes qui ne laissaient dépasser que sa tête et ses bras.

Ensuite, elle le déposa dans son berceau, avant d'aider Anne à sortir du fauteuil. Bientôt, celle-ci fut confortablement installée dans son lit.

— Il va chercher le sein, expliqua Ivy en lui tendant l'enfant. Du moins, s'il est comme tes frères...

Elle s'interrompit. Dans la pièce voisine, un brouhaha confus de pas et de voix se faisait entendre.

— Arrêtez ! Ce sont mes appartements privés. Vous n'avez aucun droit d'y entrer, espèce de... espèce d'Écossais !

Philipa semblait suffoquer sous l'outrage, sans parvenir pour autant à imposer sa volonté.

— Madame, je vais vous dire qui, ici, a des droits. J'ai le droit de voir ma femme. À présent, écartez-vous ! Que cela vous plaise ou non, je découvrirai où vous l'avez cachée.

Brodick paraissait déchaîné, mais Anne n'avait jamais entendu un son aussi agréable que celui de sa voix. En serrant son fils contre elle, des larmes plein les yeux, elle appela :

— Brodick ! Je suis ici.

Le rideau fut à demi arraché de sa tringle quand son mari fit irruption dans le solarium. Il brandissait son épée devant lui et son visage n'était qu'un masque de fureur. Après avoir balayé la pièce du regard, il fonça sur elle.

— J'aimerais avoir la force de te punir pour t'être mise dans un tel danger, dit-il en lui caressant tendrement la joue d'une main tremblante. Regarde à quoi tu m'as réduit, *lass*. Entre tes doigts, je suis l'ombre de moi-même.

Le bébé poussa un petit cri. Brodick tressaillit et lâcha son épée, qui tintinnabula sur le sol. Il tendit une main hésitante vers le paquet de langes que sa femme tenait entre ses bras. D'un doigt, il caressa le minuscule visage.

— Je t'ai donné un fils, expliqua Anne d'une voix que des larmes de joie faisaient trembler. Le fils que tu voulais.

— Non ! hurla Mary en trépignant de rage.

Brodick se retourna vivement, récupérant son épée.

Sur la face rougie par la colère de Mary, les yeux saillaient de manière étrange.

— Il est supposé être mon bébé ! reprit-elle. Le mien ! Je suis comtesse.

— Mais vous n'êtes pas ma femme.

Ses paroles dénotaient un profond dégoût.

Philipa sortit de son mutisme.

— Oh, mais bien sûr que si, milord. Et vous feriez bien de m'écouter. Vous avez le fils que vous désiriez. Ma fille est la seule à pouvoir vous apporter une dot. Vous devez conserver Mary comme épouse légitime, ou perdre ce pour quoi vous l'avez épousée. Quant à cette bâtarde, libre à vous de la garder comme maîtresse. Elle vous donnera tous les enfants que vous voudrez, et Mary vous apportera les terres que vous convoitez.

— J'ai du mal à croire ce que j'entends, intervint Cullen.

Debout derrière Philipa, il avait le visage contracté par la colère et la réprobation.

— J'aurais aimé ne pas y croire, renchérit Brodick, mais les preuves sont accablantes.

Il baissa son épée, mais demeura campé devant Anne.

— Vous pouvez garder votre dot ! lança-t-il d'un ton méprisant. La femme que j'aime vaut mieux que toutes les terres d'Angleterre.

Anne lui prit doucement la main. Elle refusait de le voir renoncer à ce qui devait légitimement lui revenir.

— Mais ton clan a besoin de ces terres, Brodick. Tu ne peux pas...

— Je refuse de voir cette créature chez moi !

D'un air méprisant, il fixait Mary. Celle-ci le regarda de haut et répliqua :

— Que croyez-vous ? Je n'ai aucune envie de mettre les pieds en Écosse ! C'est bien pour cela que ma mère y a envoyé cette bâtarde à ma place.

Druce tendit le bras et emprisonna la nuque de Mary au creux de sa main. Elle cria et se débattit, mais elle ne devait pas compter sur lui pour avoir pitié.

— Et dire que c'est nous, les Écossais, qu'on accuse de ne pas être civilisés, maugréa-t-il.

Sans le moindre remords, il fit décoller Mary du sol et l'entraîna dans la pièce voisine. Anne entendit les petits cris paniqués de sa demi-sœur et ses chaussures qui raclaient le sol.

— Gardez l'œil sur elle ! ordonna Druce aux hommes qui se trouvaient à côté. Et si elle se remet à parler, bâillonnez-la ! On l'a assez entendue comme ça.

Un grognement d'approbation s'éleva. Se retournant vers Brodick, Druce ajouta :

— Elle me donnait mal à la tête…

— Mary est votre épouse légitime ! vitupéra Philipa, le poing brandi. Comment osez-vous la traiter ainsi ! Elle est ma fille ! Pas cette… *bâtarde* !

Elle posa un regard empli de convoitise sur le bébé. En la voyant esquisser un pas vers le lit, Brodick releva son épée, la pointe dirigée vers le cœur de Philipa.

— Vous ne toucherez pas à ma famille ! lança-t-il d'un ton farouche. Ne commettez pas l'erreur de ne pas me croire, car je suis un homme inflexible quand il s'agit de défendre les miens. Je jure que je vous embrocherai de part en part, que vous ayez le sang bleu ou pas.

— Cela me paraît un excellent plan.

Cullen ne plaisantait pas. Sa voix était aussi dure et déterminée que celle de Brodick.

— Vous avez trahi chaque McJames à travers mon frère, reprit-il. Ce n'est pas le genre de chose que nous acceptons facilement.

— Laissons son mari s'occuper d'elle, suggéra Brodick. C'est à lui de faire le ménage ici.

Il ne se détendit pas tant que Druce n'eut pas solidement empoigné Philipa. Celle-ci se rebella et montra les dents, mais le grand Écossais n'eut qu'à la secouer comme une poupée de chiffon pour venir à bout de sa résistance.

— Reprenez-vous, madame ! gronda-t-il en la dominant de toute sa hauteur.

— Le mariage ne tiendra pas ! lança-t-elle à l'intention de Brodick. Et vous n'obtiendrez rien en mêlant mon mari à tout ceci !

Un ricanement sarcastique fusa des lèvres de Brodick.

— Je lui ai déjà fait parvenir un message. Il a bien besoin de rentrer chez lui et de reprendre en main sa maison.

Il s'avança vers elle, sans rengainer son épée.

— Mais qu'une chose soit claire entre nous, ajouta-t-il en la foudroyant du regard. Je n'aurai pas d'autre femme légitime que la mère de mon fils !

Druce se chargea d'escorter une Philipa écumante de rage dans la pièce voisine, aussi facilement qu'il l'avait fait avec sa fille.

Brodick se retourna alors. Ses yeux couleur de nuit se posèrent sévèrement sur Anne. Il rengaina son épée dans son dos.

— Cullen, dit-il. Je veux une garde complète autour de cette pièce.

— *Aye*.

— Et surveille ces deux furies jusqu'à ce que le comte de Warwick vienne les prendre en charge.

Brodick se figea un instant. Sur le métier, près de la fenêtre, la tapisserie venait d'attirer son regard. En la contemplant, il se radoucit un bref instant. Puis il se rembrunit et coula en direction d'Anne un nouveau regard noir.

— Que tout le monde sorte, ordonna-t-il. J'ai besoin d'être seul avec ma femme.

Chacun s'empressa d'obéir, mais Anne ne le remarqua qu'à peine. Brodick paraissait aussi formidable et implacable que la première fois qu'elle avait posé les yeux sur lui. Avec une farouche détermination, il la dévisagea longuement.

— Bon sang ! s'exclama-t-il enfin. Je vais prendre la résolution de te fesser une fois par semaine, pour t'apprendre un peu de discipline !

Le lit craqua sous son poids quand il vint l'y rejoindre. Son grand corps athlétique ne lui semblait pas menaçant. Sa force la rassurait. En percevant un soupçon de son odeur qu'elle aimait tant, Anne soupira d'aise. Ces quelques mois de séparation lui semblaient avoir duré une éternité.

Elle tendit timidement la main et posa les doigts sur sa poitrine. Pour l'instant, ce contact ténu lui suffisait. Un nouveau soupir franchit le seuil de ses lèvres, qui le fit tressaillir.

— Inutile de chercher à m'attendrir ! protesta-t-il. Je serai sans pitié avec toi. Murry ne te lâchera plus d'une semelle, et je lui ordonnerai de ne jamais te quitter des yeux. Je vais même lui adjoindre une dizaine d'hommes pour être sûr que tu seras bien gardée.

En se penchant pour plonger le regard dans ses yeux, il demanda :

— Au fait, quel est ton nom ?

— Anne.

Lui prenant le menton entre le pouce et l'index, il poursuivit :

— Pourquoi as-tu quitté Sterling, Anne ? Pourquoi as-tu été te mettre en danger ?

Anne comprit à quel point l'homme qu'elle aimait était fier. En quittant Sterling, c'était lui qu'elle avait quitté.

— Parce que je t'aime, répondit-elle simplement.

Tout contre elle, Anne sentit son grand corps tressaillir.

— Je ne pouvais te priver de la dot, expliqua-t-elle. C'était le seul moyen.

En berçant doucement son bébé, elle ajouta :

— Le seul moyen, aussi, pour que cet enfant ne soit pas illégitime. Pour qu'il ne subisse pas le même sort que sa mère.

Elle voulut baisser les yeux, mais Brodick lui tenait solidement le menton. Elle l'entendit jurer tout bas en gaélique, puis il secoua la tête avec découragement.

— *Och*, je ne sais vraiment que faire avec toi.

Le petit lit craqua de plus belle quand il se pencha sur elle, sa main glissant contre sa joue et jusque dans ses cheveux.

— C'est toi que j'aime, confessa-t-il tout bas. Peu m'importent les détails de ta naissance.

— Mais la dot...

— ... sera mienne quoi qu'il en soit. Tu es la fille du comte de Warwick, et c'est sa femme qui t'a présentée à moi. Tu étais vierge, et tu m'as donné un fils. C'est la meilleure définition d'une épouse que je puisse trouver.

C'était le laird qui s'exprimait à présent. Une ferme autorité émanait de ses paroles. Mais son visage se radoucit lorsqu'il passa la main derrière la tête de la jeune femme pour lui masser doucement la nuque.

— Laisse-moi m'occuper des détails, reprit-il. Je puis comprendre ce qui t'a incitée à t'enfuir. Mais ce que j'aimerais savoir... c'est pourquoi tu ne t'es pas confiée à moi.

— La réponse est simple, dit-elle en laissant les larmes couler sur ses joues. Je t'aime, Brodick. Je ne supportais pas l'idée de te décevoir, même si cela impliquait de renoncer à toi.

Un sourire apparut sur ses lèvres. Anne sentit sa main se détendre dans ses cheveux. Un plaisir intense se peignit sur son visage. Elle comprit alors sans l'ombre d'un doute que la vie sans lui aurait été misérable, à peine supportable.

— Je suis très heureux de l'apprendre, Anne.

L'entendre prononcer son prénom – son vrai prénom – lui arracha un sourire. Dans son sommeil, leur fils enfouit sa tête contre son sein et Anne sentit un frisson la secouer de part en part. Elle était soudain si fatiguée qu'il lui semblait ne plus pouvoir maintenir ses paupières ouvertes.

— Prends... Prends le bébé... s'entendit-elle murmurer.

Il lui était impossible de rester éveillée plus longtemps. Elle avait l'impression que son corps s'enfonçait dans le matelas. Tous ses muscles lui faisaient mal et elle aspirait à trouver l'apaisement dans le sommeil.

Enfin, Brodick lui prit l'enfant des bras. En souriant, Anne put capituler devant l'immense fatigue qui l'emportait.

De toute sa vie, Brodick n'avait jamais tenu un enfant si petit dans ses bras. Il n'était même pas sûr qu'il lui était déjà arrivé d'en *voir* un.

— Bercez-le dans vos bras, milord, ou il se plaindra et risquera de réveiller ma fille. Elle a besoin de dormir.

Une main posée sur son avant-bras, Druce retenait la femme qui venait de s'exprimer dans l'ouverture du rideau. Elle avait parlé doucement, ne pensant qu'au sommeil d'Anne. De plus, leurs visages avaient indéniablement un air de parenté. En joignant les bras et en les balançant devant elle, elle lui montra comment faire.

— Êtes-vous la mère de ma femme ? s'enquit-il.

Il avait posé la question avec une certaine dureté qu'elle ne manqua pas de percevoir.

— Oui, répondit-elle. Et je n'ai appris ce qui se passait que lorsque Philipa m'a enfermée dans ce solarium avec Anne pour l'aider à accoucher.

Elle tenta de se libérer, et Druce la lâcha quand Brodick hocha la tête. Laissant le lit derrière lui, il la rejoignit. La femme reprit d'une voix bouleversée :

— Je me serais sacrifiée moi-même si j'avais pu, plutôt que de faire subir à mes enfants les conséquences de mes choix.

En secouant la tête tristement, elle ajouta :

— Mais Anne est un cœur pur. Et l'amour qu'elle me porte est bien plus grand que je n'aurais pu l'espérer, après l'avoir fait naître dans le péché.

— Cela n'a aucune importance pour moi.

Dans le lit, Anne s'agita et murmura dans son sommeil. Brodick préféra passer dans la pièce voisine. La mère de sa femme lui emboîta le pas.

— Dans ce cas, vous êtes un homme bon, dit-elle. Et je vous suis très reconnaissante.

Brodick sourit en voyant son fils ouvrir ses paupières gonflées, montrant ses yeux bleu-gris. Contre son bras, il pouvait sentir le battement de son cœur, rapide, obstiné. Sa petite poitrine se soulevait en rythme avec le souffle de vie qui l'animait. C'était l'expérience la plus touchante qu'il eût jamais vécue.

— Il y a quelque chose que vous pouvez faire pour m'aider, madame. Rassemblez toute la maisonnée et faites venir Mary. Je tiens à ce qu'il ne puisse y avoir aucun doute sur le fait que cette femme n'a pas mis au monde mon fils.

Le traitement était rude, mais pas plus que ce que la fille de Philipa méritait.

— Comme vous voudrez, milord.

Ivy s'inclina, avant de s'éclipser.

Un grand sourire s'afficha sur les lèvres de Druce.

— Voyons à quoi ressemble ce petit gars...

Cullen se joignit à lui, et ils s'amusèrent à taquiner leur laird d'être si vieux au point de fonder à présent une famille.

Si fonder une famille signifiait être vieux, alors Brodick ne regrettait pas sa jeunesse.

Anne s'éveilla dans les bras de Brodick. Il la berçait contre lui comme il l'avait fait avec leur fils.

— Doucement, murmura-t-il. Désolé de te déranger, mais je ne te laisserai pas dormir plus longtemps dans cette pièce qui fut ta prison.

Anne n'eut pas la force de lui répondre. Sa main se posa sur la poitrine de son mari, et elle sourit en sentant sous sa paume son cœur battre avec vigueur. Il la souleva dans ses bras et, quelques instants plus tard, elle se retrouva dans l'une des plus vastes et plus belles chambres du château. Dans un demi-sommeil, elle nota les aménagements qui avaient été réalisés : tapis, tentures, bougies parfumées. L'odeur du romarin embaumait l'air. On l'utilisait traditionnellement pour aider une jeune accouchée à reprendre des forces. Nul ne savait pourquoi. Il en avait toujours été ainsi.

— Ce lit est bien meilleur, commenta Brodick. Et il n'est pas entouré des murs qui t'ont emprisonnée.

Il la déposa en douceur dans un large lit à baldaquin. Le feu dans l'âtre pétillait gaiement. Un berceau était installé au pied du lit, mais elle entendit son bébé pleurer tandis que sa mère le lui amenait.

— Désolée, Anne, dit-elle. Ton fils a faim.

Brodick disposa quelques oreillers épais dans son dos alors qu'Ivy déposait l'enfant dans ses bras. Comme sa mère le considérait d'un air d'expectative, Brodick secoua négativement la tête :

— Inutile d'attendre que je m'en aille. Je reste. Voilà longtemps que j'espérais pouvoir admirer ce spectacle : ma famille réunie.

Anne laissa sa mère découvrir sa poitrine sans quitter son mari des yeux. Il semblait bien que, dans le monde, rien d'autre n'existât plus que le bonheur...

Si cela signifiait qu'elle était folle, alors elle acceptait de l'être. Anne était amoureuse.

14

Les cloches se remirent à sonner avant midi le lendemain. En tête du convoi qui approchait, flottait l'étendard du comte de Warwick. Brodick vint accueillir l'homme sur son propre perron. En mettant souplement pied à terre, celui-ci ôta ses gants et cria :

— Où est cette garce à laquelle je suis marié ?

Chacun autour d'eux se figea. Jamais le maître ne s'était permis d'insulter sa femme en public.

Le comte leva les yeux et le salua.

— McJames... Je vous dois une fière chandelle pour avoir déjoué ce complot. Je jure que je tiendrai parole pour la dot.

Sans hésiter, il lui offrit sa main à serrer.

— J'espère que vous ne m'en voudrez pas d'avoir emprisonné votre femme et votre fille à l'étage, dit Brodick. Je voulais m'assurer qu'elles ne causeraient pas de nouveaux problèmes avant que vous arriviez pour régler leur sort.

— Je n'aurais rien trouvé à redire si vous aviez noyé ces deux diablesses comme elles le méritent !

Brodick précéda le comte à l'intérieur. Ils grimpèrent quatre à quatre l'escalier menant à une chambre gardée par deux impressionnants Écossais en armes.

— D'abord, expliqua Brodick, la main posée sur la poignée, je voudrais vous présenter quelqu'un.

Sur ce, il ouvrit largement la porte. Le comte de Warwick le suivit à l'intérieur et s'immobilisa en découvrant Ivy.

Le sourire de sa maîtresse était aussi éclatant qu'un soleil d'été. D'un geste de la main, elle l'invita à s'avancer.

— Venez, très cher, dit-elle avec émotion. Venez découvrir votre premier petit-fils.

En voyant le père de sa femme pâlir brusquement, Brodick esquissa un sourire. C'était une réaction qu'il comprenait parfaitement.

— Anne a eu un bébé ? s'étonna le comte.

— Ma femme m'a donné un fils, rectifia Brodick.

— Eh bien, eh bien ! s'exclama joyeusement Warwick. Voilà une grande nouvelle !

— Chut ! lui intima Ivy en le foudroyant du regard. Votre fille a besoin de se reposer.

— Je ne dors pas, mère.

Son enfant dans les bras, Anne parvint à s'extirper du lit à baldaquin et à marcher vers eux d'un pas hésitant. Un doux sourire ourlait ses lèvres quand elle présenta le bébé à l'auteur de ses jours.

— Tenez, père, lui dit-elle, prenez votre petit-fils.

Des larmes brillaient dans les yeux du comte lorsqu'elle plaça délicatement son fils entre ses bras.

Brodick vint entourer d'un bras protecteur la taille de sa femme. En tapotant sa main, elle le rassura :

— Je vais bien, ne t'inquiète pas.

En la soulevant de terre, il chercha son regard et répondit :

— Ne t'ai-je pas dit que j'allais te rendre folle à force de te protéger et de prendre soin de toi ?

Il la ramena vers son lit, et Anne se renfrogna en le laissant l'y installer de nouveau.

— Je ne suis jamais restée inactive, protesta-t-elle.

— Tu n'as jamais accouché non plus.

Anne aurait voulu pouvoir bouder, mais voir ses parents se presser l'un contre l'autre, tête contre tête, la fit fondre. Son père n'avait d'yeux que pour son petit-fils. Tous deux irradiaient d'une joie intense qui semblait réchauffer toute la pièce. À ce spectacle, sa gorge se noua. Brodick, qui ne l'avait pas lâchée, pressa son bras.

— L'amour est une bien belle chose, *lass*, l'entendit-elle murmurer d'une voix chargée d'émotion.

Au bout d'un moment, Anne vit son père reporter son attention sur elle. Il s'attarda ensuite un instant sur son mari.

— Anne, ma fille, je dois avouer que tu fais ma fierté ! lança-t-il d'une voix forte.

Il la rejoignit et déposa son petit-fils dans les bras de sa mère avant d'ajouter :

— Cher Brodick, vous serez un mari idéal pour ma fille, j'en suis sûr.

— J'ai l'intention de passer le reste de mes jours à m'y essayer, sir.

Le comte hocha la tête d'un air satisfait.

— Voilà des paroles que je suis heureux d'entendre.

Personne ne voulant laisser Anne sortir de son lit, ils passèrent l'après-midi rassemblés autour d'elle, à faire mieux connaissance et à s'émerveiller de la présence du nouveau venu qui agrandissait le cercle familial. Il fallut que le soleil décline à l'horizon pour que le comte de Warwick se rembrunisse.

— Je dois aller m'occuper de Philipa et de Mary, annonça-t-il en déposant un baiser sur la joue d'Anne.

Ce fut du pas raide d'un condamné qu'il quitta la chambre.

Brodick le suivit.

En ouvrant la porte de la pièce dans laquelle sa femme et sa fille étaient détenues, le comte de Warwick appela :

— Philipa ?

Un grand silence régnait dans la chambre obscure. Brodick la parcourut du regard, pour découvrir que les deux femmes s'étaient mises au lit. On apporta de la lumière. Les deux hommes se penchèrent sur les formes immobiles sous les couvertures. Il ne restait qu'un souffle de vie en elles, et elles étaient d'un blanc de craie.

Le comte caressa le visage de sa fille et releva une de ses paupières pour examiner son œil.

— Poison... commenta-t-il, laconique.

De toute évidence, la fréquentation de la cour l'avait rendu familier de cette arme favorite des comploteurs et des amants déchus.

— Je n'y suis pour rien, assura Brodick en secouant la tête. Si j'avais voulu leur mort, je les aurais passées au fil de mon épée.

— Je vous crois, répliqua le comte d'un air pensif.

Il fit le tour de la pièce, humant le contenu des gobelets et des carafes qui s'y trouvaient. Une toux rauque, venue du lit où Mary venait d'ouvrir les yeux, le fit se redresser et se précipiter à son chevet.

— Dis-moi, ma fille, la pressa-t-il. Que vous est-il arrivé ?

Elle dut prendre une profonde inspiration avant de parvenir à s'exprimer.

— Mère s'est procuré le poison... au village... pour Anne. La fiole était restée sur la table, et le garçon a dû... l'ajouter par erreur... au vin chaud.

Ses paupières battirent. Elle parvint à tourner la tête vers son père et à chercher sa main sous la sienne, avant de préciser d'un ton angoissé :

— Ce n'est pas... sa faute. Mère voulait la mort d'Anne et d'Ivy et je... j'étais d'accord. Nous avons récolté ce que nous... avons semé.

Ses doigts s'agrippèrent fortement à ceux de son père.

— Pardonnez-moi... Je me repens... pour tous mes péchés. Par pitié, père... enterrez-moi en terre... consacrée. J'implore votre pardon ! Je me repens... Dieu ait pitié... de moi.

Sa voix mourut dans un murmure. Sa tête retomba sur l'oreiller et ses yeux se fermèrent. Sans lâcher la main de sa fille, le comte caressa ses cheveux et répondit d'une voix brisée :

— C'est moi qui te demande pardon, ma fille. Je n'ai pas été à la hauteur de mes responsabilités. Je savais ta mère rongée par l'amertume, mais je ne pensais pas qu'elle tournerait ainsi. Je croyais que son amour pour toi la sauverait. Pardonne-moi, ma fille...

La main libre de Mary se crispa. Elle agrippa un instant la couverture, comme pour s'accrocher à ce monde, puis ses doigts se détendirent progressivement, de même que tout son corps.

Elle n'ouvrit plus les yeux. Sa mère décéda avant elle, mais elle la suivit dans la mort avant le coucher du soleil.

Le comte de Warwick demeura prostré sur sa chaise près des deux cadavres, anéanti.

Ivy alla le rejoindre à l'aube. Elle resta debout dans l'encadrement de la porte, illuminée par les rayons du soleil levant. Henry Howard, cinquième comte de Warwick, se leva et la rejoignit sur le seuil. Cette femme d'humble extraction avait su capturer son cœur, cela n'avait jamais fait l'ombre d'un doute pour lui. Il lui prit la main, la porta à ses lèvres et y déposa un baiser.

— Voudras-tu m'épouser, Ivy ? s'enquit-il. Feras-tu de moi un honnête homme, et de nos enfants mes héritiers ?

— Je t'épouserai, Henry.

Des larmes faisaient briller les beaux yeux de la femme qu'il aimait. La première d'entre elles tomba sur sa joue. Glissant la main sous son bras, il l'entraîna hors de la chambre, laissant son premier mariage et ses erreurs derrière lui.

— Retourne dans ce lit immédiatement !

En réponse à l'injonction de son mari, Anne lui adressa un regard noir, qu'il lui rendit.

— Que cela te plaise ou non, je compte assister au mariage de ma mère, rétorqua-t-elle. On m'a trop souvent traitée de bâtarde pour que je puisse rater ça. J'irai à l'église en rampant, s'il le faut !

Tout son corps lui faisait mal, mais elle se força à marcher. Soudain, elle se figea et ajouta :

— Mais je vais avoir besoin d'argent pour soudoyer le prêtre, puisque je n'ai pas encore été réintégrée dans la communauté chrétienne, relevant de couches. Ils ne me laisseront pas entrer.

Brodick se rembrunit.

— Ce pays a des traditions que je ne comprendrai jamais.

Anne sourit largement.

— C'est donc une bonne chose que nous ayons décidé de vivre en Écosse.

Cela ne le fit pas rire du tout.

— Ce qui est surtout une bonne chose, rectifia-t-il, c'est que ce pays aura bientôt un roi écossais. On t'empêche d'entrer à l'église sous prétexte que tu viens d'avoir un enfant ? C'est ridicule !

Anne grimaça en se penchant pour ramasser ses souliers. Un instant plus tard, elle se sentit soulevée dans les airs par son mari qui la fit s'asseoir au pied du lit. En mettant un genou à terre, il lui prit des mains une chaussure et la glissa à son pied lui-même.

— N'empêche que je comprends pourquoi tu dois y être, admit-il de mauvaise grâce.

Brodick mit en place le deuxième soulier, puis il l'aida à finir de s'habiller avant de préciser fermement :

— Mais interdit de danser !

Il se retourna pour prendre leur enfant dans son berceau. Il refusait de les quitter, elle et leur fils, à moins que Druce ou Cullen soient là pour le remplacer. Il tenait parole en assurant sa protection avec un soin jaloux, et Anne ne pouvait lui en vouloir. Même si la situation était à présent apaisée, Brodick n'avait aucune confiance envers quiconque à Warwick Castle.

Elle trouvait du réconfort à l'avoir constamment près d'elle et se délectait de chaque minute passée avec lui. Les nécessités de l'existence l'entraîneraient loin d'elle bien assez tôt. Mais, pour le moment, Anne était décidée à s'accrocher fièrement à son bras en assistant aux noces de sa mère. Ivy serait la plus belle mariée du monde. Pour une simple raison : elle était amoureuse.

Anne ignorait toujours si l'amour était une malédiction ou une bénédiction, mais elle se savait atteinte du même mal que sa mère et marchait sur ses pas avec allégresse. Brodick avait apprivoisé son cœur, et si le destin leur était favorable, elle ne cesserait jamais de l'aimer.

Jamais.

AVENTURES & PASSIONS

7 décembre

Eloisa James, Christi Caldwell,
Janna MacGregor et Erica Ridley

Féérie de Noël

Inédit

À Noël, lors de sa réception annuelle de la Christmas Revelry, le duc de Greystoke convie amis et connaissances pour quinze jours de plaisirs. Entre promenades en traîneaux, parties de boules de neige et bals somptueux, Cressida, Isabelle, Caroline et Louisa vont découvrir les joies des fêtes, le bonheur de plaire et, peut-être, faire la rencontre tant espérée qui changera leurs vies…
Féérie de Noël regroupe quatre nouvelles originales d'auteures incontestées de la Régence : Eloisa James, Christi Caldwell, Janna MacGregor et Erica Ridley.

✦

Bethany Bennett

Le comte de West End

Inédit

Mlle Ophelia Hardwick a usurpé l'identité de son frère Adam, assassiné par son oncle pour récupérer l'héritage. Depuis dix ans, elle a réussi à dissimuler sa féminité et occupe le poste d'intendant auprès du comte de Carlyle, dont elle est secrètement amoureuse. Suite à un concours de circonstances, Carlyle découvre le secret de celui qu'il considérait comme son bras droit. Cependant, bouleversé par la beauté d'Ophelia, il décide de garder le silence. Mais de lourdes menaces pèsent sur la passion dévorante qui les consume et pourraient devenir mortelles pour les amants.

Julie Anne Long

Le palais des vauriens — La cantatrice

Inédit

Mariana Wylde, une diva de l'opéra, trouve refuge au milieu de la nuit à la pension Grand Palace. Rejetée comme une pestiférée après un duel entre deux lords, dont l'un était son amant, elle a tout perdu. La cantatrice s'installe et fait la connaissance des autres pensionnaires, tous charmants et attentionnés. Tous, sauf un : le général James Duncan Blackmore dont l'arrogance et le mépris qu'il affiche pour cette dévergondée sont une offense pour Mariana comme pour les autres occupants. Sommé de présenter des excuses à la jeune femme, James campe sur ses positions, même si la beauté et la douceur de la chanteuse le troublent plus qu'il ne veut bien se l'avouer.

✦

Betina Krahn

Héros malgré eux — L'ange de la Tamise

Inédit

Horace Townsend et Lawrence Alcott dont les affaires périclitent décident de s'associer en mariant leurs enfants uniques : Rafe et Lauren. Les fiançailles sont rapidement annoncées. Lors d'une promenade sur la Tamise, la barque de deux femmes chavire. Devant le refus de Rafe de sauver les malheureuses, Lauren retire chemise et penty, et plonge. Horrifiée par la lâcheté de son fiancé, la jeune femme lui rend sa bague et rompt son engagement. Le lendemain, un article du *Times* relate l'événement en racontant que « L'ange de la Tamise » était nue ! Rafe et Lauren parviendront-ils à éviter le scandale, et à quel prix ?

Anna Bradley

La société secrète – À la poursuite d'un fantôme

Inédit

Gideon Rhys, marquis de Darlington, vient d'annoncer son mariage. Comment est-ce possible ? Lui que la rumeur accuse d'avoir assassiné sa première épouse ! L'École philanthropique de lady Clifford dépêche Cecilia Gilchrist à Darlington Castle en tant que gouvernante. D'abord intimidée par les lieux et leur mystérieux propriétaire, elle s'attache à mener son enquête et observe les faits et gestes du marquis. Il doit y avoir des secrets dans ce château où des objets disparaissent et où il est interdit d'entrer dans la chambre de feue la marquise. Plus troublant encore, Cecilia n'arrive pas à s'expliquer comment le regard dévastateur et la fière allure de Gideon ont pu ensorceler son cœur et enflammer ses sens ?

✦

Monica McCarty

Les chevaliers des Highlands – Le Saint

Magnus MacKay est l'essence même du Highlander : dur, fier, intrépide. On le surnomme Le Saint parce qu'il refuse de parler des femmes, mais également pour son commandement froid et rigoureux. Sa réserve cache en réalité une profonde blessure amoureuse et un deuil qui l'ont meurtri. Jusqu'au jour où, Helen, la femme qui l'a éconduit se retrouve fiancée à l'un de ses compagnons de la Garde. Dès lors, Magnus va devoir livrer la bataille la plus difficile de sa vie : celle des sentiments.

Johanna Lindsey

Les Malory — Le cadeau de Noël des Malory

Toute la famille Malory s'est réunie pour célébrer Noël. Un paquet enrubanné, posé près de la cheminée, suscite la curiosité de tous. Une fois retiré, l'emballage doré ne révèle qu'un vieux cahier à la couverture de cuir. Quelle déception ! Or, chacun a la certitude que son existence va être bouleversée par cet étrange présent, car ce carnet n'est autre que le journal tenu à quatre mains, un siècle plus tôt, par Christopher Malory et son épouse, la mystérieuse Anastasia.

10414

Composition
FACOMPO

Achevé d'imprimer en Italie
par GRAFICA VENETA
le 2 octobre 2022

Dépôt légal : octobre 2022
EAN 9782290378892
OTP L21EPSN002493-545020

ÉDITIONS J'AI LU
82, rue Saint-Lazare, 75009 Paris

Diffusion France et étranger : Flammarion